FOLIO BIOGRAPHIES

collection dirigée par

GÉRARD DE CORTANZE

# Cléopâtre

par

Joël Schmidt

Gallimard

*Crédits photographiques :*

1 : BPK – Klaus-Dieter Braczyk / Distr. RMN. 2 : Leemage / Heritage Images. 3 : Collection particulière. 4 : Bridgeman – Giraudon. 5 : The Art Archive / Gianni Dagli Orti. 6 : Scala, Florence. 7 : Roger-Viollet / Alinari Archive - Brogi Archive, Florence. 8, 9 : Roger-Viollet / Alinari Archive, Florence. 10 : Corbis / Araldo De Luca. 11 : Roger-Viollet. 12 : Leemage / Electa. 13 : RMN / Hervé Lewandowski. 14 : The Kobal Collection / Fox Films. 15, 16 : Corbis / Bettmann. 17 : The Kobal Collection / 20th Century Fox. 18 : RMN / Les frères Chuzeville.

Historien, romancier et critique littéraire, Joël Schmidt a publié plus d'une quarantaine d'ouvrages dont plusieurs sont consacrés au monde romain, entre autres : *Dictionnaire de la mythologie grecque et romaine* (Larousse, dernière édition : 2005), *Vie et mort des esclaves dans la Rome antique* (Albin Michel, ouvrage couronné par l'Académie française, 2003), *Lutèce, Paris des origines à Clovis* (Perrin, prix Cazes-Brasserie Lipp, ouvrage couronné par l'Académie française, 1987), *Spartacus et la révolte des gladiateurs* (Mercure de France, 1988), *Sainte Geneviève et la fin de la Gaule romaine* (Perrin, 1989), *Le Royaume wisigoth de Toulouse* (Perrin, dernière édition coll. Tempus, 2008), *Les Gaulois contre les Romains, la guerre de 1000 ans* (Perrin, 2004) et, dans la collection Folio Biographies, *Jules César* (2005).

## AVERTISSEMENT

Nous avons dans la seconde moitié du récit, au moment où Marc Antoine accède peu à peu au pouvoir après la mort de César, conservé simplement le nom d'Antoine, tel qu'il est cité généralement par les historiens de l'Antiquité.

En ce qui concerne Octave, celui-ci porte aussi, au début de sa carrière, après la mort de César, le titre d'Octavien ou de César Octave, puis très vite il prend, chez les historiens de l'Antiquité, celui de César tout court. Pour éviter toute confusion avec l'autre César, son oncle et père adoptif, nous lui avons gardé le nom de César Octave pendant tout le récit. Sauf à la fin de celui-ci, où il devient César Auguste.

# Le joueur de flûte

Au moment où Cléopâtre voit le jour, vers 69 av. J.-C. à Alexandrie, la situation de l'Égypte n'est guère prospère et politiquement fort instable, surtout depuis que Ptolémée XII Philopator II Néos Dionysos, le père de la future héroïne, a pris le pouvoir onze ans auparavant. Mais l'Égypte l'a-t-elle jamais été, notamment lorsqu'on jette un regard rétrospectif sur son histoire depuis le jour où meurt l'empereur Alexandre le Grand en 323 av. J.-C. et que ses officiers, les diadoques, se partagent les dépouilles de son empire presque universel ? Un bref retour en arrière s'impose pour comprendre l'Égypte telle qu'elle cherche à exister, on pourrait dire à subsister et à survivre, au moment de la naissance de Cléopâtre.

Celle-ci, quoiqu'on en pense, n'est absolument pas une Égyptienne, stricto sensu, mais la descendante de Lagos, un Grec macédonien, un des plus proches compagnons d'Alexandre. Le fils de ce dernier, Ptolémée I$^{er}$ Sôter, c'est-à-dire le Sauveur, a intelligemment fait enterrer les restes du conquérant du monde à Memphis en Égypte, s'arrogeant, par ce geste de piété calculé et surtout politique, son héritage sur les rives du Nil. Il a su étendre ses conquêtes jusqu'à Chypre et sur la Syrie, pays qui resteront toujours un enjeu territorial et économique capital pour l'Égypte et susciteront pendant près de trois siècles de nombreux et sanglants conflits.

Pour assurer sa continuité mythique et politique, les successeurs de Ptolémée Sôter, fondateur de la dynastie des Ptolémées à laquelle appartient Cléopâtre, vont adopter les coutumes, les mœurs, les usages de l'Égypte pharaonique, épouser leurs sœurs, se doter d'une administration et d'une forme de gouvernement traditionnel dans ce pays depuis des millénaires. Les souverains revêtiront dans les grandes cérémonies religieuses les vêtements, les emblèmes du pouvoir, le pschent, le fouet, le sceptre, la double couronne de la Haute et de la Basse-Égypte des antiques pharaons, mais, dans la pratique courante, ne les utiliseront guère.

Les règnes des différents Ptolémées se succédant, ils introduisent en Égypte la culture grecque et sa civilisation. Ils font traduire la Bible en grec, fondent la célèbre bibliothèque d'Alexandrie, pratiquent une politique de grands travaux et engagent des guerres nombreuses contre ceux qui, régnant dans les pays voisins, eux aussi descendants des diadoques, rêvent de faire main basse sur ce joyau de l'ancien empire d'Alexandre.

L'Égypte prospère pendant une centaine d'années, sous les règnes de Ptolémée II Philadelphe, puis de Ptolémée III Évergète Ier, c'est-à-dire le

« dispensateur de la prospérité » et « grand bâtisseur ». C'est en 221 av. J.-C., avec l'avènement de Ptolémée IV Philopator, que débute le déclin de l'empire égyptien des Lagides. Ce souverain est plus intéressé par les intrigues de cour, parfois sanglantes, que par la défense et illustration de son pays. La Syrie des Séleucos sera la grande gagnante de cette impéritie que prolongeront ses successeurs, jusqu'au règne de Ptolémée XI Alexandre II qui est assassiné en 80 av. J.-C. par les habitants d'Alexandrie et reste sans descendance.

En fait, bien que la lignée légitime des Ptolémées soit éteinte, des bâtards du roi Ptolémée X sont encore en vie. Parmi eux, Ptolémée XII, alors âgé de quinze ans, futur père de Cléopâtre, et surnommé Aulète par les habitants d'Alexandrie, en signe de dérision, car ce souverain est surtout connu comme étant un ivrogne et un joueur de flûte ! Face à un tel souverain, les Romains commencent à considérer avec intérêt cette Égypte, riche terre à blé, et à la convoiter.

Pendant tout son règne, peu glorieux, Ptolémée XII Aulète ne cessera de se battre contre les Romains, de plus en plus alléchés par son royaume, à grand renfort... d'argent et de cadeaux pour les empêcher de prendre un jour leur désir pour une réalité. Il restera comme un maître en corruption, dont les tribulations et les palinodies financières seraient drôles si elles n'étaient tragiques et, surtout, n'humiliaient profondément les Alexandrins par leurs bassesses courtisanes à l'égard des exigences romaines.

Il est vrai, à sa décharge, que Ptolémée XI Alexandre II, dans son testament, donnait l'Égypte aux Romains. Ceux-ci, gourmands certes de territoires nouveaux, mais assez prudents pour ne point trop en conquérir à la fois, se contenteront d'accepter officiellement ce testament, mais de ne jamais en parler officieusement. Ils préfèrent les prébendes de Ptolémée Aulète qui, pour garder le trône d'Égypte, fait d'incessants allers et retours entre Alexandrie et Rome, avec des navires chargés d'espèces sonnantes et trébuchantes, arrachées aux Alexandrins pressurés d'impôts. Pour tenter de trouver une légitimité que ces derniers lui contestent, Ptolémée Aulète perpétue la tradition des pharaons et épouse sa sœur Cléopâtre Tryphaena en 78 av. J.-C.

De ce mariage naîtront cinq enfants : Bérénice, la fille aînée, Cléopâtre VII, celle qui nous occupe, Arsinoé et deux garçons, les futurs Ptolémée XIV et Ptolémée XV.

Mieux, Ptolémée Aulète renoue avec les us et coutumes des souverains hellénistiques, très attachés à être considérés par les Égyptiens comme d'authentiques pharaons, en se faisant sacrer roi à Memphis en 76 av. J.-C., et en ceignant les deux couronnes, symboles ancestraux de l'union entre la Basse et la Haute-Égypte. L'année suivante, il se heurte aux prétentions des deux fils de Cléopâtre Séléné et d'Antiochos X, dit le Pieux, un Séleucide, lui aussi descendant d'un des diadoques d'Alexandre le Grand, à revendiquer le trône d'Égypte. Prenant conscience que les Romains pouvaient être aussi des alliés, ils font voile vers la capitale, où ils s'installent. Mais les Romains, trop occupés dans leurs conflits avec Sertorius, qui avait fait sécession en Espagne, et avec Mithridate, roi du Pont, qui cherchait à s'emparer de l'ensemble de l'Asie, trouvent bien gênante et surtout inopportune la présence des deux jeunes gens qui, après deux ans de vains efforts pour tenter de prouver la légitimité de leur ambition, sont contraints de revenir en Syrie, sans rien avoir obtenu de concret. Rome, jouant toujours un double jeu, fait main basse sur la Cyrénaïque en 74 av. J.-C., et accepte le testament de Nicomède, roi de Bithynie, en sa faveur en 73 av. J.-C., pour bien montrer à Ptolémée Aulète qu'elle peut toujours prendre en compte le fameux testament de Ptolémée XII Alexandre II qui, on vient de le voir, avait offert lui aussi le royaume d'Égypte aux Romains sept ans auparavant.

Pendant quelques années, Rome va se contenter d'être une menace permanente pour le trône de Ptolémée Aulète afin de faire monter les enchères et d'obtenir le plus d'argent possible de ce roi tremblant pour son pouvoir.

En 65 av. J.-C., en dépit de ses largesses, Ptolémée Aulète, dont la fille Cléopâtre vient d'avoir quatre ans, éprouve de nouvelles craintes lorsque, ayant besoin de fonds en raison de sa guerre fort dispendieuse contre le roi du Pont, Mithridate, Rome exige, par la voix du censeur Crassus, dont la fortune est immense, que l'Égypte soit soumise à une contribution, ce qui est une manière déguisée de la transformer de facto en province romaine. César, visionnaire toujours endetté, soutient cette proposition, entrant ainsi dans l'histoire de l'Égypte dont il deviendra, dix-sept ans plus tard, le maître, ainsi que celui de Cléopâtre. Les tribuns de la plèbe l'appuient, en rédigeant une proposition de loi le désignant par plébiscite, délégué de la puissance romaine ; pourvu de pouvoirs exceptionnels, il pourra ainsi organiser à sa guise la province d'Égypte. « Cette demande inopinée d'un commandement extraordinaire », selon l'expression de Suétone dans sa *Vie des douze Césars*, parce que ce dernier brûlait illégalement les étapes — il n'était pas passé par la préture et le consulat —, fut considérée avec une stupeur irritée par « la faction des Grands » qui fit échouer les prétentions de César, non sans mal. Car le parti populaire espérait, grâce à l'acquisition de l'Égypte, s'adjuger une grande quantité de blé pour la distribuer gratuitement à la plèbe.

L'agitation est grande entre les deux partis, mais c'est le parti conservateur qui aura gain de cause. Ptolémée XIII est passé fort près d'une abdication imposée par les Romains, mais n'est toujours pas reconnu, lui le bâtard, comme souverain de l'Égypte. Ce sursis, sans cesse renouvelé, rend incertaines sa légitimité et celle de ses cinq enfants, dont naturellement Cléopâtre. La fillette est ainsi élevée dans le palais d'Alexandrie comme une fille de bâtard et connaîtra très jeune les incertitudes de la vie politique dans un climat de perpétuels complots fomentés par les ennemis de Ptolémée XIII, souvent à la solde de Rome, et au cœur d'une ville hostile à leur médiocre souverain, toujours prêt à s'incliner devant les Romains et à leur acheter quelques mois de pouvoir pour des sommes énormes. Cléopâtre en retient des leçons pour l'avenir, comprenant combien la séduction et la ruse, comme l'or et l'argent, mais aussi la fermeté, voire la cruauté, sont nécessaires pour se faire respecter et des Égyptiens, et des Romains.

César, en 64 av. J.-C., récidive, et demande au tribun P. Servilius Rullius et à ses collègues de préparer une loi agraire qui ordonnerait que tous les domaines de Rome, hors de l'Italie, fussent annexés au profit des pauvres, des vétérans et des colons. Une commission de décemvirs serait chargée, en qualité d'ambassadeurs aux pouvoirs discrétionnaires, de faire un état des lieux. César compte naturellement en être membre et proclamer l'Égypte terre inaliénable de la République romaine.

Cicéron, au nom des conservateurs, dans une longue plaidoirie, s'oppose à cette loi agraire préparée pour le seul bénéfice du parti populaire, et fustige le pouvoir exorbitant donné aux décemvirs, et en particulier à César, jamais nommé, mais que chacun reconnaît :

> Pourquoi ne pas réclamer ouvertement ce pays [c'est-à-dire l'Égypte], en vertu d'un sénatus-consulte ? Pourquoi, n'ayant pu entrer dans Alexandrie directement et à pleines voiles, s'imaginer qu'on y parviendra par des voies obscures et ténébreuses[1]* ?

* Les notes sont regroupées en fin de volume, p. 318.

Cicéron soupçonne à juste titre César de manquer de franchise et de vouloir s'emparer de l'Égypte et de ses richesses sans faire les frais d'une campagne militaire. Autrement dit, d'accaparer lâchement l'ancien royaume des pharaons, sous le couvert d'une loi. Cette dernière ne sera pas votée, mais les Alexandrins apprennent, non sans peur rétrospective, qu'une fois de plus Ptolémée Aulète s'est révélé impuissant devant les Romains qu'il continue de flatter. Fort susceptibles, ils ne pardonnent pas à leur souverain potiche de fournir à l'armée de Pompée six mille cavaliers égyptiens pour la conquête de la Palestine, et considèrent que Ptolémée a dépassé les bornes de la lâcheté pour franchir celles de la trahison.

Non content de s'être rallié à Pompée, Ptolémée demande à celui-ci, au cours des années 63-62 av. J.-C., en lui envoyant force présents, de mater les Alexandrins qui se soulèvent sans cesse contre lui et assiègent son palais. Prudent, et ne voulant nullement s'aliéner les conservateurs et César, Pompée accepte les cadeaux, mais refuse toute opération de police en faveur du souverain aux abois. Diodore de Sicile, qui fit à la même époque un voyage en Égypte, raconte qu'il vit massacrer par les Alexandrins un malheureux Romain qui avait tué un chat, animal sacré comme on le sait dans le pays du Nil. On peut imaginer sans peine que la petite Cléopâtre, alors âgée de dix ans, regarde non sans frayeur par les fenêtres l'agitation hostile des

Alexandrins qui huent son père, jettent des pierres contre la façade du palais et se heurtent violemment à la police de Ptolémée, laissant sur place de nombreux morts et blessés. Elle a compris, au sein de ses terreurs d'enfant, qu'un peuple se mate, fût-ce dans le sang.

Ptolémée, qui depuis vingt ans se maintient au pouvoir d'une manière plus qu'incertaine et en corrompant les Romains, surtout les plus puissants, c'est-à-dire les plus dangereux, apprend par ses agents secrets exerçant leurs fonctions à Rome que César, Pompée et Crassus ont formé en 60 av. J.-C. un triumvirat pour se partager le pouvoir. Aussitôt, il délègue auprès de César ses émissaires. Ce dernier n'a pas besoin d'explications pour comprendre que Ptolémée XIII, une nouvelle fois, veut acheter sa bienveillance pour faire contrepoids à ses deux collègues, l'un le Romain le plus riche de son temps, l'autre le conquérant le plus célèbre. Il réclame, au dire de Suétone, près de six mille talents pour se les partager avec Pompée, lui aussi fort intéressé par le destin de l'Égypte, et fort peu, on l'a vu, par celui de Ptolémée XIII. Énorme somme dont le malheureux souverain s'acquitte sur-le-champ, espérant ainsi gagner quelques années de répit.

César, reconnaissant, fait voter par le Sénat en février 59 av. J.-C. un traité d'alliance qui reconnaît Ptolémée comme roi légitime d'Égypte, effaçant ainsi sa marque de bâtardise. Pour donner aux Romains de nouveaux gages de sa reconnaissance, César, jouant toujours double jeu, quelques mois plus tard, permet à Clodius, ancien patricien dévoyé, rallié à la cause populaire et maître de Rome, après en avoir fait chasser Cicéron, de se venger de Ptolémée XIII. Le roi d'Égypte en effet n'a offert insolemment que deux talents pour le rachat de Clodius, comme l'avait été naguère César en 67 av. J.C., des pirates qui infestaient la mer Méditerranée :

Clodius confisque donc l'île de Chypre [gouvernée par un frère de Ptolémée] au nom du peuple romain en y chargeant Caton [qui le gênait dans ses entreprises politiques délictueuses] d'aller tout à fait contre son gré y organiser l'annexion[2].

Pompée confirme cet ordre. Clodius a subtilement remarqué que César n'a point évoqué Chypre en reconnaissant l'indépendance de l'Égypte et que cette île reste donc encore soumise aux clauses du fameux testament de Ptolémée XII Alexandre II qui autorise son annexion par Rome.

La veulerie de Ptolémée XIII, trop heureux d'avoir été proclamé en 59 av. J.-C., ami et allié de Rome, qui ne défend ni son frère ni cette île stratégique en Méditerranée, propriété depuis les origines des Lagides, suscite l'indignation des Alexandrins. Celle-ci est même si vive que Ptolémée, craignant pour sa vie, préfère quitter la capitale de l'Égypte et se réfugier à Rome. Pendant ce temps, son frère, le roi déchu de Chypre, se suicide par le poison. Faisant escale à Brindes, Ptolémée XIII y rencontre Caton, qui lui conseille de retourner en Égypte, lui offrant même de partir avec lui et de l'aider à se réconcilier avec ses sujets.

Mais Ptolémée, entouré de ses conseillers néfastes, ne suit pas ces sages propos et se rend à Rome pour implorer l'aide militaire du Sénat afin de lui permettre de retrouver son trône en Égypte. Il doit même subir l'humiliation, mais il n'en est pas à une près, au dire de Plutarque, de contempler les vaisseaux de Caton, remontant le Tibre, remplis des trésors de son frère abandonné et poussé au suicide, et de voir ces monceaux d'or et d'argent exhibés au Forum devant une foule enthousiaste.

Pendant ce temps, les Alexandrins, indignés par la fuite de leur souverain et par ses capitulations devant les exigences romaines, donnent la régence de la couronne d'Égypte à sa fille aînée, Bérénice. Cléopâtre, que son père a également abandonnée, voit sans aménité sa sœur monter sur un trône qu'elle convoite. Les événements dramatiques dont elle a été le témoin l'ont mûrie, et sa précocité de femme orientale lui a permis de comprendre aisément l'imbroglio politique dans lequel son père s'est laissé enfermer, et les réelles chances qu'elle a d'accéder un jour au pouvoir.

À douze ans, Cléopâtre n'est plus une enfant, et connaît déjà son pouvoir de séduction. Elle apprendra vite à l'utiliser. Sous la toute jeune femme, isolée dans un palais transformé en forteresse pour échapper à la vindicte persistante des Alexandrins, perce déjà l'ambitieuse, bien décidée à ne jamais suivre l'exemple de son père, c'est-à-dire à ne jamais se soumettre aux ordres ni aux pressions des Romains.

Cette même année 57 av. J.-C., elle perd sa mère, Cléopâtre Tryphaena, la sœur et l'épouse de Ptolémée XIII Aulète, et se retrouve seule face à la reine Bérénice, son aînée, à son autre sœur, Arsinoé, sa cadette, ainsi qu'à ses deux frères, les futurs Ptolémée XIV et Ptolémée XV, jeunes enfants encore, mais sous la férule de maîtres, d'eunuques et d'esclaves ambitieux, prêts à faire jouer en faveur de leurs pupilles la vacance perpétuelle du pouvoir d'un Ptolémée Aulète honni de tous.

Pendant ce temps, ce dernier, toujours exilé, cherche du secours pour se rétablir sur son trône. Même ivrogne, il est assez lucide pour comprendre qu'il peut jouer la carte de la rivalité entre César, absent de Rome et en pleine campagne des Gaules, Crassus, son usurier jamais remboursé, et Pompée. L'occasion est trop belle pour ce dernier d'honorer Ptolémée, possesseur d'une des plus riches terres de la Méditerranée... Aussi reçoit-il le souverain d'Égypte dans sa villa d'Albanium avec tous les égards dus à son rang, flattant ainsi la vanité blessée du roi impopulaire en son pays et lui promettant son appui, naturellement contre une forte somme que Ptolémée n'hésite pas à lui verser.

Les habitants d'Alexandrie contre-attaquent :

Ils envoient à Rome cent députés chargés de les défendre contre le roi et de l'accuser à leur tour pour toutes ses injustices. Prévenu à temps, Ptolémée Aulète, qui se trouve toujours à Rome, fait partir avant leur arrivée des émissaires (certainement dûment stipendiés) pour leur tendre des pièges. La plupart de ces députés sont tués, chemin faisant (notamment à Pouzzoles) : quant aux autres, il en fait massacrer plusieurs dans Rome même, emplissant de terreur ceux qui survivent encore, parvenant à les corrompre et à les contraindre à ne pas intervenir auprès des magistrats romains sur l'objet de leur mission et à ne point faire état de leurs collègues qui ont été assassinés[3].

En dépit de ces précautions, le Sénat apprend, par la rumeur publique, qu'un roi d'Égypte s'est permis sur un territoire étranger de faire assassiner des opposants par ses sicaires :

Il s'indigne de ce que plusieurs députés d'un peuple allié ont péri par la violence et de ce qu'un grand nombre de Romains se sont laissé corrompre. Pour connaître la vérité, il mande le chef de cette ambassade, Dion, qui a échappé aux assassinats. Mais Ptolémée exerce encore tant d'influence par son or, que Dion ne comparaît pas : il n'est même plus question du meurtre des députés d'Alexandrie, tant que ce roi demeure à Rome[4].

Ptolémée, qui craint malgré tout que Dion un jour ne parle, le fait également assassiner, et aucune instruction n'est diligentée contre lui.

Pour se débarrasser de ce roi d'Égypte décidément fort encombrant, le Sénat demande à P. Cornelius Lentulus Spinther, gouverneur de Cilicie pour l'année 56 av. J.-C., de le replacer sur son trône. Ptolémée quitte Rome vers la fin de l'année 57 av. J.-C. et se rend en Orient pour y attendre l'arrivée de Spinther avec ses forces navales et terrestres, laissant dans la capitale Amnonios, son homme de confiance, afin de surveiller de près ce qui s'y trame.

C'est alors que la religion, toujours d'un grand secours lorsque Rome est en difficulté, se mêle fort à propos à toute cette affaire. Dès le début de l'année 56 av. J.-C., raconte Dion Cassius, les dieux eux-mêmes, en frappant de la foudre la statue de Jupiter sur le mont Albain, retardent pour un temps le retour de Ptolémée. Les Livres sibyllins sont consultés et l'on peut y lire ces paroles :

> Si le roi d'Égypte vient vous demander du secours, ne lui refusez pas votre amitié, mais ne lui accordez aucune armée : sinon vous aurez à supporter des fatigues et des dangers. Frappés de l'accord de cet oracle avec les circonstances présentes, les Romains, sur l'avis de Caton, tribun du peuple, annulèrent les résolutions prises au sujet de Ptolémée[5] [...].

Cette réponse de la Sibylle est traduite en latin et publiée. Puis on délibère. Les uns veulent que Spinther soit chargé de ramener Ptolémée en Égypte, sans armée, les autres que Pompée l'y reconduise avec deux licteurs, ainsi que le roi l'a demandé, aussitôt qu'il a eu connaissance de l'oracle : le tribun Aulus Plautius lit publiquement sa lettre. Le Sénat, craignant que cette mission ne rende Pompée encore plus puissant, s'y oppose, sous l'impulsion de Crassus, l'un des trois compères et rivaux du triumvirat de 60 av. J.-C. À tel point, comme le rapporte Cicéron, que Clodius, toujours prêt à l'attaque, se serait écrié :

Qui veut aller à Alexandrie ? Pompée ! Qui faut-il y envoyer ? Crassus[6] !

Comme par hasard, on trouva sur le Forum, et devant le lieu même où le Sénat s'assemblait, des billets affirmant que Ptolémée lui-même préférait Pompée à Spinther.

Face à cet imbroglio, le Sénat décide en février 56 av. J.-C. ... de ne rien décider. À la fin juillet de la même année, l'affaire d'Égypte qui empoisonne le climat à Rome reste toujours en suspens, comme Cicéron s'en fait l'écho dans sa correspondance. Il vient d'avoir un entretien avec Pompée sur l'Égypte et s'empresse d'en faire part à Lentulus Spinther, maniant comme à son habitude l'équivoque et l'ambiguïté :

Considérez ce que je vais vous dire comme une chose dont j'ai souvent causé avec Pompée et que je vous écris de sa part, avec son autorisation. Il n'y a en fait aucun sénatus-consulte vous enlevant le droit de ramener le roi à Alexandrie. Le vœu exprimé par l'assemblée « que personne absolument ne restaurât le roi » a été, comme vous le savez, frappé d'intercession et il représente plutôt un coup de tête des gens en colère que l'opinion réfléchie du Sénat. C'est à vous, qui avez en main la Cilicie et Chypre, de bien examiner ce que vous pouvez entreprendre et mener à terme. Si vous croyez être à même de vous rendre maître d'Alexandrie et de l'Égypte, voici ce qui conviendrait à votre dignité et à celle de notre empire :

Après avoir installé le roi à Ptolémaïs ou dans quelque autre localité voisine, vous partiriez avec flotte et armée pour Alexandrie ; puis, une fois la ville pacifiée et tenue en bride par une garnison, Ptolémée rentrerait dans son royaume. De cette façon, il serait rétabli par vous, conformément à l'avis formulé par le Sénat, et il serait ramené sans le concours d'une multitude, suivant l'intention que les gens scrupuleux prêtent à la Sibylle. Seulement Pompée et moi sommes d'accord pour prévoir que votre résolution sera appréciée suivant le résultat. Si la chose tourne comme nous le voulons et le souhaitons, tout le monde dira que vous avez fait preuve de sagesse et de courage ; s'il y a le moindre mécompte, les mêmes personnes crieront que vous avez agi par cupidité et à l'étourdie. C'est pourquoi il faut calculer vos chances de succès, et là-dessus nous sommes moins bons juges que vous, qui avez pour ainsi dire l'Égypte devant vos yeux. Pour nous, notre avis est celui-ci : s'il vous est démontré que vous pouvez vous emparer du royaume, il n'y a pas à hésiter ; si le succès est douteux, il ne faut pas essayer[7].

Pompée, par la voix de Cicéron, témoigne ainsi de sa circonspection et n'entend pas cautionner une expédition militaire de Lentulus Spinther. Ce dernier pense donc que, sur cette question inextricable, il est urgent d'attendre.

Le père de Cléopâtre, apprenant la nouvelle d'une Rome qui n'entend pas s'engager dans une aventure militaire périlleuse, désespère de son retour rapide en Égypte et se retire à Éphèse dans le temple dédié à la déesse Artémis. Il convient de préciser que le roi n'y vécut pas comme un prêtre réduit à une discipline ascétique, mais qu'il logea, jouxtant le monument, dans une hôtellerie confortable, assortie d'une banque dont on peut être sûr qu'il y avait un compte bien rempli !

Les nouvelles circulent vite, même dans l'Antiquité, et les Alexandrins suivent, grâce à des voyageurs, à des commerçants et sans doute à leurs propres agents de renseignements, tous ces événements, non sans terreur. Ils craignent le rétablissement de leur souverain par les Romains, première étape, pensent-ils non sans lucidité, de l'occupation puis de l'annexion de l'Égypte par la première puissance méditerranéenne. Les conseillers du palais sont eux-mêmes inquiets et font part de leur perplexité, voire de leur angoisse, à Cléopâtre dont ils ont bien compris qu'elle est la plus intelligente, la plus cultivée et la plus perspicace des enfants de Ptolémée Aulète.

Pour mieux asseoir Bérénice sur son trône et assurer sa légitimité, les Alexandrins lui cherchent un époux. Ils ne peuvent pas compter sur ses deux frères encore enfants. En revanche, ils songent à quelques Séleucides de la famille royale syrienne, descendants de Séleucos, lui aussi compagnon d'Alexandre le Grand, les Lagides et les Séleucides étant depuis longtemps fort liés. Ils s'adressent, dans un premier temps, à un prince de cette lignée, mais celui-ci meurt brutalement, alors que les pourparlers sont engagés. Ils espèrent ensuite en un Philippe, lui aussi lié à la famille des Séleucides, mais Gabinius, proconsul romain en Syrie entre 57 et 55 av. J.-C., sans doute sur ordre de ses supérieurs, interdit au prétendant de s'embarquer pour l'Égypte. Têtus et décidés à se battre jusqu'au bout contre l'influence romaine et le retour éventuel de Ptolémée Aulète, les Alexandrins portent leur choix sur un certain « Séleucos* ».

La lune de miel entre Bérénice et ce Séleucos,

* Nombre de princes de Syrie portent ce nom générique et éponyme, tout comme en Égypte les membres masculins de la famille royale, celui de Ptolémée.

descendant des rois de Syrie, du moins le prétend-il, un homme grossier et brutal, ne devait durer que quelques jours. Pourquoi ? Qu'a-t-il fait pour susciter si vite la fureur de son épouse ? A-t-il tenté quelque action de séduction envers sa belle-sœur Cléopâtre, âgée de treize ans ? Ou a-t-il été considéré comme trop faible pour seconder sa femme dans son rôle politique particulièrement délicat en ces temps d'incertitude sur le sort de l'Égypte ? Le mystère reste entier. Toujours est-il que Bérénice fait étrangler sans autre forme de procès ce mari gênant et incapable. Cléopâtre, peut-être témoin de la scène ou mise au courant par des servantes qui lui en font le récit, doit vite comprendre que, pour survivre à Alexandrie et au sein du palais impérial, il est nécessaire de s'endurcir, de se méfier de tous et surtout de ne point sombrer dans la sensiblerie et le sentimentalisme sinon pour servir ses propres intérêts. Une leçon supplémentaire qu'elle retiendra, elle qui a passé son enfance privée de père et de mère, et qui est soumise depuis quelque temps à une sœur qui s'en méfie, et qui agit envers elle comme une véritable marâtre.

Nullement découragée, Bérénice finit par trouver un autre époux, certainement plus docile, en la personne d'Archélaüs, qui vit lui aussi en Syrie et se mêle de politique. Se faisant passer pour le fils d'un général de Mithridate, Eupator IV, le célèbre roi du Pont, ennemi acharné de l'empire pendant de longues années, il apparaît comme un opposant résolu aux Romains. Gabinius, toujours proconsul en Syrie, a fait arrêter Archélaüs dont il se défie depuis longtemps. Plutôt que de le faire exécuter ou de le faire disparaître, Gabinius comprend qu'il peut se servir de ce personnage comme monnaie d'échange. Il a en effet reçu d'importantes sommes d'argent de Ptolémée, réfugié chez lui et qui souhaite son concours pour retrouver son trône. En recevant davantage encore d'Archelaüs lui-même, il lui rend sa liberté et l'autorise à quitter la Syrie et à s'embarquer pour Alexandrie. Avec une grande duplicité, il fait immédiatement répandre le bruit que son prisonnier s'est échappé ! Aussitôt arrivé à Alexandrie au cours de l'hiver 56-55 av. J.-C., Archelaüs, nullement ému du sort fatal survenu à Séleucos, épouse Bérénice.

Gabinius, gouverneur corrompu, et surtout fasciné par les richesses de l'Égypte, n'hésite pas, sans l'autorisation de Rome, mais avec l'accord implicite et sans doute secret de Pompée, à partir au printemps de l'année 55 av. J.-C. en campagne pour rétablir dans ses prérogatives royales Ptolémée qui l'accompagne. Ses légionnaires sont encadrés par une importante cavalerie, commandée par un jeune officier, Marc Antoine, dont le destin sera, quelque quinze années plus tard, étroitement lié à celui de Cléopâtre comme à celui de l'Égypte. Selon Plutarque, c'est Marc Antoine qui a poussé Gabinius à entreprendre cette expédition hasardeuse.

On avait à traverser des sables profonds et arides, le long de l'embouchure par laquelle le marais Serbonide se décharge dans la mer. Les Égyptiens appellent ce marais le soupirail de Typhon [...] Antoine, auquel Gabinius a fait prendre les devants avec la cavalerie, se saisit des passages et même se rendit maître de Péluse, ville considérable, dont il fait la garnison prisonnière[8].

Au même moment, le roi de Judée, Antipater, allié de Gabinius, a donné l'ordre à la milice juive qui protège la frontière entre la Syrie et l'Égypte de se retirer. Il a même fourni au proconsul romain du blé, des armes et de l'argent :

Antoine rend le chemin sûr au reste de l'armée et donne à Gabinius une ferme espérance de la victoire. Le désir qu'a Antoine d'acquérir de la gloire est utile aux ennemis eux-mêmes ; car, comme Ptolémée, dès son entrée dans Péluse, aveuglé qu'il est par la haine et la colère, souhaite en massacrer les habitants ; Antoine s'y oppose et arrête les effets de sa vengeance[9].

Gabinius pénètre plus avant, partage son armée en deux et remporte le même jour deux victoires sur les Égyptiens venus à sa rencontre, l'une sur le Nil avec ses vaisseaux, l'autre sur terre :

Dans toutes les batailles importantes et dans les combats fréquents qui ont lieu pendant cette expédition, Antoine fait preuve d'un courage extraordinaire et montre la sage prévoyance d'un habile général [...] Les Égyptiens lui savent gré de l'humanité dont il use envers Archélaüs. Celui-ci ayant été son ami et son hôte naguère, il ne le combat que par nécessité. Mais, ayant retrouvé son corps sur le champ de bataille, il lui fait des obsèques magnifiques. Par cette conduite, il laisse de lui dans Alexandrie l'opinion la plus favorable[10].

Les Alexandrins sont défaits, ce qui réjouit plus d'un Romain :

Les habitants d'Alexandrie sont très portés à tout oser et à dire tout ce qui leur passe à l'esprit ; mais ils n'ont rien de ce qu'il faut pour faire la guerre et pour triompher des dangers. Cependant au milieu des séditions, et elles sont fréquentes et terribles chez eux, ils ne reculent pas devant l'effusion de sang, et, dans le feu des dissensions, comptant la vie pour rien, ils aspirent à périr dans la lutte, comme si une semblable mort était le bien le plus désirable[11].

Ce trait sur le caractère bavard, brouillon, vantard et volontiers rebelle des Alexandrins n'est pas inutile à relever pour la suite de notre récit. Cléopâtre y sera maintes fois confrontée au cours de son règne. Les palinodies des Alexandrins sont aussi soulignées par les historiens latins :

Le peuple égyptien est digne de ses rois. Il est sorti de sa capitale, sous la conduite d'Archelaüs pour combattre Gabinius ; et sur l'ordre qui est donné d'entourer le camp de fossés et de palissades, toute l'armée s'écrie « que le Trésor public doit payer des ouvriers pour le faire ». Aussi des hommes si énervés ne peuvent-ils soutenir le choc impétueux de nos troupes[12].

Après les avoir vaincus, après en avoir massacré un grand nombre, Gabinius devient sur-le-champ maître de l'Égypte et la rend à Ptolémée. Celui-ci, ayant un besoin urgent d'argent, fait mettre à mort sa fille Bérénice et les citoyens les plus distingués par leur rang et les plus riches, pour s'emparer du trésor de l'usurpatrice, d'une part, et de la fortune de ses sujets les plus aisés, d'autre part.

## Cléopâtre entre en scène

Et Cléopâtre ? Elle a quatorze ans et on peut penser qu'elle a vu revenir son père, tout indifférent qu'il ait été à son égard, avec plaisir, d'autant plus qu'il vient d'éliminer sa sœur Bérénice et que son beau-frère est mort. Elle les considérait comme des concurrents et des usurpateurs. Dans le climat où elle vit, elle a senti en effet monter un appétit immodéré pour le pouvoir dont on lui donnait tous les jours l'exemple autour d'elle. Demeurent ses deux jeunes frères et sa sœur cadette Arsinoé : ils ne sont pas en âge de lui porter ombrage. Appien, dans son *Histoire des guerres civiles de la République romaine*, évoque fugitivement la présence de Marc Antoine dans le palais d'Alexandrie en 55 av. J.-C., où il a été rendre hommage à Ptolémée Aulète dans la salle du trône après ses années d'exil. En sortant, raconte Appien, Antoine croise la jeune Cléopâtre et il est plus que troublé, voire ému par le sourire, la grâce de cette jeune femme qui le salue en un excellent latin. Il quitte le palais encore sous le charme de la toute jeune fille du roi d'Égypte, ne se doutant pas qu'il vient de croiser, avec elle, tout un pan de l'histoire romaine, et son futur et singulier destin.

Lorsqu'on apprend à Rome que Gabinius, en dehors de toute directive du Sénat, s'est permis de remettre de sa seule autorité Ptolémée Aulète sur le trône d'Égypte, c'est la consternation. Cicéron prononce alors un discours où il attaque, d'une part, le gouvernement de Pison en Macédoine et, d'autre part, celui de Gabinius en Syrie, traitant ce dernier de « nouvelle Sémiramis », qui fut jadis en effet une reine légendaire de la Syrie, ce qui, dans le langage romain particulièrement misogyne, est une injure infamante. Il poursuit :

> Ainsi n'a-t-on rien fait en Syrie, sous ce général, sinon des traités d'argent avec des tyrans, des transactions, des brigandages et des meurtres. On a vu le général du peuple romain, à la tête de son armée, lever la main, non pour exciter les soldats à la gloire, mais pour déclarer qu'il avait tout acheté et qu'il achèterait tout[1].

L'allusion à la fortune que Ptolémée a versée à Gabinius pour le rétablir sur le trône d'Égypte est claire, et l'accusation de corruption ne l'est pas moins.

L'allusion se transforme en accusation directe dans un autre discours de Cicéron où il évoque Gabinius :

> Il s'est vendu au roi d'Égypte, a vendu même au roi ses faisceaux, l'armée du peuple romain, les oracles des dieux immortels, les réponses des prêtres, les décisions du Sénat, la gloire et la dignité de l'empire[2].

On se souvient en effet que la Sibylle s'était prononcée contre toute intervention de Rome en Égypte. Cicéron poursuit, insiste et persifle :

Gabinius se met à la solde et à la suite du roi d'Alexandrie. Quoi de plus honteux ? Il va en Égypte, livre bataille aux Alexandrins. En quel temps le Sénat ou le peuple romain a-t-il commandé cette guerre ? Il s'empare d'Alexandrie. Qu'attendons-nous de son extravagance, sinon qu'il écrive au Sénat, qu'il lui mande de si brillants exploits[3] ?

Rome, par la voix de Cicéron, n'accepte donc pas l'état de fait : celui d'un Ptolémée remis sur le trône d'Égypte par un proconsul véreux. Dès lors, le roi d'Égypte et sa famille, tout comme les Alexandrins, parfaitement au courant de l'indignation romaine, savent que leur indépendance est à nouveau menacée. Cléopâtre, tout autant que son père, ses deux frères ou sa sœur Arsinoé, comprend vite que son pays est à la merci de quelque conquérant d'Italie qui viendra transformer en province romaine le royaume prévaricateur d'Égypte, dont l'existence est considérée comme illégale par les voix les plus autorisées de Rome. Elle est bien décidée à jouer un rôle personnel dans le drame qui se prépare et à en tirer tous les avantages. Douée, rusée, intelligente, connaissant de nombreuses langues, dont le grec, l'hébreu, le latin, l'araméen, l'égyptien, ayant une voix particulièrement mélodieuse, elle est assurément, au sein du palais royal, la plus apte à retourner un jour une situation qu'ont compromise les erreurs de son père, son ivrognerie, ses inconséquences, sa courtisanerie à l'égard des Romains et sa façon de se maintenir au pouvoir par la seule corruption.

Pendant que Ptolémée Aulète poursuit sa répression, au cœur même de son palais où il fait exécuter tous les complices de Bérénice et d'Archelaüs, Cléopâtre, qui se sent certainement menacée, adopte à l'évidence une attitude la plus humble et la plus modeste possible et fait semblant de se rallier à son père, lui répétant qu'elle ne l'a jamais trahi, mais a souhaité constamment son retour à Alexandrie. Ptolémée, attaché à Cléopâtre, parce qu'elle est la plus séduisante et la plus intelligente de ses enfants, veut bien la croire. Il ne s'attaque pas aux pédagogues, conseillers et serviteurs de sa fille dont le rôle, quelques années plus tard, sera déterminant dans l'ascension de Cléopâtre vers le pouvoir.

Pendant ce temps, les affaires d'Égypte continuent d'empoisonner la politique romaine. Gabinius renâcle à laisser à son successeur, Crassus, son proconsulat en Syrie qui lui a rapporté tellement d'argent. Il craint également de revenir à Rome où l'attend la justice. Cicéron, dans un discours aujourd'hui perdu, s'en est pris à nouveau à sa personne et il a même affirmé que l'inondation particulièrement désastreuse du Tibre qui vient de se produire au printemps 54 av. J.-C. est due à la colère des dieux devant les menées indignes et factieuses de Gabinius. Cicéron, maître de la palinodie, devient la même année, sur l'ordre de Pompée, l'avocat de Gabinius, rentré le 9 septembre. Il ne réussit pas à faire acquitter son client qu'il insultait quelques mois auparavant. Condamné à payer une amende de dix mille talents, Gabinius, qui a dépensé et surtout gaspillé son immense fortune à laquelle Ptolémée Aulète avait largement contribué, est déclaré insolvable et condamné à l'exil.

Cette série de scandales, à l'origine desquels se trouve le père de Cléopâtre, se termine par un procès intenté en l'hiver 54 av. J.-C. à C. Rabirius Postumus, agent financier qui a prêté des sommes considérables au roi d'Égypte en exil à Rome avant de devenir son ministre des Finances lorsque Ptolémée est revenu au pouvoir à Alexandrie, grâce à Gabinius, à sa légion et à sa flotte. Ce dernier ayant été déclaré ruiné, les légistes romains se retournent contre Postumus et l'accusent d'être en possession des sommes vainement réclamées à l'ancien proconsul de Syrie. Comme Ptolémée Aulète est tout sauf un souverain courageux, il emprisonne Postumus pour donner aux Romains des gages de sa bonne volonté, puis finit par chasser d'Alexandrie cet homme beaucoup trop compromettant. L'intendant des finances du roi se retrouve à Rome sans un sesterce et est traduit devant un tribunal. Il choisit comme avocat... Cicéron. Celui-ci va défendre une cause qu'il aurait jugée indigne deux ans auparavant, celle des affaires d'Égypte, qu'il a si souvent stigmatisées, et celle d'un familier de Ptolémée Aulète qu'il déteste.

Cicéron, dans son plaidoyer, va résumer et éclaircir, à l'avantage certes de son client, les tenants et les aboutissants de cette histoire fort confuse où le père de Cléopâtre a acheté à quelques Romains son retour sur le trône d'Égypte. Dans son discours, Cicéron, on s'en doute, s'appliquera à blanchir Postumus et à accabler Ptolémée Aulète :

Chassé du trône, Ptolémée vint à Rome avec de perfides intentions, comme l'avait annoncé la Sibylle, comme l'a prouvé Postumus. Il manquait d'argent : Postumus eut le malheur de céder à ses prières. Ce n'était pas la première fois : il lui en avait déjà prêté sans le voir lorsqu'il régnait et il ne croyait pas qu'il y eût de la témérité à devenir son homme de confiance quand personne ne doutait que Ptolémée serait rétabli sur le trône par le Sénat et le peuple romain. Cette confiance fut poussée trop loin ; il prêta jusqu'à l'argent de ses amis : il avait tort, qui le nie ? Qui aujourd'hui ne lui en fait pas un reproche ? [...] Un roi le suppliait, il demandait, il devenait pressant, il n'était rien qu'il ne promît ; et Postumus se voyait réduit à craindre de perdre ce qu'il avait prêté, s'il refusait de prêter encore [...] Il se repentait d'avoir commencé, sans qu'il lui fût libre de s'arrêter[4].

Dans le droit contemporain, l'acte commis par Postumus s'appelle un délit de cavalerie. Mais Cicéron, qui joue facilement à l'homme intègre, au partisan d'une République romaine sans reproche, n'en est pas à une contradiction près.

Cicéron poursuit imperturbablement, plaidant la naïveté de son client face à un roi obsédé par l'esprit de lucre :

[...] Quand il ne serait pas certain que c'était pour les dépenses de son voyage, pour la magnificence de son train de vie et de son cortège, que Postumus a remis de l'argent à Ptolémée, qu'il y a eu des billets de faits dans la maison d'Albe de Pompée, lorsque le monarque, parti de Rome, s'en retournait dans son pays, il serait toujours vrai de dire que celui qui donnait l'argent ne devait pas examiner quel usage en pouvait faire celui qui le recevait. Postumus ne prêtait pas à un brigand, mais à un roi ; il ne prêtait pas à un ennemi du peuple romain, mais à un prince qu'un consul avait été chargé par le Sénat de rétablir sur le trône[5].

Petit commentaire : Gabinius avait, on s'en souvient, pris sur lui et sur lui seul, hors de tout ordre du Sénat, de soutenir le retour au pouvoir de Ptolémée :

Il ne prêtait pas à un monarque qui fût étranger pour cet empire, mais à un souverain avec lequel il voyait qu'on avait conclu un traité au Capitole (qui le disait ami du peuple romain) [...] Vous avez, dit l'accusateur, sollicité Gabinius de rétablir le roi. Un engagement d'amitié me défend de parler en mal de Gabinius. Un homme avec qui je me suis réconcilié après une haine si vive, un homme défendu par moi avec zèle, je dois le respecter dans son malheur[6].

Cicéron est bien contraint en effet de citer Gabinius qu'il accabla avant de le défendre :

Mais Postumus a été l'intendant du prince, dites-vous. Oui, et même il a été détenu dans ses prisons. Il a risqué ainsi sa vie. Que n'a-t-il pas souffert par le caprice du monarque, par la nécessité des conjonctures ! Tout se réduit à le blâmer d'avoir été s'établir à la cour d'un roi, de s'être abandonné à son pouvoir [...] Dès qu'il fut venu à Alexandrie, dès qu'il parut à la cour de Ptolémée, le prince lui annonça que l'unique moyen de recouvrer son argent, c'était de se charger de l'administration de ses trésors. Il ne le pouvait qu'avec le titre d'intendant : c'est le nom que porte celui qui est chargé par le roi du soin de ses finances. Postumus trouvait l'emploi désagréable, mais il n'était pas possible de le refuser[7].

Cicéron s'insurge aussi contre l'accusation faite à Postumus d'avoir porté des vêtements grecs, ce qui était d'usage à Alexandrie, et non la toge romaine. Puis revenant à Postumus, il affecte de considérer sa situation de ministre des Finances de Ptolémée comme un sacrifice :

> Il a exercé, dit-on, dans Alexandrie une tyrannie odieuse. Dites plutôt qu'il a gémi lui-même sous un tyran vaniteux : il a souffert la prison, il a vu dans les fers ses amis intimes ; il a souvent eu la mort devant les yeux ; enfin, il s'est enfui de ce royaume, presque nu et réduit à l'indigence[8].

Comme César est l'homme le plus puissant de Rome, et qu'il vient de conquérir la Gaule, même si deux ans plus tard il devra lutter contre un soulèvement général des Gaulois, Cicéron, toujours soucieux de sa carrière, lui rend hommage pour avoir prêté de l'argent à Postumus, lorsque celui-ci était dans le dénuement. Ce qui a permis à l'accusé de se payer un avocat... Cicéron lui-même.

Il est nécessaire d'insister sur cette période peu glorieuse de l'histoire des relations entre Rome et l'Égypte, et de constater à travers elle non seulement la médiocrité de Ptolémée Aulète, mais également la corruption notoire dont certains hauts personnages de l'État romain se sont rendus coupables en se compromettant avec un souverain tyrannique, sans envergure et dont le règne fut un des plus néfastes de l'Égypte des Lagides. Les conséquences de cette période peu glorieuse seront désastreuses à la mort de Ptolémée Aulète, laissant à Cléopâtre et à ses deux jeunes frères un royaume accablé d'impôts, de taxes et d'amendes pendant trente années et livré à l'anarchie, à l'émeute et à la révolte. Cette décadence de l'Égypte, qui n'est pas nouvelle mais qui s'est aggravée sous le règne du père de Cléopâtre, suscite naturellement la convoitise des plus ambitieux et des plus conquérants des Romains, à commencer par César lui-même.

La date approximative de la mort de Ptolémée Aulète, âgé d'environ quarante-cinq ans, nous est connue par un passage d'une lettre en date du mois d'août 51 av. J.-C., adressée à Cicéron, alors proconsul en Cilicie, par M. Cassius, jadis accusé de la mort des députés alexandrins venus à Rome se plaindre de leur roi et exécutés par les agents secrets de celui-ci :

> On annonce la mort du roi d'Alexandrie. La nouvelle paraît certaine. Que dois-je faire ? Quelle est la situation du royaume ? Qui en a pris la direction provisoire ? Écrivez-moi sur tous ces points[9].

Cassius est à cette époque le questeur de Crassus lors de son expédition contre les Parthes, et il n'est pas sans savoir que tout changement de la situation politique en Égypte peut avoir une influence négative en Orient. La réponse de Cicéron a été perdue. Mais la préoccupation de Cassius et ses questions impatientes traduisent bien l'intérêt que les affaires d'Égypte suscitent toujours à Rome parmi les puissants. On est en droit de penser que le roi est mort au mois de mai 51 av. J.-C. et que les habitants d'Alexandrie ainsi que les ministres du roi ne se sont guère précipités pour annoncer la nouvelle, redoutant de susciter à nouveau les convoitises romaines avec la vacance du pouvoir en Égypte. Mais ils se sont réjouis assurément de la disparition d'un roi aussi impopulaire qui avait mis en coupe réglée son pays pour se maintenir au pouvoir à coups de sommes colossales versées à tous les corrompus de Rome. Mort naturelle ou mort provoquée ? Qui pourra le dire, étant donné le climat de suspicion, de rancœur et d'ambition qui règne dans son palais ? Mais peu importe, un gêneur vient de mourir, laissant un testament :

> Ptolémée [Aulète] avait désigné, dans son testament, pour ses héritiers l'aîné de ses deux fils et la plus âgée de ses deux filles ; par le même testament, il conjurait le peuple romain, au nom de tous les dieux et de l'alliance qu'il avait contractée avec lui [souvenons-nous que Ptolémée était déclaré ami de Rome] de faire observer ses dispositions. Une copie de ce testament avait été apportée à Rome par ses ambassadeurs pour être déposée dans le Trésor public ; et, comme les troubles internes à Rome ne l'avaient pas permis (la guerre civile est proche qui va opposer César à Pompée), elle avait été confiée à Pompée. Une autre copie, absolument semblable, avait été laissée à Alexandrie[10].

Les dispositions de ce testament évoquées par César sont conformes à la tradition des pharaons, reprise par les Lagides : le pouvoir est confié au fils et à la fille aînée du roi, c'est-à-dire à Cléopâtre VII Philopator, âgée de quelque dix-huit ans, et à Ptolémée XIV Philopator, un enfant de dix ans, avec obligation pour le frère et la sœur de convoler. Ce qui se fera pour maintenir la fiction, mais ce qui ne se traduira jamais en acte.

Cléopâtre est une jeune femme qui a vécu au milieu des discordes familiales sans nombre, dans une cour d'ivrognes et de courtisans sans fierté, qui a vu mourir sa sœur assassinée par leur propre père et a été le témoin direct de la colère des Alexandrins, émeutiers professionnels qui protestent contre les dépenses inconsidérées de Ptolémée Aulète dont ils n'ont cessé de faire les frais et qui les ont ruinés. Elle a connu enfant la terreur d'être peut-être l'otage ou la victime des séditieux et des incendiaires, terreur qui s'est transformée en une volonté de ne point prendre pour modèle, si les dieux lui permettaient de régner, la lâcheté paternelle. Elle a été éduquée par des pédagogues de haut niveau, grecs pour la plupart et sans doute des affranchis, qui lui ont enseigné les langues principales du bassin méditerranéen. On la dit belle, mais sur les monnaies frappées quelques années plus tard, elle apparaît le visage flanqué d'un grand nez. Erreur du dessin ou de la frappe, ou bien, comme souvent dans les pays d'Orient, marque même de la beauté féminine ? On la sait intelligente, et consciente de sa séduction, qu'elle renforce par sa coquetterie à se vêtir à l'égyptienne et le plus souvent à la grecque. Elle porte des tuniques de couleur, en tissus rares, notamment en soie dont la transparence troublante permet d'apprécier la grâce d'un corps encore jeune et fort bien fait qui avait déjà séduit, on s'en souvient, Antoine, lors de son passage dans le palais d'Alexandrie, au cours d'une rencontre brève et inopinée .

Elle affirme très vite sa volonté d'indépendance et son ambition de régner contre son frère Ptolémée XIV, son faux époux, influencé par un triumvirat tout-puissant de grossiers ambitieux qui vont administrer le royaume pendant sa minorité et qui dictent leur volonté à leur élève soumis. Le premier de ces personnages est l'eunuque Pothin, gras et retors, obséquieux et cruel ; le second, Théodote de Chios, le maître de rhétorique ; enfin Achillas, l'Égyptien, homme à tout faire et notamment les plus basses besognes. Ce trio est bien décidé à profiter de l'extrême jeunesse de Ptolémée XIV pour le manipuler et gouverner à sa place, en le flattant par des propos et des attitudes courtisanes.

Ils ne croient pas que Cléopâtre, en dépit d'ambitions affichées, réussira à leur dérober le pouvoir. Ils savent que la reine n'est guère populaire chez les Alexandrins pour des raisons qui tiennent à une misogynie traditionnelle en Orient et parce que Cléopâtre est un personnage fort secret, imbue de son importance et qui ne s'est jamais mêlée à la foule. Elle n'a jamais pris le parti des habitants d'Alexandrie contre son père, ne s'est jamais préoccupée de leur misère, n'a jamais cherché à influencer Ptolémée Aulète pour qu'il allège les impôts trop lourds et cesse de dilapider l'argent de ses sujets, de l'État et d'énormes fortunes afin d'alimenter les caisses des Romains susceptibles, mais à quel prix, de le maintenir au pouvoir. Cléopâtre irrite le peuple par sa morgue, sa suffisance et sa prétention de femme intellectuelle.

Parce qu'elle est polyglotte, Cléopâtre se croit capable de prendre en main les affaires étrangères de l'Égypte, en attendant mieux. Mais elle se révèle, dans un premier temps, fort médiocre dans ce rôle. Gabinius a laissé à Alexandrie, en partant d'Égypte en 55 av. J.-C., et après avoir rétabli Ptolémée Aulète, quelques corps auxiliaires de cavaliers gaulois et germains qui ont fait souche et ont pris pour compagnes des Alexandrines dont ils ont eu des enfants. Ils se prélassent ainsi au bord du Nil et n'entendent nullement reprendre le métier des armes. Or le consul Bibulus, désigné pour être proconsul en Syrie, désire récupérer ces quelque deux mille militaires pour entreprendre sa campagne contre les Parthes. Il dépêche à Alexandrie ses deux fils pour faire le recensement de ces soldats perdus et pour les enrôler à nouveau. Les deux malheureux sont immédiatement assassinés par les anciens cavaliers en 50 av. J.-C.

Cléopâtre, fort inquiète de ces deux meurtres qui ne peuvent qu'envenimer les rapports déjà fort tendus entre l'Égypte et Rome, fait arrêter les meurtriers et, pour bien témoigner de sa bonne volonté et de son désir d'entretenir désormais avec les Romains des rapports confiants, envoie à Bibulus les assassins chargés de chaînes pour qu'il en tire, à son gré, une vengeance proportionnée à son deuil.

Cléopâtre voit sa manœuvre échouer :

Bibulus refuse cette réparation, la plus grande qui pût être offerte à un père affligé, et la modération prévaut en lui sur le ressentiment. Il renvoie sur-le-champ à Cléopâtre, sans leur faire de mal, les assassins de ses fils, disant que ce n'est pas à lui mais au Sénat qu'appartient le droit de faire justice[11].

La première intervention de Cléopâtre dans le domaine de la diplomatie se solde donc par un fiasco. Elle a cru sans doute que les Romains étaient tous des hommes cruels et sans scrupules. Elle a eu la malchance de tomber sur un des rares honnêtes hommes de la fin de la République romaine. L'histoire ne dit pas ce que devinrent les meurtriers. Il est fort probable qu'ils furent jetés aux crocodiles dans le Nil comme c'était la pratique courante pour les condamnés à mort en Égypte.

Cléopâtre, instruite par son père sur la malhonnêteté des Romains, a cru aisément, ne serait-ce qu'en lui livrant, sans qu'il les demande, les meurtriers de ses fils, acheter la reconnaissance, l'amitié, et surtout l'alliance d'un futur gouverneur de Syrie, pays limitrophe de l'Égypte et avec lequel celle-ci avait eu des rapports à la fois très proches et tumultueux. Elle s'est trompée. En montrant par cet acte inconsidéré son peu d'estime pour les Romains dont elle pensait qu'ils étaient tous corrompus, Cléopâtre s'est faite en peu de temps l'adversaire de la première puissance de la Méditerranée. Cette anecdote, exemplaire de l'état d'esprit des Lagides à l'époque où Cléopâtre prend le pouvoir, restera dans la conscience des Romains au point qu'un célèbre philosophie latin en tirera une leçon de morale du courage civique et de l'abnégation tout en faveur de Bibulus, ennemi alors de son collègue et autre consul, Cicéron. Bibulus en effet a refusé d'accomplir les devoirs de sa charge, en restant caché dans sa maison.

> Le lendemain du jour où lui est annoncé le double trépas de ses fils, il en sort pour aller remplir ses fonctions publiques. Peut-il moins donner qu'un jour à ses deux fils[12] ?

Cléopâtre, même du fond de son palais d'Alexandrie dont elle n'est jamais sortie, comprend que les temps ont changé, et notamment qu'il existe, hélas pour elle, des Romains intègres.

Les temps changent aussi à Rome où, en 49 av. J.-C., éclate la guerre civile entre les partisans des deux conquérants : l'un, Pompée, couvert de gloire par ses victoires sur Mithridate, les pirates de la Méditerranée dont les bases principales se trouvaient sur les côtes d'Asie Mineure, Sertorius et Spartacus, par ses annexions en Orient, et notamment par la prise de Jérusalem en 63 av. J.-C. ; l'autre, César, qui revient en vainqueur des Gaules, offrant à Rome une de ses plus belles provinces.

Dans cette lutte qui ne se réduit pas à une simple guerre des chefs, mais peut remettre en cause l'équilibre des pays limitrophes de la Méditerranée, Cléopâtre sait qu'elle peut s'allier à Pompée qui est souvent intervenu comme protecteur des Lagides et qui possède l'original du testament de son père, Ptolémée Aulète. Elle est prête à lui assurer son concours.

Pompée en effet compte sur Cléopâtre dans la guerre navale qu'il veut mener contre César en Méditerranée où il se sent le plus compétent. Il envoie son fils Cnaeus à Alexandrie et, grâce à l'appui de la reine, et sans doute aussi à une large distribution d'argent, il peut enrôler, sans trop de difficulté, les cinq cents cavaliers gaulois et germains que Gabinius avait laissés à Alexandrie pour la garde de Ptolémée Aulète. La flotte égyptienne, une soixantaine de galères, est confisquée par Cnaeus Pompée qui en prend le commandement, sans omettre une grande quantité de vivres tirés également de ce pays. Les historiens de l'Antiquité racontent que Cléopâtre sut séduire le fils de Pompée. À vingt ans, elle connaît désormais le pouvoir de sa grâce et de sa sensualité qu'elle a pu enfin éprouver pleinement avec le jeune Romain, peut-être le premier homme qu'elle ait connu et qui la change de son garçonnet d'époux.

Mais Cnaeus Pompée est un médiocre stratège et il ne parvient pas à entrer en contact, à la tête de ses nombreux navires fournis par Cléopâtre, avec la flotte de César, très inférieure pourtant en nombre. Celle-ci parvient à traverser sans encombre l'Adriatique, forte des troupes qu'elle transporte. Pompée, le père, contraint à une bataille terrestre en Thessalie à Pharsale, est vaincu le 6 juin 48 av. J.-C.

Cléopâtre, constatant alors que dans cette guerre civile romaine elle a fait le mauvais choix, peut cependant nourrir un sujet de satisfaction et de consolation : la cinquantaine de galères qu'elle a confiées à Cnaeus Pompée rentrent sans dommage au port d'Alexandrie quelques semaines plus tard. La flotte égyptienne est intacte.

Mais pour s'être trompée d'allié, Cléopâtre est confrontée une nouvelle fois à la colère des Alexandrins, furieux que leur souveraine ait disposé de leurs galères sans leur avis pour les donner à ces Romains dont l'arrogance et les exigences leur semblent d'autant plus insupportables qu'ils continuent à considérer l'Égypte, pourtant indépendante, comme leur propriété. Les trois conseillers de Ptolémée XIV, Pothin, Théodote de Chios et Achillas, trop heureux des erreurs de Cléopâtre, excitent la colère des Alexandrins et clament que la sœur dévoyée a voulu priver son jeune frère de son pouvoir légitime en agissant contre son gré, ou plutôt contre celui du trio infernal. Expulsée d'Alexandrie avec sa garde, ses servantes et une bonne partie de son trésor, la reine est contrainte de prendre le chemin de l'exil et du désert pour se réfugier au sein des tribus arabes à la frontière orientale de l'Égypte avec la Syrie. En ces lieux inhospitaliers, elle saura trouver des hommes prêts à se battre pour elle du moment qu'elle les paye bien, les arme sans parcimonie et les nourrit à leur faim. Cette armée de mercenaires s'avère rapidement assez puissante pour marcher sur Alexandrie et reconquérir la ville.

Les trois compères qui ont placé le petit Ptolémée XIV sous leur autorité, inquiets de la revanche possible de Cléopâtre, lèvent à leur tour une armée dont le commandement fictif est laissé au non moins fictif frère et époux de Cléopâtre. Cette armée s'approche de Péluse et s'installe sur le promontoire de Kasion qui commande la frontière entre l'Égypte et la Syrie. Contre toute attente, ce n'est pas Cléopâtre que les « ministres », anciens valets de Ptolémée XIV, vont rencontrer, mais Pompée qui, vaincu, sans troupe, errant en Orient depuis plusieurs semaines, cherche refuge et alliés pour échapper à ses poursuivants, les partisans de César. Un des conseillers de Théophane de Lesbos, présent alors à Chypre, rencontre le conquérant déchu :

> Ce serait folie, lui dit-il, de laisser là l'Égypte qui n'est qu'à trois jours de navigation et Ptolémée qui n'est guère il est vrai qu'un enfant, mais qui est engagé par les témoignages d'amitié et les services que son père a reçus de Pompée[13].

Pompée, aux abois, ne demande qu'à en être convaincu. Il quitte l'île de Chypre avec son épouse sur une trirème de Séleucie. Les autres personnes de sa suite montent sur des navires longs ou des navires marchands. Informé que Ptolémée et ses troupes se trouvent à Péluse (à l'embouchure la plus orientale du Nil) et font la guerre à sa sœur, Pompée envoie des députés à Ptolémée XIV, le priant, au nom de l'hospitalité et de l'amitié qui l'avaient uni à son père (Ptolémée Aulète), de le recevoir à Alexandrie et de lui prêter secours dans son malheur.

Mais ses envoyés, après avoir rempli leur mission, se mettent à parler un peu trop librement aux soldats du roi, les exhortant à rendre service à Pompée, à ne pas le délaisser dans sa disgrâce. Parmi ceux-ci, il y a plusieurs soldats de Pompée que Gabinius a tirés de l'armée de Syrie et amenés à Alexandrie, où, après la guerre, il les a laissés au service de Ptolémée, père du jeune roi.

Instruits de ces démarches, les favoris auxquels l'administration du royaume a été confiée, à cause du jeune âge du prince, soit qu'ils craignent, comme ils le diront par la suite, que Pompée, après avoir débauché l'armée, ne se rende maître d'Alexandrie et de l'Égypte, soit qu'ils le dédaignent dans son infortune (car il arrive souvent dans le malheur que les amis deviennent ennemis), répondent en apparence avec obligeance aux députés de Pompée et invitent ce dernier à se rendre auprès du roi[14].

Ce récit est de César, qui garde dans ses écrits une sobriété de ton qui ne correspond pas toujours aux couleurs dramatiques des événements dont il se veut le peintre. Il existe heureusement d'autres récits antiques de ces heures tragiques qui vont avoir une répercussion capitale sur le destin de Cléopâtre. Il est très important d'en donner ici la relation complète :

Pothin, qui exerce toute l'autorité, assemble un conseil des principaux courtisans. Il invite ses hommes, qui n'ont d'autre pouvoir que celui qu'il veut bien leur accorder, à exposer chacun son avis. Quelle humiliation pour le grand Pompée de voir son sort à la merci des résolutions de Pothin, l'eunuque, de Théodote de Chios, maître de rhétorique à gages, et de l'Égyptien Achillas ! Car ces trois hommes, pris parmi les valets de chambre du roi, et parmi ceux qui l'avaient élevé, sont ses principaux ministres. C'est là le conseil dont Pompée, arrêté à l'ancre loin du rivage, attend la décision, lui qui trouve indigne de sa grandeur de devoir la vie à César ! On propose les avis les plus opposés. Les uns voulaient qu'on renvoyât Pompée, les autres qu'on le reçût ; mais Théodote pour faire parade de son art de rhéteur soutint qu'il n'y avait de sûreté dans aucun de ces deux avis : « Recevoir Pompée, disait-il, c'est se donner César pour ennemi et Pompée pour maître, mais, si nous le renvoyons, il pourra se venger un jour d'avoir été chassé, et César aussi d'avoir été réduit à le poursuivre. Le meilleur parti est donc de le recevoir et de le faire périr. Par là nous obligerons César, sans avoir à craindre Pompée. » Et il ajouta, dit-on, en souriant : « Un mort ne mord pas. »

On adopte cet avis ; et Achillas est chargé de l'exécution. Il prend avec lui deux Romains, Septimius, un tribun militaire, et Salvius, centurion sous Pompée. Il y joint quatre ou cinq esclaves, et il se rend avec cette suite au vaisseau de Pompée. Tous les principaux compagnons de voyage de Pompée s'y sont rassemblés pour voir quel sera le succès de l'ambassade. Lorsque au lieu d'une réception royale ou tout au moins magnifique et qui répondît aux espérances qu'avait données Théophane, ils n'aperçoivent qu'un petit nombre d'hommes qui s'avancent, montés dans un bateau de pêcheur, ce sans-gêne leur semble suspect, et ils conseillent à Pompée de gagner le large, pendant qu'on est hors de la portée du trait.

Cependant, le bateau s'approche ; et Septimius, levé le premier, salue Pompée en latin, du titre d'imperator. Achillas le salue en langue grecque et l'invite à passer dans la barque, alléguant les bas-fonds de la côte et les bancs de sable dont la mer est remplie : il n'y a pas assez d'eau, selon lui, pour y engager une trirème. On voit en même temps des vaisseaux du roi qui s'équipent et des soldats qui se répandent sur le rivage. Ainsi, la fuite devient impossible, quand même Pompée aurait changé d'avis. Montrer par ailleurs de la défiance, c'était fournir aux assassins l'excuse d'un crime. Pompée embrasse Cornélie qui le pleure déjà comme un homme mort, et il ordonne à deux centurions de sa suite, à Philippe, un de ses affranchis, et à un esclave, nommé Scythès, de monter avant lui dans la barque. Comme Achillas lui tend la main de dessus le bateau,

il se retourne vers sa femme et son fils [Sextus], et il prononce ces vers de Sophocle :
« Tout homme qui entre chez un tyran
Devient son esclave, bien qu'il y soit venu libre. »
Ce sont ses dernières paroles. Il passe dans la barque.

La distance était longue, de la trirème au rivage : voyant que, durant le trajet, aucun de ceux qui se trouvent avec lui dans la barque ne lui adresse un mot de compassion, Pompée jette les yeux sur Septimius : « Mon ami, dit-il, me trompé-je, ou n'as-tu pas fait la guerre avec moi ? » Septimius répond affirmativement par un simple signe de tête, sans articuler une seule parole, sans témoigner à Pompée le moindre intérêt. Il se fait de nouveau un profond silence. Pompée prend des tablettes où il a écrit un discours en grec qu'il se propose d'adresser à Ptolémée et il se met à lire ce discours. Lorsqu'ils sont près du rivage, Cornélie, en proie à une vive inquiétude, regarde avec ses amis, juchés comme elle sur la trirème, ce qui va advenir. Elle commence à se rassurer, en voyant plusieurs des gens du roi qui viennent au débarquement, comme pour faire honneur à Pompée et le recevoir.

À ce moment, Pompée prend la main de Philippe pour se lever plus facilement. Septimius lui porte un premier coup d'épée par-derrière, au travers du corps ; puis Salvius après lui, puis Achillas tirent leurs épées. Pompée, prenant sa toge des deux mains, s'en couvre le visage et se livre à leurs coups sans rien dire ni rien faire d'indigne de lui, jetant un simple soupir. Il était âgé de cinquante-neuf ans et il sera donc tué le lendemain de son anniversaire [le 24 juillet 48 av. J.-C.]. Au spectacle de ce meurtre, ceux qui se trouvent sur les navires poussent des cris d'épouvante qui retentissent jusqu'au rivage. Ils se hâtent de lever les ancres et ils prennent la fuite, favorisés par un bon vent qui les pousse en poupe. Aussi les Égyptiens, qui se disposaient à les poursuivre, renoncent-ils à leur dessein. Les assassins coupent la tête de Pompée et jettent hors de la barque son corps tout nu qu'ils laissent exposé aux regards de ceux qui veulent se repaître de ce spectacle.

Philippe, qui ne s'est pas éloigné, lave le corps dans l'eau de mer, l'enveloppe, faute d'autre vêtement, d'une de ses tuniques et ramasse sur le rivage quelques débris d'un bateau de pêcheur, presque pourris, mais suffisants pour former un bûcher à un corps nu et qui n'est pas même entier. Pendant qu'il rassemble et dispose ses débris, un Romain, déjà vieux, et qui, dans sa jeunesse, avait fait ses premières campagnes sous Pompée, s'approche de lui : « Qui es-tu, mon ami, lui dit-il, toi qui prépares les obsèques du grand Pompée ? » « Son affranchi », répond Philippe. « Eh bien, reprend le vieillard, tu n'auras pas seul cet honneur. Amené ici par un hasard favorable, je veux m'associer à ce pieux devoir. Je n'aurai pas à me plaindre en tout de mon séjour sur une terre étrangère, puisque j'aurai eu, en retour de tous mes ennuis, la consolation de toucher et d'ensevelir de mes mains le corps du plus grand capitaine de Rome. »

Voilà les funérailles qu'on fit à Pompée. Le lendemain, Lucius Lentulus [consul en 49, adversaire de César dans la guerre civile et lieutenant de Pompée], ignorant ce qui s'est passé et arrivant de Chypre, longeant la côte d'Égypte, voit le feu du bûcher et, tout auprès, Philippe, qu'il ne reconnaît pas d'abord : « Quel est donc, dit-il, celui qui est venu terminer ici sa destinée et se reposer de ses travaux ? » Un moment après, jetant un profond soupir : « Hélas ! dit-il, c'est peut-être toi, grand Pompée[15] ! »

Lentulus est assez naïf pour croire qu'il trouvera à la cour du jeune roi la protection qu'il recherche. Parvenu à Alexandrie, il est aussitôt arrêté par ordre, non du roi mais des trois ministres, déjà responsables du meurtre de Pompée, lesquels, ne voulant pas laisser en vie un partisan très en vue de leur victime, le mettent à mort dans sa prison.

Une fois de plus, l'Égypte a été fatale à un Romain, et quel Romain ! Une fois de plus, Rome est confrontée au bourbier égyptien, auquel Gabinius s'est mêlé bien imprudemment en restaurant sept ans auparavant Ptolémée Aulète dans ses droits de tyran. Un poète de l'Antiquité, se rappelant cet épisode peu glorieux de l'histoire romaine, après avoir évoqué la mort de Pompée, s'écrie :

> Égypte ! terre souillée par nos guerres civiles, que la prêtresse de Cumes était bien inspirée quand elle défendait au soldat romain de toucher à la rive du Nil, à ses bords gonflés par l'été. Terre cruelle, quel malheur te voue pour un pareil crime ? Que le Nil fasse retourner ses eaux aux lieux qui le voient naître, que tes campagnes stériles appellent en vain les pluies d'hiver ; qu'elles se changent en poussière plus impalpable que celle de l'Éthiopie [16] !

L'Égypte n'est-elle pas en effet une terre maudite pour les Romains, si on en croit ces imprécations épiques ? C'est l'avertissement que semble donner le poète à César qui s'apprête à y débarquer et à Cléopâtre, laquelle, tenue à l'écart du meurtre de Pompée, mais voulant incarner les charmes et les sortilèges de son pays, s'apprête à jouer enfin le rôle de premier plan auquel, par-delà les rêves de son enfance malheureuse, elle se croit destinée.

## César et Cléopâtre

Cléopâtre, on l'a vu, s'est imprudemment impliquée dans la guerre civile romaine qui oppose César à Pompée, en offrant à Cneus, le fils de ce dernier, son corps et un certain nombre de ses vaisseaux qui heureusement n'ont pas pu être utilisés et qu'elle a récupérés. César peut donc aisément la considérer comme une ennemie potentielle. Mais elle est assez fine pour comprendre que, dans cette situation périlleuse, il lui reste un avantage majeur : celui d'être une femme. Elle décide donc de ne point forcer le destin, de laisser le temps courir et de se ranger dans une sorte de neutralité attentiste.

César, à la poursuite de Pompée, parvient en Égypte en août 48 av. J.-C. peu après l'assassinat de celui-ci, avec deux légions réduites en nombre de moitié, c'est-à-dire avec quelque trois mille hommes et huit cents cavaliers, et débarque à Alexandrie. Courtisan et madré, Théodote le rhéteur s'avance au-devant de César en pleine mer. Il porte la tête de Pompée, couverte d'un voile. Avant de l'offrir, il commence par imputer entièrement ce crime à Ptolémée XIV, alors que le malheureux enfant n'y est pour rien. Ce discours ampoulé, véritable acte d'allégeance à César, ne paraît pas si extravagant au regard de l'enjeu dramatique du moment :

« Vainqueur de la terre ! Ô vous, le plus grand des Romains ! et, ce que vous ne savez point encore, maître paisible et de Rome et du monde, puisque Pompée ne vit plus, le roi du Nil vous assure le prix de vos travaux, et sur la terre et sur les mers. Il vous présente ce qui manquait seul à votre victoire de Pharsale. En votre absence, il a terminé pour vous la guerre civile. Pompée, cherchant à réparer les pertes qu'il avait faites en Thessalie, est venu tomber sous nos coups. C'est à ce prix, César, que Ptolémée vient d'acheter votre faveur. C'est d'un tel sang qu'il a voulu cimenter son alliance avec vous. Recevez sous vos lois le royaume d'Égypte sans qu'il vous coûte un seul de vos soldats ; acceptez l'empire du Nil ; acceptez tout ce que vous donneriez pour la tête de Pompée, et regardez comme le plus fidèle de vos clients celui à qui les destins ont permis d'exécuter un si grand coup. Ne croyez pas, César, qu'il ne soit d'aucun prix parce qu'il a été facile. L'aïeul du jeune prince était lié avec Pompée par des liens de l'hospitalité ; son père lui devait sa couronne. Que vous dirai-je de plus ? Vous donnerez vous-même un nom au service qu'il vous a rendu ou vous attendrez que l'univers le nomme. Si c'est un crime, vous avouerez que le mérite en est plus grand, puisqu'on vous en a épargné le reproche. »

Après ce discours, il découvre et présente à César la tête de Pompée. La mort a déjà changé ses traits. César a peine à le reconnaître. [...] Ce n'est point à la première vue qu'il rejette cet horrible présent et qu'il en détourne les yeux : son regard s'y attache pour s'en assurer, mais lorsqu'il a vérifié le crime et qu'il peut, sans danger, paraître sensible et généreux, il répand quelques larmes que la douleur ne fait point couler ; et du fond d'un cœur satisfait, il fait sortir des plaintes simulées. Il ne fallait pas moins pour déguiser sa joie que tous les signes de la douleur. Par là, il dérobe au tyran du Nil* le mérite de son forfait, et les larmes qu'il répand sur la tête de Pompée le dispensent de la payer. Lui qui sans changer de visage avait foulé aux pieds les corps des sénateurs et qui d'un œil sec a vu les champs de Pharsale, il n'ose refuser à Pompée des gémissements et des pleurs [...]

Ô César, quel que soit le sentiment qui t'arrache des larmes, il est bien éloigné d'une piété véritable ; et ce n'est pas pour le sauver que tu le cherchais avec tant d'ardeur et sur la terre et sur les mers. Oh ! qu'il est heureux que la mort te l'ait enlevé ! Quelle honte la Fortune a épargnée à Rome en ne lui donnant par le spectacle de César pardonnant à Pompée[1] !

Là est la pierre d'achoppement. César, dont la duplicité est soulignée par le poète, a souvent accordé sa grâce à ses ennemis. Il aurait voulu montrer sa magnanimité à son pire ennemi. Or le trio des ministres de Ptolémée, par ce meurtre calculé, l'en a empêché et il ne le lui pardonne pas :

Quant aux meurtriers, loin de les féliciter, il les accable de reproches ; et il commande que la tête soit ornée, correctement préparée et enterrée. Pour avoir fait cela, il faut le féliciter, mais par son hypocrisie il frôle le ridicule. Depuis le commencement, il a vraiment voulu prendre le pouvoir ; il a toujours détesté Pompée comme un adversaire et un rival ; sans compter toutes les autres mesures qu'il a prises contre lui.

Il a entrepris cette guerre dans l'unique but de ruiner son rival et d'obtenir le pouvoir suprême ; il n'a eu comme unique but en se précipitant en Égypte que de le renverser complètement s'il était toujours vivant ; et pourtant il fait semblant de pleurer sa perte et d'être accablé par son meurtre[2].

* Ptolémée XIV, toujours, l'époux virtuel de Cléopâtre.

Les ministres de Ptolémée XIV, espérant être récompensés pour leur crime par la reconnaissance de César, sont naturellement déçus. Leur courtisanerie a encore amplifié la colère des Alexandrins, qui craignent, à juste titre, que, profitant de la querelle entre Cléopâtre et son frère, César ne fasse main basse sur l'Égypte et ne l'annexe au domaine territorial de Rome. L'imperator est lucide et s'en explique sans détour :

> À peine est-il descendu à terre [écrit-il de lui-même à la troisième personne, selon sa coutume] qu'il entend des cris des soldats que le roi avait laissés en garnison dans cette ville et qu'il voit la foule accourir vers lui, précédé des faisceaux, ce que tout le peuple regardait comme une atteinte à la majesté royale. Ce premier tumulte apaisé, les jours suivants le peuple se souleva encore plusieurs fois, et il y eut plusieurs soldats de tués en divers quartiers de la ville [3].

César semble ne pas prêter attention aux manifestations d'humeur de la population d'Alexandrie. Il fait mine, dans son récit, de ne pouvoir quitter l'Égypte en raison des vents étésiens contraires. Prétexte fallacieux qui ne trompe personne :

> En attendant, César croit qu'il appartient au peuple romain et à lui-même, en qualité de consul, de régler les différends survenus entre les deux souverains [Cléopâtre et son frère] et qu'il y est d'autant plus obligé que, sous son consulat précédent, l'alliance avec Ptolémée [Aulète] leur père, a été confirmée par une loi et un décret du Sénat [4].

C'est une allusion directe au titre d'ami du peuple romain que le Sénat a accordé à Ptolémée Aulète en 59 av. J.-C. :

Il déclare donc qu'il juge convenable que le roi Ptolémée et Cléopâtre, sa sœur, licencient leurs armées et viennent discuter devant lui leur querelle, au lieu de la décider entre eux par les armes[5].

Il exige donc un désarmement total des belligérants.

Cléopâtre reçoit un message de César où l'imperator lui dit espérer que, sous sa médiation, elle se réconciliera avec son frère. Cléopâtre, craignant un piège, se garde bien d'obtempérer. Elle ne peut envisager de se rendre dans la capitale d'un pays dont les habitants la haïssent et qui ne manqueront pas d'attenter à sa vie. Aussi répond-elle par un bref message dans lequel elle lui fait part de sa méfiance à l'encontre de son frère et de ses ministres et du risque qu'elle encourt à pénétrer dans un territoire hostile.

Mais elle n'ignore pas non plus que César est un séducteur, que son goût pour les femmes est renommé dans toute la Méditerranée :

César baisait beaucoup de femmes et aussi d'autres que le hasard lui faisait rencontrer[6].

Elle lui envoie donc un second message, ménageant le suspense dans lequel elle se disait trahie par ses amis, et demande de plaider sa cause en personne et sans témoin. Cléopâtre a compris que

César ne sera pas insensible à ses charmes et que seul un tête-à-tête avec l'imperator lui permettra de s'en assurer :

C'est une femme d'une beauté surprenante, et à ce moment-là comme elle est dans la perfection de sa jeunesse, elle est vraiment adorable ; elle possède aussi la voix la plus charmante et une façon de se rendre agréable à tout le monde.

Elle est séduisante à voir et à écouter, et possède le pouvoir de subjuguer quiconque, même un homme repu d'amour qui n'est plus de première jeunesse [...]. Elle compte sur sa beauté pour faire valoir ses droits au trône d'Égypte. Elle demande donc d'être admise à le rencontrer, mais sans lui préciser où. Ayant obtenu sa permission, elle se pare et se farde afin de lui apparaître sous la forme la plus souveraine et en même temps d'inspirer la pitié au maître de Rome[7].

Cléopâtre décide donc de se rendre clandestinement au palais d'Alexandrie, où César s'est installé, pour échapper à la police de Pothin et de ses deux acolytes. Avec son ami Apollodore, le Sicilien, elle prend une barque, se présente devant le célèbre phare, une des Sept Merveilles du monde, se fait reconnaître du gardien du port, mais sait acheter son silence et sa coopération grâce à une forte somme d'argent. Elle fait baisser les chaînes qui gardent l'entrée de la darse, et, par des ruelles désertes, arrive de nuit devant le palais. Comme il n'y a pas moyen qu'elle y pénètre sans être reconnue, elle s'enveloppe dans un sac à matelas recouvrant un tapis qu'Apollodore lie avec une courroie, et qu'il fait entrer chez César, par la porte même du palais.

Parvenu sans difficulté dans les appartements

de César, avec son fardeau sur les épaules, Apollodore sait déjouer la méfiance des légionnaires en faction, en prétextant qu'il doit livrer à César un tapis. Mis en présence de l'imperator, il déroule celui-ci et Cléopâtre roule sur le parquet, se relève et apparaît dans toute sa beauté à César. Cette ruse de Cléopâtre est, dit-on, le premier appât qui captive César, émerveillé par cet esprit inventif. Elle se met à genoux devant son interlocuteur ahuri et déjà enchanté, jouant la comédie de la femme affligée, échevelée, et ses vêtements en désordre laissent voir combien elle est désirable. Elle se livre devant le conquérant à un discours qu'elle a certainement bien préparé, où elle mêle le pathétique, la comédie et le drame, n'hésitant pas à recourir aux enflures d'un langage ampoulé en des phrases tantôt flatteuses, tantôt implorantes, et témoignant déjà de son art de la mise en scène et de la tragédie :

> Ô César ! ô le plus grand des hommes ! si l'héritière de Lagos, chassée du trône de ses pères, peut encore dans son malheur se souvenir de son rang ; si ta main daigne la rétablir dans tous les droits de sa naissance, c'est une reine que tu vois à tes pieds. Tu es pour moi un astre salutaire qui vient luire sur mes États. Je ne serai pas la première femme qui aura dominé le Nil, l'Égypte obéit sans distinction à une reine, comme à un roi[8].

Elle explique alors les termes du testament de son père Ptolémée Aulète dont Rome a connaissance depuis longtemps :

« Tu peux lire les dernières paroles de mon père expirant : il veut qu'épouse de mon frère, je partage son lit et son trône ; et le jeune roi, pour aimer sa sœur, n'a besoin que d'être libre. Mais Pothin s'est emparé de son esprit, comme de la puissance. Ce n'est pas l'héritage de mon père que je réclame : affranchis notre maison de la honte qui la souille. Daigne, César, éloigner de lui le satellite armé qui l'assiège et ordonne au roi de régner. De quel orgueil cet esclave n'est-il pas enflé, depuis qu'il a tranché la tête de Pompée ! C'est toi, César (puissent les dieux écarter ce présage), c'est toi qu'il menace à présent ; et il n'est déjà que trop honteux pour le monde et pour toi que la mort de Pompée ait été le crime ou le bienfait de Pothin. »

Le langage de Cléopâtre eût vainement flatté l'oreille farouche de César ; mais le charme de sa beauté se communique à sa prière et plus éloquents que sa voix, ses yeux impurs parlent et persuadent[9].

Séduit dès l'abord par la manœuvre de Cléopâtre pour le rencontrer clandestinement, César est subjugué par sa douceur, par les grâces de sa conversation. Ils passent leur première nuit d'amour ensemble. Plus sobrement, un historien latin écrit sur cette rencontre :

Cléopâtre, sœur du roi, vient se jeter aux genoux de César et réclamer sa part du royaume d'Égypte. Tout parle en faveur de cette jeune princesse : et sa beauté et, ce qui y ajoute encore, l'injustice dont elle se dit la victime, et la haine qu'inspire le roi qui a immolé Pompée à la fortune d'un parti et non pas à César, et qui n'eût pas craint sans doute de frapper ce dernier si son intérêt l'eût exigé[10].

César, à l'aube de cette nuit où ses sens auront été délicieusement enchaînés à ceux d'une reine, peut méditer sur les desseins inattendus de la déesse Fortune et sur les projets imprévisibles de la déesse Vénus à laquelle, séducteur impénitent, il est soumis, ne serait-ce que parce qu'il est issu de la famille d'Iule, fils d'Énée, et petit-fils d'Anchise et de Vénus. Il peut contempler surtout, avec la reine dont il vient de partager et le lit et la jeunesse, depuis les fenêtres du palais d'Alexandrie, cette ville créée par Alexandre le Grand qui lui donna son nom. Elle ne se pose pas comme une rivale de Rome, mais par sa position en Orient, par son architecture singulière, par son prestige culturel, elle est moins une métropole qu'un monde à elle seule. Pour César, passionné par la Grèce, sa langue et sa civilisation, comme pour tout Romain cultivé, sa rencontre avec Cléopâtre, issue de la famille royale et grecque des Lagides, et avec Alexandrie, où se concentrent et se retrouvent toutes les cultures de l'Orient à l'Occident, tient incontestablement de l'éblouissement. Qui peut dire si soudain il n'a pas l'idée d'en faire un jour le centre du monde, la capitale de l'Empire romain dont il rêve ?

Sa fascination pour Alexandrie, qui se mêle à celle que Cléopâtre vient d'exercer sur lui, est plus que justifiée. Alexandrie, dans l'univers de l'Antiquité, est une ville unique, incomparable et rebelle, au carrefour de nombreuses civilisations, soucieuse de son indépendance, de son originalité et de sa supériorité. Ses habitants s'en considèrent comme les gardiens sourcilleux, toujours prêts à se révolter contre toute domination étrangère qui voudrait s'en emparer et l'annexer.

César, sans la connaître, la reconnaît à travers les récits des voyageurs, des géographes, des historiens et de ses propres amis qui en ont fait la description. Mais la beauté et la dimension de cette ville, bâtie selon les plans hellénistiques, comme un damier, avec des rues se croisant à angle droit, l'impressionnent comparées aux lacis des venelles tortueuses romaines bordées de demeures dont la plupart sont en torchis et en bois. Il entend dans ses projets que Rome devienne une ville digne de l'empire qu'elle a soumis, en ordonnant de grands travaux et en créant ce qui deviendra le Forum de César. Mais du haut du palais royal, tout proche de Cléopâtre qui doit sans doute lui désigner les principaux monuments de la ville, il peut mesurer l'harmonie de ces lieux que borde la mer.

Alexandrie, dès l'instant où César s'y installe et jusqu'au jour où Cléopâtre quittera la vie dix-huit ans plus tard, deviendra en quelque sorte la capitale du monde intellectuel. Et le restera. Imaginons que nous suivons César qui en fait la visite, même incognito, ce qui fut probablement le cas, guidé par Cléopâtre, peut-être elle-même déguisée en simple habitante d'Alexandrie, pour ne pas être reconnue par ses concitoyens, qui l'ont chassée quelques semaines auparavant, et ainsi éviter de susciter leur ire.

Un géographe grec, Diodore de Sicile, qui visita la ville en 59 av. J.-C., dix ans avant la venue de César, nous la décrit à grand traits :

Alexandre le Grand voulait bâtir dans ce royaume une grande ville. Il avait déjà ordonné à ceux qu'il y avait laissés d'en préparer le terrain entre la mer et le lac Maréotis ; et lui-même revenu sur les lieux en traça le plan avec beaucoup de soin et la nomma d'avance Alexandrie, de son nom. Par la situation qu'il avait choisie, il lui avait procuré l'avantage d'avoir dans le port l'île de Pharos.

Il avait pris en considération que les vents du nord pussent pénétrer dans toutes les rues pour les rafraîchir. Et en effet ces vents, ayant traversé toute la largeur de la Méditerranée, apportent dans Alexandrie une fraîcheur très agréable et très salutaire. Il l'enferma de murailles qui n'étaient pas moins admirables par leur extrême solidité que par leur étendue prodigieuse. Car étant bornée au midi par le grand lac et au septentrion par la mer même, les murs des deux autres côtés ne laissent en leur milieu qu'une entrée assez étroite et qu'il est très aisé de défendre.

La ville ressemble de ces deux côtés à une cuirasse dont le bas vient aboutir de part et d'autre à une place située dans le milieu et qui est admirable par sa forme et par sa grandeur ; car allant par la communication de deux rues d'une porte à l'autre de la ville, elle est en ce cas de la longueur de quarante stades, sur une largeur d'un arpent en son milieu. Mais surtout elle est environnée de temples et de maisons superbes. Alexandre y fit faire pour la demeure des rois un palais d'une grandeur et d'une solidité merveilleuses : il n'est pas le seul auquel ce palais doit sa magnificence, car tous les rois ses successeurs sur le trône de l'Égypte jusqu'à nos jours l'ont embelli de quelque ouvrage ou de quelque ornement nouveau. En un mot, cette ville a pris tant d'accroissement depuis son règne que plusieurs la regardent comme une des plus belles villes du monde.

En effet, elle les surpasse toutes par l'étendue de son terrain, par la richesse de ses habitants et par la facilité et l'abondance de ses provisions. Aussi n'y a-t-il aucune autre ville qui l'égale par le nombre de ses citoyens. Dans le temps que j'y ai passé moi-même, ceux qui tenaient les registres publics m'ont dit qu'il y avait plus de trois cent mille personnes libres et que les revenus royaux se montaient à plus de six mille talents[11].

Après cet aperçu général de la ville et surtout celui de son exceptionnelle situation au cœur d'un site privilégié, il convient de regarder plus en détail cette cité grandiose. Cléopâtre et César quittent le palais des Ptolémées qui se trouve sur le cap Lochias, à l'est du Grand-Port, formé de nombreux bâtiments de style grec avec des colonnades en marbre et en granit, mais ornés également d'éléments architecturaux, comme des obélisques, des sphinx et des statues de divinité, empruntés à l'Égypte des pharaons. Ces palais, ayant une façade sur la mer, sont si nombreux, chaque souverain ayant voulu construire le sien, qu'ils occupent au moins le quart de la surface de la cité. Cléopâtre et César se rendent tout d'abord en barque sans éveiller les soupçons de quiconque, puisqu'en ce jour du 1er janvier 47 le jour se lève tard.

À la pointe orientale de l'île de Pharos qui fait face à Alexandrie — sorte de langue de terre entre la mer et le lac Maréotis —, les premiers Ptolémées, ancêtres de Cléopâtre, ont fait édifier un phare gigantesque, haut de plus de quatre cents pieds, classé dans l'Antiquité comme une des Sept Merveilles du monde, dont le sommet était alimenté la nuit par un feu de bois, reflété par des miroirs, et le jour diffusait une fumée, le tout pour guider les navigateurs :

Le phare est une tour très élevée, d'une magnifique architecture, bâtie sur une île dont elle porte le nom. Cette île située en face d'Alexandrie en forme le port ; des môles de neuf cents pas de long, jetés dans la mer par les anciens rois du pays, unissent, par un canal étroit et par un pont (l'Heptastade) le phare à la ville[12].

Depuis quelques années, les archéologues ont tiré de la mer d'importants vestiges de ce phare.

Après avoir traversé l'Heptastade, César et Cléopâtre parviennent dans la ville qu'un autre géographe grec, qui y séjourna quelques années après le passage de ses illustres prédécesseurs, décrit en ces termes :

L'aire de la ville a la forme d'une chlamyde* ; les longs côtés de la chlamyde sont ceux qui baignent les eaux de la mer et du lac, avec un diamètre d'environ trente stades, et les côtés courts sont formés par deux isthmes, de sept à huit stades de largeur chacun, et enserrés d'un côté par la mer et de l'autre par le lac. La ville est partout sillonnée de rues que peuvent utiliser les cavaliers ou les conducteurs de char : deux d'entre elles sont extrêmement larges, de plus d'un plèthre de largeur, et s'entrecroisent à angle droit[13].

Ces deux rues principales qui se croisent au centre de la ville sont bordées de colonnades en marbre et en granit, l'une est la voie Canopique qui, partant de la porte de la Lune où aboutit l'Heptastade — et que viennent d'emprunter nos piétons —, traverse la ville selon une direction nord-ouest/sud-ouest jusqu'à la porte du Soleil. L'autre rue, orientée nord-sud, la coupe et c'est à cette intersection que se trouve le tombeau d'Alexandre le

* Et non d'une cuirasse, comme l'a cru Diodore de Sicile.

Grand, vaste mausolée en forme de pyramide que recouvre un dôme autour duquel, sous la forme de niches, reposent tous les Ptolémées dans leurs sépultures. Les deux amants se recueillent en ces lieux du souvenir, avec l'émotion qu'on peut deviner chez César, lui qui a toujours rêvé d'être le successeur du grand conquérant grec.

Ils ont pu également contempler sur la voie Canopique un grand gymnase, comme il y en a de nombreux, mais de moindre importance, dans la ville. Celui-ci, qui appartient aux Lagides et dont Cléopâtre revendique la propriété en tant que souveraine d'Égypte associée à son frère Ptolémée XIV, comporte, au dire de Strabon, quatre portiques longs d'un stade chacun. C'est dans cette sorte d'immense agora que les Alexandrins se réunissent pour délibérer. César, dans quelques jours, les retrouvera en ces lieux.

Empruntant la voie nord-sud vers le nord, les deux piétons anonymes parviennent au Muséum où ont enseigné et enseignent encore les savants, les lettrés, les philosophes, les historiens, les géographes venus de toute la Méditerranée grecque, tels Callimaque, auteur d'*Hymnes* ; Apollonios de Rhodes ; le poète Théocrite, philosophe et mathématicien ; Aratos de Soles, auteur des *Phénomènes et les Pronostics*, un poème pédagogique sur les découvertes nouvelles… Tous forment une sorte d'Académie dont la réputation d'universalité est naturellement parvenue à la connaissance de César. Poussant leurs pas un peu plus loin jusqu'à l'extrémité de la voie Canopique, Cléopâtre et César arrivent devant l'hippodrome, où se déroulent des courses de chars et de chevaux.

En revenant, les amants ont le regard attiré par d'autres monuments et demeures en pierres et en marbres polychromes, comme la célèbre bibliothèque, grosse de plus de sept cent mille rouleaux et parchemins de toute nature. Mais l'aube point, il est temps de retrouver leur palais avant que les premiers Alexandrins n'envahissent les rues et, dévisageant ces curieux passants, ne finissent par les reconnaître.

César, tout à la joie de ses nouvelles amours et au plaisir de se retrouver dans la capitale mondiale de la culture, se sent d'humeur enjouée. Il envoie alors chercher Ptolémée pour tenter de terminer à l'amiable, pense-t-il, la querelle entre les deux souverains. Mais le roi, capricieux enfant, élevé par ses trois ministres dans la haine de sa sœur, constate avec fureur que celle-ci non seulement s'est réinstallée dans le palais dont il l'avait fait chasser, mais encore semble entretenir avec César des relations plus qu'amicales. Il ameute alors les habitants d'Alexandrie dont le moins qu'on puisse dire est qu'ils ne sont guère favorables à Cléopâtre, annonce la nouvelle du retour de sa sœur, crie à la trahison et, comme un enfant casserait un jouet qui lui déplaît, se saisit de son diadème et le jette au loin.

Cette mesure ne fait qu'accroître la furie des émeutiers. Ils assaillent le palais par terre et par mer et ils l'auraient pris à coup sûr, puisque les Romains n'avaient pas à ce moment de forces suffisantes [...]. César, inquiet, sort de son palais, se dirige vers une place bien gardée par ses soldats et parlemente avec la foule vociférante, lui promettant tout ce qu'elle souhaitait[14].

Celle-ci se réunit en assemblée et César, toujours au dire de Dion Cassius, se rend sur les lieux du rassemblement en compagnie de Ptolémée et de Cléopâtre. Il y lit le testament de leur père Ptolémée Aulète. Dans un des passages de ce document, le roi défunt ordonnait au frère et à la sœur de vivre ensemble selon la coutume des Égyptiens et de gouverner ensemble sous la protection des Romains. La foule semble s'apaiser :

César après avoir fait cela et avoir ajouté qu'il lui appartient en tant que dictateur, tenant toute la puissance du peuple, de surveiller les jeunes gens et d'accomplir les vœux de leur père, accorde le royaume d'Égypte conjointement à tous les deux et donne Chypre à Arsinoé et à Ptolémée le jeune[15].

Les Alexandrins se montrent en apparence satisfaits de cet accord qui est célébré par un festin somptueux au palais même des souverains.

Cléopâtre y fait éclater un luxe, une magnificence, dont Rome n'a pas encore l'idée. Le lieu du festin ressemble à un temple, tel que le siècle présent, quoique corrompu, le construirait à peine. Les toits sont chargés de richesses, les bois de lambris sont cachés sous d'épaisses lames d'or. Les murs ne sont plus incrustés, mais bâtis d'agate et de porphyre ; dans tout le palais, on marche sur l'onyx. L'ébène de Xéroé y est prodiguée, y tient lieu du chêne ordinaire et sert aux portes du palais de support et non d'ornement. Les portiques sont revêtus d'ivoire. Sur ces portes immenses, l'écaille de la tortue de l'Inde est appliquée en relief, et dans chacune de ses taches une émeraude étincelle. Au-dedans on ne voit que des vases de jaspe, que des sièges émaillés de pierreries, que des lits où la pourpre, l'or, l'écarlate éblouissent les yeux par ce riche mélange que la navette des Égyptiens sait donner à leur tissu. La salle du festin se remplit d'un peuple sans nombre, d'une multitude d'esclaves, différents d'âge et de couleurs ; les uns brûlés par le soleil d'Éthiopie et portant leurs cheveux relevés en arrière et repliés autour de leur tête ; les autres d'un blond si clair et si brillant que César dit n'en avoir pas vu de plus doré sur les bords du Rhin. On y voit aussi une malheureuse jeunesse à qui le fer a ôté la vigueur*. Parmi elle, on distingue l'âge viril, mais dénué de ses forces, et ayant à peine sur le menton le duvet de l'adolescence.

Ptolémée et Cléopâtre se mettent à table ; et César, plus grand que les rois, prend place entre le frère et la sœur. Peu satisfaite du sceptre de l'Égypte et du cœur du roi, son frère et son époux, Cléopâtre a employé tous les artifices du luxe à relever l'éclat de sa beauté. Les dons les plus précieux de la mer Rouge brillent dans ses cheveux et forment sa parure. La blancheur de son sein éclate à travers un voile de Sidon, tissé par le peigne des Sères et dont l'aiguille des Égyptiennes a desserré le tissu clair et large.

Sur des trépieds formés des défenses blanches de l'éléphant, on a posé des tables rondes du bois du mont Atlas, et si belles que César n'en vit jamais de semblables, même après qu'il eut vaincu Juba. [...]

On sert dans des vases d'or tout ce que l'air, la terre, le Nil et la mer ont produit de plus exquis, tout ce que la folie d'un luxe effréné a pu rechercher de plus rare. Ce n'est pas aux besoins de la nature, mais aux délices de la table qu'on immole dans ce festin les oiseaux, les bêtes fauves, ces dieux du Nil. Des urnes de cristal versent l'eau pure de ce fleuve. De profondes coupes de pierres précieuses reçoivent le jus délicieux des vignes de Méroé, cette liqueur qu'un soleil ardent fait bouillonner, et à laquelle il donne en peu de temps la matu-

* Ce sont des eunuques.

rité d'une longue vieillesse. Le nard odoriférant et la rose qui ne cesse de fleurir dans ces climats couronnent le front des convives. Sur leurs cheveux coulent le cinname dont l'essence ne s'est point évaporée, comme quand il passe sur des bords éloignés, et l'amome nouvellement recueilli dans les campagnes voisines. [...]

Lorsque la volupté rassasiée a mis fin aux plaisirs de la table, César, s'adressant au sage Achorée, qui en longue robe de lin assiste à cette fête, l'engage dans un entretien qui se prolonge bien avant dans la nuit à lui faire l'historique de l'origine des peuples de l'Égypte et de ses rites et coutumes, montrant ainsi, comme toujours, son intense curiosité d'esprit et sa culture universelle. Et il lui dit qu'il est non seulement venu chercher Pompée en Égypte, mais aussi attiré par la renommée du savant. Il lui fait savoir qu'il est curieux de tout et surtout de connaître les causes, inconnues depuis tant de siècles, du débordement du Nil, et dans quel lieu inaccessible ce fleuve prend sa source. Et en guise de boutade, il affirme que si on lui donne l'assurance de trouver les sources du Nil, il abandonnera la guerre civile[16].

Si César a voulu jouer à l'intermédiaire et au diplomate dans cette affaire, il n'a pas réussi à rallier à lui les ministres de Ptolémée, furieux que le petit souverain soit en quelque sorte devenu l'otage de l'imperator, et en particulier l'eunuque Pothin :

Ce dernier ne cesse de travailler, par ses paroles et par ses actes, à rendre César odieux et méprisable. Il fait distribuer aux soldats romains le blé le plus ancien et presque pourri, affirmant que, vivant aux dépens d'autrui, ils devaient s'en contenter. Il ne fait servir à la table du roi que de la vaisselle en bois et en terre, sous prétexte que César a reçu, pour gage d'une dette, toute la vaisselle d'or et d'argent. Le père du roi régnant [Ptolémée Aulète] devait en effet à César dix-sept millions cinq cent mille sesterces. César a fait remise aux enfants de ce prince de sept millions cinq cent mille sesterces mais il demande les dix millions restants pour l'entretien de ses troupes[17].

Vraies ou fausses, Pothin se fait un malin plaisir de répandre dans toute la ville d'Alexandrie ces nouvelles pour exciter la fureur des habitants contre l'occupant romain. Il prétend même que César pille les temples pour se rembourser :

Comme les Égyptiens sont gens fort religieux, et qu'ils sont même poussés au fanatisme, comme ils détestent Cléopâtre, devenue la protégée de César et ayant rétabli l'occupant, dans ses droits d'où ils l'avaient chassée, ils se soulèvent[18].

C'est ainsi près de trois cent mille personnes que vont devoir affronter les amants dans une guérilla urbaine. Le complot de Pothin prend de l'ampleur :

Un des esclaves de César, qui était son barbier, le plus timide et le plus soupçonneux des hommes, découvre, en parcourant le palais, en prêtant l'oreille à tout, et en examinant tout ce qui s'y passe, un complot tramé contre la vie de César par Achillas, général des troupes du roi[19].

On sait que l'armée de ce dernier, qui cantonne à Péluse, fait mouvement vers Alexandrie.

César et Cléopâtre se retrouvent assiégés à l'intérieur de la ville par les émeutiers et à l'extérieur par les armées égyptiennes. Pour l'amour de Cléopâtre, César a été joué et se retrouve dans une position défensive fort périlleuse.

Les troupes d'Achillas ne sont pas à mépriser, soit à cause de leur nombre, soit par leur courage et leur expérience. Il a sous les armes vingt mille hommes. Ce sont des soldats de Gabinius* : accoutumés alors à la vie et aux mœurs d'Alexandrie, ils ont perdu le souvenir du peuple romain et de sa discipline ; ils se sont mariés et la plupart ont des enfants. À eux s'est joint un ramassis de voleurs et de brigands, de Syrie, de Cilicie et des pays voisins, sans compter une foule de gens condamnés à mort ou bannis. Nos esclaves fugitifs trouvent dans Alexandrie une retraite assurée et une certaine existence dès qu'ils se font enregistrer au nombre des soldats [...]. Selon une ancienne coutume des armées égyptiennes, ils peuvent demander la mort des favoris qui leur déplaisent, s'enrichir par le pillage des riches, assiéger le palais de leurs rois, ôter et donner la couronne. Il y a en outre deux mille cavaliers vieillis dans les guerres d'Alexandrie : ce sont ceux-ci qui ont rétabli Ptolémée sur son trône, tué les deux fils de Bibulus et fait la guerre aux Égyptiens. Ils ont donc assez l'expérience de la guerre[20].

César se trouve en situation de dangereuse infériorité en ne disposant que de deux légions. Il ne peut risquer une bataille hors les murs. Il ne lui reste d'autre parti que de garder le palais qu'il occupe dans la ville. César mobilise alors tous les soldats qui lui sont fidèles et demande au roi Ptolémée de se mettre en rapport avec Achillas pour sonder ses intentions :

Ce prince envoie vers Achillas Dioscoride et Sérapion qui avaient été ambassadeurs à Rome et qui avaient été très appréciés par Ptolémée le père. Dès qu'ils paraissent, Achillas, sans vouloir rien entendre, les fait saisir et massacrer : l'un,

* Installés on s'en souvient dans Alexandrie depuis 55 av. J.-C.

frappé et laissé pour mort, est emporté par les siens ; l'autre périt sur la place[21].

De son côté, Pothin continue de prêcher à Achillas l'offensive contre César et lui envoie nombre de dépêches. Il est de fort méchante humeur contre Cléopâtre qui a bousculé ses projets en devenant la maîtresse de César, et passe son temps à ressasser sa rancœur et à exciter les Alexandrins contre le couple adultère qui prétend régner sur Alexandrie, et le fait savoir à son correspondant :

Cléopâtre, cette sœur impie, vient de s'unir à son frère, après s'être unie à César ; et passant de l'un à l'autre époux, elle possède l'Égypte et achète Rome. Cléopâtre a pu captiver par ses charmes l'âme d'un vieillard ; et tu lui confies celle d'un enfant* ! S'il passe une nuit avec elle, si une fois reçu dans ses bras, il a goûté le charme de ses caresses incestueuses, et si, sous le nom d'une amitié sainte, il a respiré un criminel amour, il lui livrera tout, et ma tête et la tienne, chacune pour prix d'un baiser.

Nous expierons le crime de sa beauté sur les gibets et dans les flammes. Il n'y a plus pour nous ni secours ni refuge : elle a d'un côté le roi pour mari, de l'autre, César pour amant ; et peux-tu douter qu'à ses yeux nous ne soyons tous deux coupables, nous qui n'avons jamais recherché ses faveurs ? Hâte-toi, viens, au nom du crime que nous avons commis ensemble, et dont nous perdons tous les avantages ; au nom de cette alliance que le sang de Pompée a scellée ; viens par un prompt soulèvement allumer tout à coup la guerre. Marche sur le palais, change en funérailles les fêtes nocturnes de l'hymen ! Que dans le lit nuptial même, Cléopâtre soit immolée, avec celui des deux qui se trouvera dans ses bras ! Que la fortune

* Ptolémée, le frère époux de la reine.

du chef des Romains ne nous intimide point ! Le même coup du sort qui l'a élevé et qui a imposé son joug à l'univers fait notre gloire comme la sienne. La mort de Pompée nous élève aussi [...]. Nous ne sommes pas d'un sang illustre, mais qu'importe.

Nous n'avons pas en notre pouvoir les richesses et les forces des nations ; mais par le crime nous sommes grands et faits pour accomplir de hautes destinées [...]. Après une illustre victime, une plus illustre encore vient s'offrir à nous [...]. Il est possible que le meurtre de César engage Rome à pardonner aux meurtriers de Pompée. Qu'est-ce qui t'effraie ? Est-ce le nom de César ? Et que fait un nom pour sa défense ? César n'est ici qu'un soldat : il a laissé loin de lui ses forces. Cette nuit seule terminera la guerre civile, vengera les nations et précipitera chez les morts cette tête qui nous reste encore à immoler au repos du monde. Venez tous plonger vos mains dans le sang de César ; que les Égyptiens rendent ce service à leur roi, et les Romains à leur patrie. Toi, Achillas, ne perds pas un instant. Tu trouveras César fatigué des délices de la table, troublé par les vapeurs du vin et prêt à se livrer aux plaisirs de l'amour. De l'audace ! Les dieux seront pour toi[22] !

## La guerre d'Alexandrie

Cet appel au meurtre lancé par un Pothin installé à l'intérieur du palais, dont César se méfie et qu'il fait surveiller, montre à quel point la situation du conquérant romain est précaire. La guerre d'Alexandrie qui va éclater, et qui porte ce nom dans la relation qu'un secrétaire de César nous a laissée, peut-être Hirtius, sera longue, coûteuse en hommes et en matériel, notamment en vaisseaux, et pleine de rebondissements et d'imprévus sur terre, sur mer et dans le port même, dominé par le célèbre phare. Elle apporte aussi la preuve que César, en grand chef de guerre, dont la bravoure est légendaire, sait plusieurs fois se tirer de situations extrêmement périlleuses, grâce à ses ruses et à son génie militaire. Elle appartient à l'histoire militaire, et Cléopâtre n'y joue aucun rôle de premier plan.

Quelques historiens ont insisté sur certaines anecdotes particulièrement intéressantes de cette bataille :

La fille cadette du roi Ptolémée, Arsinoé, regardant le trône comme vacant et se flattant d'y monter, s'échappe du palais, rejoint Achillas et se met à diriger la guerre avec lui. Mais bientôt il s'élève entre eux des querelles sur le commandement[1].

Cette querelle s'envenime et Arsinoé trouve une solution expéditive : elle fait exécuter Achillas par son gouverneur, l'eunuque Ganymède.

Par cette mort, se trouvant sans compétiteur, elle obtient seule l'autorité. Le commandement de l'armée est confié à Ganymède. Celui-ci accepte cette charge, fait de nouvelles largesses aux soldats et pourvoit à tout avec une égale activité. Pendant ce temps, Pothin, gouverneur du jeune roi et administrateur du royaume au sein du quartier général de César, ignorant tout, écrit toujours à Achillas pour l'exhorter à tenir bon et à ne pas perdre courage[2].

César, ayant enfin compris qu'un traître est dans la place, fait arrêter les messagers de Pothin, les soumet à la torture afin qu'ils avouent qui est leur maître puis ils sont mis à mort. L'eunuque capturé est décapité comme Pompée l'avait été par lui !

Au cours des combats se produit une catastrophe culturelle qui, aujourd'hui encore, n'est pas oubliée.

[À Alexandrie] se trouvait une bibliothèque inestimable. D'anciens documents attestent la présence de sept cent mille volumes réunis par la sollicitude libérale des Ptolémées. Mais le tout devint la proie des flammes dans la guerre d'Alexandrie, au moment du sac de la ville par le dictateur César[3].

On comprend pourquoi ce dernier observe un silence total sur cet épisode peu glorieux de cette guerre civile dans laquelle il a pris le parti de

Cléopâtre, par amour et par ambition. César, si soucieux de culture, notamment grecque, ne peut ni ne veut apparaître en cette occasion comme un vil barbare. Il peut faire croire à un incendie accidentel :

Le feu se propageant de l'arsenal, où César a incendié ses navires pour qu'ils ne tombent pas aux mains des Alexandrins, au palais, a consumé la grande bibliothèque[4].

Ce que confirment d'autres historiens :

Beaucoup d'endroits sont incendiés, avec comme résultat qu'entre autres bâtiments, les docks et les entrepôts de grains sont détruits ainsi que la bibliothèque dont les volumes, dit-on, étaient fort nombreux et fort beaux[5].

Un combat naval se déroule du côté de l'île de Pharos, qui tourne à la confusion des Romains. César y fait preuve à la fois de courage et de vaillance sportive :

César saute de la digue sur un bateau pour aller au secours de ses troupes, pressées par l'ennemi. Les navires égyptiens font voile aussitôt de toutes parts pour le cerner. César se jette à la mer, se sauve à la nage, avec beaucoup de peine et de difficulté. Il tient à la main, dit-on, en ce moment-là, des documents qu'il ne lâche point, malgré les flèches qui pleuvent sur lui et qui l'obligent souvent à plonger la tête : il soutient ces parchemins d'une main au-dessus de l'eau, pendant qu'il nage de l'autre[6].

Un autre historien commente :

César aurait péri malheureusement, entraîné vers le fond, à cause de sa robe longue et criblé par les traits des Égyptiens (son vêtement de pourpre, celui de l'imperator, offrait une belle cible) s'il n'avait enlevé son vêtement et s'il n'avait pas réussi à nager jusqu'à une barque qui l'entraîna au loin[7].

Les Égyptiens s'emparent, à défaut du conquérant, du manteau de l'imperator et en font un objet de propagande en leur faveur, le transformant en un trophée exposé à la vue de tous, comme s'ils avaient capturé César en personne !

La guerre dure et ne semble pas devoir finir. Les Alexandrins, sur les conseils des partisans du roi Ptolémée XIV toujours au pouvoir de César, dépêchent vers celui-ci des ambassadeurs pour lui demander de rendre la liberté à leur roi en décembre 48 av. J.-C. L'imperator, après avoir fait remarquer que cette nation était lasse du gouvernement d'Arsinoé, qui n'avait somme toute qu'une autorité limitée, et faisant preuve d'une grande cruauté, ajoute :

César ne connaissait que trop cette nation perfide, toujours habile à feindre des sentiments qu'elle n'a pas. Cependant, il juge à propos de céder à leur demande, persuadé que s'ils pensent véritablement ce qu'ils disent, le prince, après son départ, demeurera fidèle ; ou que si, comme cela est plus conforme à leur naturel, ils ne veulent un roi que pour en faire leur chef dans cette guerre, il y aura pour César plus de gloire et d'honneur à combattre un roi qu'un ramassis d'aventuriers et d'esclaves.

Ainsi, après avoir exhorté ce jeune prince à bien ménager le royaume de ses pères ; à sauver sa belle patrie que ravagent le fer et la flamme ; à ramener ses sujets à la raison et à les maintenir dans de sages sentiments ; enfin à rester fidèle au peuple romain et à César qui a en lui une telle confiance qu'il le rend à ses ennemis armés, tenant dans la main la main du jeune roi qui est déjà grand*, il souhaite prendre congé de lui. Mais le roi, savant dans l'art de feindre [...] commence par prier César, en pleurant, de ne pas le renvoyer : « Il lui sera moins doux, dit-il, de régner que de jouir de la présence de César. » Après avoir essuyé les larmes du jeune homme, César, ému lui-même, l'assure que s'il est sincère, ils seront bientôt réunis, et le renvoie vers les siens[8].

La comédie larmoyante que se jouent les deux hommes apportent à la violence de cette guerre d'Alexandrie une note tragi-comique :

Ce prince, comme échappé de prison, dès qu'il est en liberté, se met à faire à César une guerre furieuse, de telle sorte qu'on pouvait croire que les larmes qu'il avait versées dans cette entrevue étaient des larmes de joie[9].

Et César de se réjouir en constatant que les troupes égyptiennes méprisent la jeunesse et l'incapacité de leur souverain.

On peut se douter que Cléopâtre, toujours retranchée dans le palais ou du moins dans les bâtiments à l'abri des flèches et du feu, apprend la nouvelle de la trahison de son époux et frère avec une grande satisfaction. Désormais, plus rien ne peut la séparer de César, pas même les conseillers de Ptolémée XIV, du moins ceux qui sont demeurés auprès de César, mais qui ont été regardés avec quelque suspicion comme de futurs félons.

* Il doit avoir onze ans !

Arsinoé est enfin déchue de sa royauté usurpée et Cléopâtre peut commencer à songer aux formes que prendra sa vengeance.

Le roi Mithridate de Pergame, allié fidèle de César, le rejoint avec des renforts, mais ne peut forcer le passage de Péluse. Antipater, roi de Judée, arrive de son côté à la tête de trois mille hoplites juifs et oblige les chefs d'Arabie à prendre part au combat. Comme les habitants de Péluse refusent de l'accueillir, Mithridate investit cette ville rebelle. Antipater se distingue entre tous et il réussit à faire une brèche dans la muraille, ouvrant ainsi le chemin aux troupes pour envahir la cité, poste avancé à l'embouchure et, avec l'île de Pharos, une des deux voies d'accès du royaume d'Égypte. Il en déloge les troupes d'Achillas puis marche sur Alexandrie, soumettant toute la région à son autorité et la contraignant à se déclarer en faveur de César.

Antipater joue aussi un rôle capital dans les négociations, notamment auprès des juifs habitant le territoire dit d'Onias qui veulent empêcher Mithridate de rejoindre César :

> Antipater arrive à les persuader de se rallier à la cause de l'envahisseur, à l'exemple de leurs compatriotes, surtout en leur montrant les instructions du grand prêtre Hyrcan qui les prie d'être les amis de César, d'accueillir son armée et de lui fournir le nécessaire. Quand les juifs constatent que le grand prêtre et Antipater sont d'accord, ils obéissent ; les habitants de Memphis, apprenant que les juifs se sont ralliés à César, demandent pour leur part le secours de Mithridate : celui-ci se rend à leur appel et se les adjoint également[10].

Après quelques combats qui sont plus un baroud d'honneur que de véritables batailles, les deux troupes, celle de César et celle de Mithridate, font leur jonction face à l'armée commandée par le roi Ptolémée dont le camp est établi sur une hauteur qui domine l'extrémité de la plaine du Nil. Mithridate a pris soin d'écrire à César qu'il doit la victoire et son propre salut à Antipater. Après divers épisodes guerriers, César attaque le camp de Ptolémée, s'en empare, se livre à un grand carnage et s'en vante :

> La plupart des Alexandrins, pour fuir le péril, se précipitent en foule du haut des remparts du côté qui joignent le fleuve. Les premiers ayant été écrasés en grand nombre dans le fossé facilitent la fuite des autres. Il est certain que le roi lui-même prend la fuite et se jette dans un vaisseau ; mais la quantité de ceux qui gagnent à la nage les navires les plus rapprochés fait couler le vaisseau et le roi périt[11].

Nous sommes en janvier 47 av. J.-C. Le corps du roi lui-même est retrouvé enseveli sous la vase et identifié à la cuirasse d'or qui le distingue.

Les Alexandrins vaincus se soumettent, et César, en maître de l'Égypte et d'Alexandrie, y établit pour roi ceux que Ptolémée Aulète avait désignés dans son testament, en suppliant le peuple romain de n'y rien changer :

> En effet le roi [Ptolémée XIV] qui était l'aîné des deux fils étant mort, il donne la couronne au plus jeune [Ptolémée XV] et à l'aînée des filles, Cléopâtre, qui, fidèle au parti de César, n'a point quitté le quartier qu'il occupe[12].

César, soucieux de protéger sa vie privée, ne fait qu'une brève allusion à Cléopâtre et ne mentionne évidemment pas que, déjà à cette date, la reine d'Égypte est enceinte de ses œuvres.

César préfère régler d'autres problèmes en suspens :

> Quant à Arsinoé, la plus jeune, sous le nom de laquelle Ganymède, ainsi que nous l'avons rapporté, a longtemps exercé une cruelle tyrannie, César décide de la faire sortir du royaume*, dans la crainte que les séditieux ne se servent d'elle pour exciter de nouveaux troubles avant que l'autorité des deux souverains ait eu le temps de s'affermir. Ne prenant que la sixième légion, composée de vétérans, il laisse les autres en Égypte pour mieux assurer le pouvoir des souverains qui irritent leurs sujets par leur soumission à César et qui, établis depuis si peu de jours, n'ont pas encore ce prestige qui ne s'attache qu'à une autorité ancienne. Il pense aussi qu'il est de notre dignité et de notre intérêt de les soutenir avec nos troupes s'ils demeurent fidèles ou de les réprimer avec ces mêmes troupes, s'ils sont ingrats[13].

On peut dire que Cléopâtre, en choisissant le camp de César, a gagné sur tous les plans. Son frère Ptolémée XIV, époux et adversaire, est mort, ses ministres, les trois âmes damnées aussi ; sa sœur rivale est en exil à Rome ; son autre frère, Ptolémée XV, est encore un enfant, et ne partagera certainement pas sa couche avant longtemps, pas plus que le pouvoir, qui lui appartient donc en totalité. Elle attend un enfant du maître du monde

* C'est-à-dire, en termes diplomatiques, l'exiler à Rome.

dont elle espère qu'un jour peut-être il lui succédera. Enfin, César lui a laissé des légionnaires pour la protéger de la vindicte des Alexandrins qui la détestent d'autant plus qu'elle va donner naissance à un enfant engendré par un Romain et non par un Ptolémée, rompant traîtreusement avec des coutumes ancestrales.

Mais César est aussi un rusé. S'il a conservé des légions à Alexandrie, placées sous les ordres du fils de son esclave affranchi, Ruffin, il ne cache pas qu'il s'agit aussi de surveiller Cléopâtre dont il devine l'ambition. Il va également flatter la communauté juive, se souvenant du rôle diplomatique et militaire d'Antipater à ses côtés, dans la guerre d'Alexandrie :

> En Égypte, on assigne aux juifs une résidence à part et tout un quartier d'Alexandrie est réservé à ce peuple. Ils ont même à leur tête un ethnarque qui gouverne cette petite nation (au sein de la capitale du royaume d'Égypte), arbitre les contestations et s'occupe des contrats et des ordonnances, comme s'il était le chef d'un gouvernement autonome[14].

Jules César fait même dresser pour les juifs d'Alexandrie une stèle où il est gravé dans le bronze qu'ils sont citoyens de cette ville.

L'importance et le rôle des juifs ne sont point négligeables dans l'histoire de Cléopâtre qui, au cours de son règne, convoitera souvent non seulement la terre de Judée mais également les richesses et le trésor du Temple de Jérusalem, tant elle aime le luxe et les dépenses somptuaires.

Une fois les Alexandrins vaincus, il semble que César se désintéresse soudain de la politique romaine, envoûté sans doute par Cléopâtre, par les rêves orientaux propres à tant de conquérants, à commencer par Alexandre le Grand, son modèle, depuis le jour où, gouverneur de l'Espagne citérieure, il pleura de n'avoir pas pu encore l'imiter. César vit dans une métropole prestigieuse fondée par le conquérant macédonien et trouve dans les bras de Cléopâtre et dans la magnificence de sa cour un repos du guerrier bien mérité, après douze années de combats et de conquêtes. Il en oublie même toute prudence, preuve de son attachement immodéré à sa maîtresse égyptienne. Il sait que les pompéiens ne sont point vaincus, commandés dès lors par Cneus et Sextus, les deux fils de son rival décapité sur les rives du Nil. Il n'ignore pas que des rois ou des roitelets s'agitent pour, profitant de la guerre civile entre les Romains, s'emparer de territoires convoités. César ne réagit pas.

Il passe l'hiver et le printemps à Alexandrie, en dépit de dépêches de plus en plus inquiétantes sur les menées factieuses des potentats orientaux, et en particulier de Pharnace, qui entend recouvrer les États de son père Mithridate le Grand, roi du Pont. À Rome, on est préoccupé par cette inaction. Déjà, des voix s'élèvent pour accuser Cléopâtre d'avoir ensorcelé César, soit avec quelques philtres de magicienne qui paralysent chez lui toute initiative, soit, plus certainement, en l'épuisant par des relations amoureuses incessantes. César ne donne même plus de ses nouvelles à Rome. On finira par apprendre, mais beaucoup plus tard, qu'il a entrepris de faire du tourisme et de visiter, avec Cléopâtre, dont les tuniques amples ne parviennent pas à cacher sa grossesse, les principaux monuments de l'Égypte, mettant ses pas dans ceux d'Alexandre le Grand qui avait foulé cette terre quelque trois cents ans auparavant.

On voit alors César et Cléopâtre remonter le Nil sur un navire de croisière, une thalamège, distribué en appartements somptueux et escorté d'une flotte de quelque quatre cents navires. Le couple passe devant les antiques villes d'Hermopolis, fait escale à Naucratis, reprend le cours du fleuve jusqu'à Memphis, l'ancienne capitale de l'Égypte où, quelques années auparavant, Cléopâtre avait reçu la couronne des pharaons. Ils s'arrêtent à Thèbes puis continuent à remonter le Nil. César espère-t-il en découvrir les sources ? Vieux rêve de tous les conquérants de l'Égypte, de l'Antiquité à l'histoire moderne.

Les légionnaires, qui longent les rives du Nil pour surveiller le navire de César et de Cléopâtre et protéger sa navigation si besoin est, renâclent à l'idée d'aller si loin, jusqu'en Éthiopie, selon le vœu de César, et finissent par refuser de poursuivre le voyage. Par peur de se perdre dans des contrées inconnues pour toujours et de ne plus jamais revoir et Alexandrie et Rome ? Craignant une mutinerie, César, ayant enfin recouvré la raison, sa maîtrise des événements et sa prudence, décide de regagner Alexandrie avec Cléopâtre. La thalamège accoste aux quais de cette ville en juillet 47 av. J.-C.

César y apprend que Pharnace, profitant de son éloignement, est en train de reconquérir le royaume de son père Mithridate. Il s'arrache aux bras de Cléopâtre, à ses yeux moins désirable depuis qu'elle est grosse de l'enfant qu'elle porte, et s'embarque avec la sixième légion, composée de vétérans, qu'il a amenée d'Alexandrie mais, si affaiblie par les fatigues et les dangers, par ses courses sur terre et sur mer, et par de continuels combats, qu'elle ne compte plus qu'un millier d'hommes. Le reste n'est formé que de trois légions. En une très belle campagne, César réussit à vaincre l'ambitieux Pharnace près de la ville de Zéla, à tailler en pièces son armée et à le chasser du Pont. Pour marquer la rapidité inouïe de sa victoire, il écrit à Amantius, un de ses amis à Rome, ces trois mots : *Veni, vidi, vici* (« Je suis venu, j'ai vu, j'ai vaincu »), chef-d'œuvre de concision et de laconisme d'un rapport militaire, devenu proverbial.

Comme les nouvelles ne sont pas rapides, en dépit d'un courrier fort bien organisé, tous ces événements ne sont guère connus à Rome, d'autant plus que César, on le sait, n'écrit plus et n'envoie plus de dépêches dans la capitale. Cicéron s'inquiète, comme tous les Romains, du silence et de la disparition de César, sur lesquels on ne dispose que de rumeurs. Voyez plutôt.

À Atticus en juin 47 av. J.-C. : « [...] Le héros ne sort pas d'Alexandrie, si bien qu'il ne se soucie pas qu'on sache ce qui s'y passe [...] Rien n'annonce encore le départ d'Alexandrie, et il est certain qu'il n'en est arrivé personne depuis les ides de mars et qu'on n'a pas reçu de lettre de César postérieurement aux ides de décembre [...] Il n'est pas encore question de ce départ de César d'Alexandrie [...] » En juillet, toujours à Atticus : « César ne serait plus à Alexandrie, d'après une lettre de Sulpicius. C'est un bruit assez vague que confirment cependant toutes les nouvelles postérieures. » Le 11 août, Cicéron écrit à Terentia : « Point de nouvelles encore de l'arrivée de César [...]. Aussitôt qu'il y aura quelque chose je vous en ferai part. » Le lendemain, il annonce à la même Terentia : « Enfin j'ai reçu une lettre de César. Elle est bien. Il paraît qu'il arrivera plus tôt qu'on ne pensait. Irai-je à sa rencontre ? Ou l'attendrai-je ici ? [à Brindes]. Quand ma résolution sera prise, vous le saurez. » À Cassius, il écrit : « Qui pouvait prévoir que les scènes d'Alexandrie arrêteraient si longtemps la marche du drame principal ? Qu'un je ne sais quel Pharnace deviendrait l'épouvantail de l'Asie entière ? [...] Moi qui me suis tant pressé de gagner l'Italie, dans le but de voir César et qui ne me hâtais que pour l'inviter à la paix vers laquelle il courait en quelque sorte de lui-même, en sauvant tant d'honnêtes gens ; j'ai cherché et cherche vainement encore à me rapprocher de lui. » Enfin, il annonce dans une lettre du 17 août à Atticus que César est à Antioche, puis, peu après, qu'il est à Patras afin de s'embarquer pour la Sicile et qu'à la fin de l'été il retrouvera l'Italie et débarquera à Brindes[15].

À cette date, Cléopâtre a déjà accouché d'un fils, le 23 juin 47 av. J.-C. Elle ne cherche pas à sauver les apparences, c'est-à-dire à attribuer la paternité de cet enfant à son frère défunt Ptolémée XIV, dont elle a été l'épouse jusqu'en janvier de la même année. Elle lui donne non point le nom de Ptolémée XVI, mais celui de Césarion, diminutif de César, avec, selon l'historien grec Dion Cassius, l'approbation peu enthousiaste de l'imperator lui-même. Par cette appellation, elle fait une grave entorse à la continuité dynastique des Ptolémées et accroît son impopularité chez ses sujets et en particulier chez les habitants d'Alexandrie.

Cette paternité de l'enfant de Cléopâtre attribuée à César fait d'ailleurs débat chez les historiens latins :

Quelques auteurs grecs ont écrit que ce fils ressemble à César pour le visage et la démarche. Marc Antoine affirme, en plein Sénat, que César l'a reconnu ; et il invoque le témoignage de C. Matius, de C. Oppius et des autres amis du dictateur. Mais C. Oppius croit nécessaire de réfuter ce fait et publie un livre ayant pour titre : *Preuves que le fils de Cléopâtre n'est pas, comme elle le prétend, fils de César*[16].

Ami plus tard d'Octave — le futur Auguste — et adversaire acharné de Cléopâtre, Opius veut ôter à Octave la crainte de se trouver avec Césarion face à un concurrent :

Helvius Cinna, tribun du peuple, a avoué à beaucoup de personnes qu'il avait rédigé et tenu prête une loi dont César lui avait ordonné de faire la proposition en son absence, et qui permettait à celui-ci d'épouser, à son choix, autant de femmes qu'il voudrait pour en avoir des enfants[17].

Enfin, dans *Passion et politique chez les Césars*, Jérôme Carcopino, qui avait, dans son *César*, fait de Césarion un bâtard de père inconnu, affirme, en fournissant des preuves troublantes, que Césarion n'est pas le fils de César mais celui de Marc Antoine, qui, neuf mois avant l'accouchement de Cléopâtre, se trouvait à Alexandrie et avait conclu par une brève liaison le désir qu'il avait déjà eu de la reine, en l'apercevant dans les couloirs de son palais, en 55 av. J.-C., lorsqu'elle n'avait que quatorze ans.

Il ne faut pas négliger non plus dans ce débat l'ambition de Cléopâtre. Celle-ci a compris qu'être mère d'un enfant dont le père est le maître du monde constitue un atout non négligeable et a sans doute tout fait pour qu'il en soit ainsi, n'ignorant certainement pas certaines lois de la conception, elle qui était une grande lectrice des ouvrages de la bibliothèque d'Alexandrie où le domaine de la médecine était fort bien représenté.

Comme pour sceller cette paternité et la rendre définitive, Cléopâtre, à l'occasion de la naissance de Césarion, fait bâtir et décorer le temple d'Hermonthis, ou temple de la naissance. Les prêtres et servants de cet édifice prétendent, sous son ordre, que Césarion a été engendré par le dieu du Soleil, Rê, qui avait pris la forme de César. Comme l'écrit avec humour, dans les *Annales de l'École des hautes études* en 1897, le grand égyptologue de la fin du XIXe siècle, Gaston Maspero : « Ils résolurent ainsi avec aisance le problème ardu de transformer le fils d'une Grecque et d'un Latin en descendant authentique des dieux et des pharaons qui avaient gouverné l'Égypte[18]. »

Cette précaution, Cléopâtre ne l'a certainement pas prise à la légère. Si elle est incontestablement une sensuelle, elle n'est certainement pas une sentimentale, mais bien une politique. La reine d'Égypte a vu s'éloigner ou disparaître ses ennemis ou ses concurrents, mais elle se retrouve seule au milieu des Alexandrins, loin de César en campagne contre Pharnace et qui ne peut donc plus la protéger par sa présence. Elle se sent même prisonnière des légionnaires laissés par César pour assurer, certes, sa protection, mais plus encore pour la garder, la surveiller et au besoin l'espionner.

La confiance de César envers Cléopâtre est en effet mitigée. Cette femme qui s'est donnée à lui si facilement pour recouvrer son pouvoir est bien capable, si elle constate que celui-ci à nouveau chancelle, de trouver un autre amant, fût-il l'ennemi du père de Césarion, pour assurer la stabilité de son trône.

À l'automne, César, après avoir remis de l'ordre en Asie Mineure, regagne l'Italie et se prépare, durant l'année 46 av. J.-C., à mener une longue guerre contre les républicains, retranchés avec leurs troupes en Afrique du Nord et dirigés par Caton le jeune, plus connu par les historiens sous le nom de Caton d'Utique. César sort vainqueur de cette nouvelle lutte et Caton d'Utique se suicide. Mais le souvenir de Cléopâtre n'empêche pas César de séduire d'autres femmes au cours de cette campagne en Maurétanie. Il multiplie les frasques, mêlant ses talents de séducteur à ses ruses de politicien :

Il aime aussi des reines, entre autres Eunoé, femme de Bogud, roi de Maurétanie ; et à ce que rapporte Nason, il lui fait, ainsi qu'à son mari, de nombreux et d'immenses présents pour acheter sinon leur alliance du moins leur neutralité[19].

Ainsi, César a pris une nouvelle maîtresse, avec l'accord d'un mari complaisant, sachant bien que Cléopâtre en sera informée par des conseillers hostiles aux Romains, trop contents de rapporter à la reine les trahisons d'un amant qui n'en éprouve aucun sentiment de culpabilité.

César ne regagne pas l'Égypte, ayant compris que les Alexandrins, stupéfaits par ses nouveaux succès qui en font un général invincible, ne sont pas prêts de se rebeller à nouveau contre Rome :

Il organise des fêtes brillantes à Rome, comme il convient en l'honneur de victoires si nombreuses et si décisives. Il célèbre des triomphes sur la Gaule, sur l'Égypte, sur Pharnace et sur Juba, en quatre parties à quatre jours d'intervalle. La majeure partie enchante les spectateurs, mais la vue d'Arsinoé d'Égypte, parmi les captifs et la foule des licteurs et les trophées du triomphe pris sur des citoyens tombés en Afrique*, les contrarie beaucoup[20].

* Les républicains hostiles à César.

Les Romains sont en effet scandalisés que César triomphe non seulement des Barbares, mais aussi de compatriotes hostiles à sa cause, comme Caton d'Utique, et qui avaient combattu loyalement.

La vue d'Arsinoé, une femme, et considérée comme une reine, dans ses chaînes — spectacle qu'on n'a jamais vu, du moins à Rome —, éveille une grande commisération et les spectateurs déplorent à ce propos les malheurs privés. Mais Arsinoé est libérée par égard pour ses frères ; d'autres, y compris Vercingétorix, sont mis à mort[21].

Les Romains ont pitié en effet d'Arsinoé, un moment reine d'Égypte et victime expiatoire de sa sœur Cléopâtre. Comprenant qu'il a tout intérêt à ménager sa popularité, César se montre, on vient de le voir, clément envers Arsinoé pour ne point raviver la colère des Romains qui n'aiment guère la reine d'Égypte. En compensation, la plèbe exulte à la vue d'Achillas et de Pothin, bien entendu morts, mais dont les portraits sont brandis dans le cortège, et exprime sa joie de voir les images du Nil et celles du phare qui semblent étinceler de tous leurs feux.

César laisse même à ses compatriotes, comme il est d'usage lors d'un triomphe, la liberté de se moquer de lui :

Ils plaisantent sur ses amours pour Cléopâtre, et César au contraire ne se fâche pas de ces moqueries, enchanté qu'il est que les Romains utilisent une telle liberté envers lui : c'est une marque de confiance de leur part de savoir qu'il ne s'en irritera pas[22].

Pour se dédouaner d'avoir humilié Arsinoé, et pour bien montrer son attachement, du moins sensuel, à Cléopâtre, « César fait construire le temple de Vénus Genitrix, comme il en a fait le vœu au moment de la bataille de Pharsale [...] Et il place à côté de la déesse une belle statue de Cléopâtre[23] », tout en or. Il rappelle de cette façon que descendant de Vénus, la déesse de l'Amour, il était naturel qu'il rende hommage à la femme qui s'est donnée à lui avec tant de passion une nuit de janvier 47 av. J.-C. à Alexandrie et a célébré avec lui le culte de son ancêtre divin :

> C'est ainsi que Cléopâtre, bien que vaincue et captive, est néanmoins glorifiée parce que ses ornements sont consacrés dans nos temples et qu'on la voit elle-même représentée en or dans le temple de Vénus[24].

Cette apothéose déplaît donc aux Romains, qui la considèrent comme une profanation de leur culte envers Vénus ; mais ce geste n'est pas innocent. Il montre bien que César éprouve, après une si longue absence, à nouveau un désir nostalgique pour Cléopâtre. Au point qu'il lui demande de venir à Rome avec son époux Ptolémée XV et l'installe dans sa demeure entourée de jardins au bord du Tibre. Ainsi, ce qui n'était qu'une rumeur, à savoir ses amours avec Cléopâtre en Égypte, devenait une réalité à Rome, et toutes les classes de la société romaine s'émurent de la présence de cette maîtresse royale dans leurs murs.

Cléopâtre joue alors à la reine, reçoit les hommages des flatteurs, des courtisans, mais aussi, passage obligé et humiliant, de ceux qui la détestent. C'est ainsi que Cicéron, qui la hait, confie à Atticus, deux années après son entrevue avec elle : « Oui, cette reine d'Égypte m'est odieuse et ce n'est pas sans raison, elle le sait bien. » Elle a, semble-t-il, promis à Cicéron quelques objets de l'art égyptien dont il est un collectionneur particulièrement passionné, ainsi que des statues pour orner sa bibliothèque, « uniquement des choses propres à un homme de lettres », explique Cicéron, quelque peu embarrassé d'avoir sollicité la reine, son ennemie, « et compatibles avec ma dignité : je les publierais au besoin en plein Forum ». Ammonius, fidèle ministre de cette reine, après l'avoir été de Ptolémée Aulète, son père, s'est porté garant de ses promesses. Mais Cléopâtre, une fois retournée dans ses États, a tout oublié : « Saras*, outre qu'il m'est connu pour un misérable, a été fort impertinent à mon égard. Il vint une seule fois chez moi et comme je lui demandai poliment ce qui l'amenait : c'est Atticus que je cherche, me dit-il. Encore aujourd'hui, je ne pense pas sans colère à l'arrogance de la reine dans les jardins au-delà du Tibre. Qu'on ne me parle plus de ces gens-là[25]. »

La présence de Cléopâtre à Rome suscite des inquiétudes politiques même au sein du camp des césariens et dans la plèbe. Ils craignent que la reine,

* Un des serviteurs de Cléopâtre.

cette jeune femme séduisante âgée de vingt-trois ans, n'influence César, qui en a cinquante-cinq , et ne le pousse à ceindre le diadème des rois hellénistiques et à devenir le premier souverain d'un nouveau régime monarchique romain que tout le monde à Rome, depuis la chute des Tarquins, les derniers rois de Rome, trois cents ans auparavant, a en horreur.

César repart en campagne, de décembre 46 à octobre 45 av. J.-C., contre les fils de Pompée qui ont repris la guerre civile et qu'il défait non sans mal, et non sans un grand carnage, à Thapsus en Afrique du Nord et à Munda en Espagne. Pendant ce temps, Cléopâtre mène grand train à Rome, élève son fils Césarion, se pavane avec son époux et frère Ptolémée, jeune adolescent encore imberbe, ce qui suscite la réprobation des bien-pensants, des matrones romaines et de tous ceux qui ne cessent d'évoquer les antiques vertus des premiers républicains. Celles-ci, selon eux, ont été dévoyées par les conquêtes et l'oisiveté, oubliées dans la mollesse et la paresse, étouffées par l'argent et anéanties dans la débauche. Lorsque César revient à Rome auréolé de gloire, il obtient tous les titres qu'une république soumise lui attribue, consul à vie, dictateur à vie, grand pontife à vie. Il est devenu un souverain, mais un souverain sans couronne dans un régime politique qui se dit toujours républicain.

En retrouvant Cléopâtre, ses servantes égyptiennes, ses serviteurs nubiens, sa cour d'Alexandrie qu'elle a transportée à Rome, César se sent repris par le rêve de l'Orient fabuleux et mystérieux dont Alexandre le Grand connut, lui, les secrets. Quelques Romains, soit par flagornerie, soit parce qu'ils ont saisi l'importance de l'Orient dans le monde méditerranéen et la position peu confortable politiquement et géographiquement d'une Rome trop excentrée à l'ouest, flattent le penchant de César à se tourner vers l'est, vers ces terres grecques où est née la culture antique, vers ces territoires inconnus qui vont jusqu'à l'Indus et que foula Lagos, l'ancêtre de Cléopâtre, le fondateur de la dynastie des Ptolémées.

La crainte des derniers républicains est donc fondée, qui voient avec terreur César aspirer à nouveau à se faire couronner roi. Non seulement Cléopâtre l'y pousse, mais encore Marc Antoine. Celui-ci est devenu, en l'absence de César, un familier de la demeure de la reine d'Égypte, et peut-être, raconte-t-on à Rome, son amant. Mais César, qui a toujours dit que la femme de César ne devait pas être soupçonnée, encore moins sa maîtresse royale, fait semblant d'ignorer les ragots qui circulent à Rome à ce sujet.

De son côté, César, instruit par Cléopâtre, fait répandre le bruit « que les prêtres appelés quindecemvirs ont publié un oracle de la Sibylle aux termes duquel les Parthes ne pourraient jamais être subjugués par tout autre que par un roi, et doivent en conséquence proposer de donner ce titre à César[26] ».

Marc Antoine, enfin, chapitré par Cléopâtre,

réussit à convaincre César de tenter de lui donner le titre de roi devant la plèbe rassemblée, afin de voir si l'opinion publique est prête à accepter une telle révolution :

César assiste sur le Forum aux lupercales [une fête en l'honneur du dieu italique Faunus Lupercus, protecteur des troupeaux contre les loups], installé sur un trône d'or, devant les rostres, quand Antoine, collègue de César au consulat, qui court nu et le corps huilé, comme il est de coutume pour les prêtres de ce culte, se précipite sur les rostres et lui place sur la tête un diadème. À cette vue, une minorité exprime, en applaudissant, son approbation, et une majorité, en gémissant, sa désolation[27].

César, en bon comédien, ayant compris qu'il est allé trop loin, et faisant accroire qu'il n'est pas responsable du geste intempestif de son collègue, rejette le diadème.

Antoine tente de nouveau de le lui placer, et de nouveau César le rejette. Et le peuple, pendant cet affrontement, garde le silence, passionné de connaître la fin de cet épisode. Quand César semble avoir renoncé définitivement à la couronne à travers ces deux gestes de désaveu faussement agacé, le peuple crie sa joie en le félicitant d'avoir maintenu son refus[28].

Cléopâtre apprend sans joie que le peuple repousse le titre de roi pour César. Ne renonçant nullement, elle convainc son prestigieux amant de faire une nouvelle démarche en ce sens, mais d'une manière plus détournée, plus symbolique et par conséquent plus adroite :

Il rentre dans Rome après le sacrifice habituel des féeries latines [qui se célèbrent sur le mont Albain], lorsque, au milieu des acclamations extraordinaires et insensées du peuple, un homme, se détachant de la foule, va poser sur sa statue une couronne de laurier nouée d'une bandelette blanche [l'exacte réplique du diadème des rois hellénistiques]. Les tribuns Épidius Marullus et Césétius Flavus font enlever le diadème et conduisent cet homme en prison[29].

César manque-t-il alors de sang-froid, preuve de son désir impérieux de suivre les conseils de Cléopâtre et de devenir roi comme elle est reine ?

Voyant avec douleur que cette tentative de royauté a si peu de succès ou, comme il le prétend, qu'on lui a ravi la gloire du refus, il apostrophe durement les tribuns et les prive sur-le-champ de leur pouvoir[30].

César est allé trop loin. Les républicains sont convaincus qu'il veut rétablir un régime monarchique honni. Cette imprudence, voire cette bévue, conséquence de son comportement d'amoureux passionné de la reine d'Égypte, est bien analysée par un de ses contemporains :

Jamais César ne pourra se laver du reproche déshonorant d'avoir ambitionné la dignité royale, quoiqu'il ait répondu un jour au peuple, qui le saluait du nom de roi : « Je suis César et non pas roi[31]. »

Mais le mal est fait. César n'entreprend rien pour l'éradiquer, emporté malgré tout par son ambition de devenir le souverain de Rome et de son empire sur mer et sur terre, convaincu aussi que Cléopâtre a raison.

Sans en avoir le titre, il se comporte alors en véritable monarque et se laisse aduler :

Les flatteurs lui permettent de construire un tombeau dans l'enceinte du pomerium. Ils gravent les décrets relatifs à ces honneurs en lettres d'or sur des plaques d'argent et les placent sous les pieds de Jupiter Capitolin [...] Quand ils voient que leurs décrets lui font plaisir (à l'exception d'un petit nombre, il les accepte tous), ils se mettent à accumuler sur lui hors de toute mesure des honneurs de plus en plus grands, les uns par excès de flatterie, les autres aussi par raillerie. Quelques-uns osent lui permettre d'avoir commerce avec toutes les femmes qu'il voudrait : car en dépit de sa cinquantaine, il en a plusieurs[32].

Cette polygamie qu'on recommande à César est évidemment contraire aux lois romaines et d'autant plus suspecte qu'elle est habituelle chez les potentats orientaux :

César prenant plaisir à ces honneurs, on lui donne un siège doré, une toge semblable à celle qu'avaient jadis portée les rois, une garde composée de chevaliers et de sénateurs ; de plus, il est décidé que chaque année on fera des prières publiques pour sa personne, qu'on jurera par sa fortune, qu'on ratifiera tous ses actes. On institue en outre en son honneur, comme en l'honneur d'un héros, des fêtes quinquennales, un troisième collège de prêtres chargés de célébrer les lupercales et qui reçoit le nom de collège des Juliens ; et à perpétuité, dans les combats de gladiateurs, soit à Rome, soit en Italie, un jour qui lui est spécialement consacré.

César ayant également accueilli avec plaisir ces nouveaux honneurs, on décrète que dans les théâtres il aura un siège doré, une couronne enrichie de pierreries et d'or, pareille à celle des dieux, et qu'un char de César sera amené dans les jeux du cirque. Enfin on le proclame ouvertement Jupiter Julius, et l'on décide qu'un temple, avec une enceinte sacrée, sera élevé à César et à sa clémence, avec Antoine pour prêtre, comme une sorte de flamine dial[33].

# Le choix de Cléopâtre

Cette adulation qui va jusqu'à la divinisation de César consterne les Romains qui y voient, non sans raison, l'influence néfaste de Cléopâtre. Celle-ci sait que, selon la coutume, les souverains hellénistiques, mêlant la tradition des rois macédoniens à celle des pharaons, sont considérés comme des dieux. Elle-même, nous l'avons déjà noté, lorsque Césarion est né, n'a-t-elle pas fait construire un temple à sa gloire et à celle de son fils à Memphis ? Pour les Romains, il s'agit ni plus ni moins d'un retour aux coutumes honnies des anciens rois de leur État, une véritable trahison. Lorsqu'ils apprennent, par des bruits répandus comme autant de « tests » ou de « sondages d'opinion », que César devait transporter à Alexandrie ou à Troie le siège et les forces de l'empire, après avoir pressuré l'Italie par des levées d'impôts extraordinaires, en laissant à ses amis le gouvernement de Rome, les plus mécontents d'entre eux se transforment en furieux comploteurs et prennent la décision d'assassiner cet homme si dangereux pour la République. César est, en effet, aux yeux de la majorité des Romains, envoûté par Cléopâtre, et d'aucuns voient en elle une sorte de magicienne ou de sorcière.

Le complot réussit aux fameuses ides de mars 44 av. J.-C., et César est assassiné en plein Sénat. La reine Cléopâtre se trouve alors toujours à Rome, avec Césarion. Elle craint non seulement pour sa vie et pour celle de son fils, mais encore pour l'Égypte même, qu'un décret peut très bien transformer en province romaine, la privant du même coup de toute souveraineté sur ce pays. Antoine, dont le rôle auprès de la reine est toujours passé sous silence par les historiens antiques, est particulièrement important : c'est lui qui préside aux funérailles de César et conseille à Cléopâtre de quitter Rome au plus vite. S'embarquant avec sa suite sur des navires à Ostie, elle fait voile vers Alexandrie.

Elle a réussi peu de temps auparavant à se débarrasser d'un personnage gênant, son propre époux, le roi Ptolémée XV, âgé de quinze ans, en le faisant empoisonner. Elle veut se sentir libre de tous liens conjugaux et de toutes pressions d'un mari qui serait, à l'évidence, comme l'avait été le précédent, manipulé par des conseillers sans scrupules. Elle se retrouve seule face à une situation encore insaisissable et, malgré son sang-froid, doit tout de même craindre le pire. Du moins est-elle également délivrée d'une concurrente possible, sa sœur Arsinoé, qui, après le triomphe de César, a été reléguée dans un temple à Éphèse.

De Sinuesse où il se trouve, Cicéron, dont on a vu qu'il n'est guère un ami de la reine, et qui s'est réjoui de l'assassinat de César dans une lettre à Atticus, écrit en avril 44 av. J.-C., à ce même ami, cette phrase laconique mais qui en dit long sur son soulagement : « Je ne suis pas fâché du brusque départ de la reine. » Il faut croire qu'il est obsédé par Cléopâtre, puisqu'il y fait encore allusion en mai dans une lettre à son affranchi Tiron, secrétaire et écrivain lui-même : « Qu'y a-t-il de vrai, je vous prie, dans l'histoire de la reine et de son petit César[1] ? » Sans doute se pose-t-il, comme tout Rome, des questions sur la véritable paternité du fils de la reine d'Égypte, surtout parmi les partisans de César, qui ne sont pas les derniers à la nier, pour la simple raison qu'elle peut évidemment faire ombrage au prestige posthume de leur grand homme…

À cette date, la reine a rejoint Alexandrie, où elle retrouve les légionnaires laissés par César et qui ont réussi à maintenir l'ordre dans une ville dont les habitants ont vite fait de s'enflammer. La mort de César a dû réjouir plus d'un des sujets de Cléopâtre. Ils ont vu ainsi s'éloigner le spectre d'un Romain devenant roi d'Égypte pour mieux s'emparer de ce pays. Aussi, à son arrivée, Cléopâtre est-elle assez bien accueillie ; des prêtres de Thèbes la saluent en faisant précéder un décret religieux, rédigé en grec et en démotique, qu'ils viennent de prendre, d'une titulature qui l'honore et qui reconnaît Césarion comme un prétendant possible au trône des Ptolémées : « Cléopâtre, déesse Philopator, et Ptolémée, dit aussi César, dieu Philopator, Philométor[2]. »

Pourtant, la situation politique de l'Égypte est toujours incertaine. Après la mort de César, c'est une autre guerre civile qui éclate et s'ajoute à la première, entre partisans césariens et anticésariens ou républicains. Les quatre légions romaines installées à Alexandrie vont-elles se ranger logiquement aux côtés des césariens ou se retrouver, privées de chef, du côté des républicains et des pompéiens qui, apparemment, peuvent espérer la victoire, après la disparition de leur principal ennemi ? Cicéron lui-même se pose la question, et se fait ainsi l'écho des préoccupations de dirigeants romains à ce sujet. Des rumeurs doivent circuler puisque, dans une lettre à Atticus, en octobre 44 av. J.-C., il écrit :

« Servilia [la mère de Brutus] prétend qu'un esclave de Bassus est arrivé, annonçant l'insurrection des légions d'Alexandrie. Bassus* aurait été appelé par elle. On attendrait Cassius**[3]. » Sous-entendu : pour rétablir l'ordre. « Que voulez-vous ? conclut Cicéron, il semble que la république va reprendre ses droits ; mais ne nous flattons pas avant le temps : vous savez tout ce que ces misérables ont de ressources et d'audace pour faire le mal[4]. »

Cléopâtre se tient au courant des affaires de Rome et entend prendre parti dans un premier temps en faveur des césariens, montrant ainsi sa fidélité envers la mémoire d'un homme à laquelle elle reste incontestablement attachée. Elle n'ignore

* Il s'agit de Q. Caecilius Bassus, ancien gouverneur de Syrie et partisan de Pompée.

** Un républicain, meurtrier de César.

donc pas qu'Antoine se pose en chef des césariens, aux côtés de César Octave, le fils adoptif et neveu de César, héritier non seulement de la fortune de son oncle, mais aussi de son titre. Un troisième larron, sollicité par Antoine, entre en scène : Publius Cornelius Dolabella, gendre de Cicéron, dont il a épousé la fille Tullia. Il a été successivement, avec le même cynisme et le même aplomb, anti-, puis procésarien. Personnage corrompu et peu recommandable, il obtient d'Antoine la province de Syrie, mais doit en déloger Cassius, le républicain. Cléopâtre reçoit Alliénus, venu lui demander, au nom de Dolabella, les quatre légions laissées naguère par César à Alexandrie. La reine d'Égypte répond positivement à sa requête et les légionnaires gagnent la Syrie par voie de terre. Dolabella conquiert peu à peu le Proche-Orient, fait mettre à mort Trébonius, un des meurtriers de César, à Smyrne, et se constitue une flotte, en recrutant des vaisseaux à Rhodes, en Lycie, en Pamphylie et en Cilicie.

Mais lorsqu'il demande à Sérapion, gouverneur égyptien de Chypre, de lui fournir quelques bateaux, celui-ci, faute d'ordre de Cléopâtre, les lui refuse. Il est vrai qu'il les a déjà envoyés à Cassius. Pendant ce temps, les quatre légions venues d'Égypte pour le compte de Dolabella ont changé de chef. C'est Cassius lui-même qui l'annonce dans une lettre à Cicéron le 7 mars 43 av. J.-C. :

Apprenez que A. Alliénus m'a livré les quatre légions qu'il avait ramenées d'Égypte. Inutile, je pense, après cela, d'ajouter un seul mot pour vous engager à défendre de toutes vos forces la république en notre absence[5].

Le 7 mai, le même Cassius confirme à son cher Cicéron :

À peine ai-je reçu les légions que A. Alliénus a ramenées d'Égypte que je vous ai écrit et que j'ai expédié aussi des courriers à Rome. J'ai écrit aussi au Sénat, avec ordre de vous communiquer mes dépêches avant de me les remettre. J'espère qu'on n'y aura pas manqué[6].

Si Cassius insiste autant, c'est que l'événement est d'importance et que ces quatre légions dont Cléopâtre n'a plus le contrôle vont faire basculer la guerre civile dans cette région, au profit des anticésariens qui sont, à l'évidence, les ennemis mortels de la reine d'Égypte.

Celle-ci est décidée malgré tout à soutenir jusqu'au bout Dolabella parce qu'il est l'ennemi de Cassius et des meurtriers de César. Elle possède toujours une flotte importante et songe à la lui envoyer. Mais il est déjà trop tard, et Cassius la lui demande sans ménagement, tout comme il a intégré à ses troupes les légions d'Égypte. Cléopâtre tergiverse, et finalement refuse de donner ses navires à Cassius, prétextant qu'elle a besoin de ses bateaux pour ravitailler un royaume en proie à la peste et surtout à une famine sans précédent, en raison semble-t-il de l'insuffisance de plusieurs crues du Nil.

Cléopâtre a choisi le mauvais camp. Cassius, vainqueur, a fait le siège de Laodicée où s'est enfermé Dolabella dont la tête coupée finit par être présentée au général romain. Cléopâtre est dans une situation plus que périlleuse : elle n'a plus de légions pour la protéger et elle s'est attiré l'hostilité de Cassius. De plus, l'Égypte se trouve à nouveau, sous son règne, au centre des convoitises des belligérants.

Cassius n'ignore pas en effet que la flotte de Cléopâtre est demeurée intacte dans le port d'Alexandrie, et craint que la reine d'Égypte ne l'envoie à Antoine et à Octave qui la lui ont réclamée. Il s'apprête donc à marcher sur Alexandrie pour s'emparer et des navires et du trésor des Ptolémées qu'on dit fabuleux.

Mais les circonstances tournent à l'avantage de Cléopâtre. En effet, Brutus, le meurtrier de César, écrit à Cassius de quitter au plus vite l'Égypte où il venait de pénétrer, et, devant le danger que représentait Octave, de venir le rejoindre à Smyrne, afin que tous les deux mettent en commun leurs forces armées sur terre et sur mer. Cassius obéit à Brutus et laisse une petite troupe à son neveu Lucius Cassius en Syrie. Les deux hommes se rencontrent et, selon Plutarque, Cassius fournit une grosse somme d'argent à Brutus à la fin de l'année 43 av. J.-C. afin de parfaire l'armement de ses troupes et de sa flotte. Pour se rembourser en quelque sorte, il se retourne contre Rhodes qui avait rallié Dolabella et qu'il pille sans scrupules, et envoie Statius Marcus avec soixante navires au cap Ténare, dans le Péloponnèse, pour interdire le passage des navires d'Alexandrie, dans l'hypothèse où la reine d'Égypte ordonnerait à sa flotte de rallier Octave et Antoine.

Pour Cléopâtre, il est donc urgent d'attendre que la situation se décante. Aussi se garde-t-elle bien de faire sortir ses bateaux du port d'Alexandrie, comprenant que sa flotte tant convoitée la place en position d'arbitre. Le commandant de la flotte de Cassius, Statius Marcus, ne voyant rien paraître à l'horizon du cap Ténare, décide de larguer les amarres et de gagner Brindes, sans en référer d'ailleurs à son chef. Apprenant cette bonne nouvelle qui lui ouvre une voie maritime capitale, Cléopâtre prend elle-même le commandement de sa flotte, mais, prise de mal de mer, au large de la Libye, demande à ses marins de rebrousser chemin et de revenir à Alexandrie, leur point d'ancrage.

Cléopâtre est assez bonne comédienne pour avoir ainsi montré à Antoine ses bonnes dispositions à son égard, et avoir fait semblant de se rallier à lui, sans en avoir eu du tout l'intention. Sa prudence sera payante. Non seulement elle ne se compromettra pas ouvertement, mais surtout elle conservera sa flotte comme moyen de pression, de négociation et de chantage pour les mois à venir, bien décidée à faire payer fort cher son alliance avec l'un des chefs de la guerre civile, quel qu'il soit, et si possible à se rallier au dernier moment à celui qui risque de l'emporter sur tous les autres, c'est-à-dire au plus fort. Cléopâtre, femme passionnée et dont les précédentes actions ont paru souvent irréfléchies, montre ainsi, en cette circonstance difficile, qu'elle a mûri, a su être une pragmatique et donc une politique.

Aussi, lorsque les césariens et les anticésariens s'affrontent en novembre 42 av. J.-C. à la bataille de Philippes, n'y voit-on pas l'ombre d'un navire égyptien. Certes, Antoine, qui en est le vainqueur incontestable, est en droit de demander à Cléopâtre pourquoi elle s'est refusée à lui fournir les bateaux qu'il lui réclamait depuis de longs mois avec insistance. D'autant plus qu'il est désormais le maître de toute la partie orientale des possessions romaines en Méditerranée, tandis qu'Octave, avec lequel il s'est entendu, gagne l'Italie pour y surveiller les territoires de l'Occident romain désormais en son pouvoir.

Cléopâtre, qui connaît bien Antoine, dont elle a été — rappelons-le — sans doute la maîtresse à Rome, au temps de César, ne doit pas être trop inquiète de ce partage. Elle sait comment séduire cette sorte d'enfant aux allures de colosse qui rêve de conquérir le monde et qui est incapable de résister au moindre de ses désirs. Elle connaît le genre de plaisir qu'il apprécie et elle saura comment le lui dispenser. Ses espions, mais aussi des voyageurs et des commerçants, lui rapportent les frasques et les fantaisies coûteuses auxquelles se livre un Antoine s'abandonnant à ses passions et menant une vie de plaisirs et de délices. Ces excès ne peuvent que la réjouir : elle saura bien, le jour venu, captiver à nouveau et aisément ce jouisseur impénitent.

Antoine, après avoir parcouru une partie de la Grèce et de l'Asie Mineure, en potentat épris de plaisirs et obsédé par l'or et l'argent qu'il y trouve, s'est installé à Éphèse, d'où il envoie des chargés de mission, protégés par des légionnaires, s'emparer des richesses de l'Asie, afin de payer ses soldats et doter ses vétérans en terres.

Il est entré dans cette ville « précédé par des femmes déguisées en bacchantes et des jeunes gens en Pan et en Satyres. On ne voyait dans toute la ville que thyrses couronnés de lierre ; on n'entendait que le son des flûtes, des chalumeaux et autres instruments. On appelait Antoine Bacchus bienfaisant et plein de douceur. Et en effet, il était tel pour quelques-uns, mais pour le plus grand nombre c'était Bacchus Omestès et Agrionien[7] ».

Cette façon de se faire déifier, propre aux rois de cette région, ne peut déplaire à Cléopâtre quand elle en prend connaissance. Elle-même, on l'a vu, a l'habitude, comme tous les souverains d'Égypte, de se considérer comme une déesse, qu'elle soit égyptienne, romaine ou grecque, et de se faire adorer comme telle. Césarion, âgé alors de six ans, a droit aussi au même traitement de dieu vivant.

Les défauts d'Antoine se sont accrus, que Cléopâtre est bien décidée un jour à flatter, si elle doit comparaître en face du Romain. Les historiens grecs et latins de l'Antiquité ont maintes fois montré qu'Antoine n'est pas insensible à l'adulation et que naïf il ne sait pas discerner l'hypocrisie. De même qu'il n'est évidemment pas insensible aux charmes des femmes, qu'elles soient courtisanes ou reines des petites principautés d'Asie. Il a ainsi, pendant son séjour à Éphèse, une liaison avec Glaphyra, dont il aura un fils, Archelaüs. Quelques années plus tard, reconnaissant les faveurs de cette si belle créature, il donnera à ce fils adultérin une partie du royaume de Cappadoce.

Cléopâtre, sachant combien Antoine, tel un enfant, est impatient de posséder aussitôt ce qu'il désire, se fait prier et n'envoie pas à Éphèse, selon l'usage, un de ces nombreux ambassadeurs à la suite des souverains asiatiques qui s'empressent auprès du Romain, le couvrent de flatteries et de présents, en espérant au moins garder leur trône. Antoine, qui désormais n'agit plus en garant de la présence romaine en Orient, avec l'accord de César Octave, mais en véritable monarque élu des dieux, s'irrite du silence de Cléopâtre. Ses conseillers, toujours prêts à perdre la reine dans son esprit, l'incitent à la plus ferme intransigeance. Il faut briser l'insolente.

Antoine dépêche donc à Alexandrie un ambassadeur extraordinaire, un certain Q. Dellius. Celui-ci, personnage peu recommandable qualifié par les uns de sauteur de guerres civiles et par les autres de mignon d'Antoine, est chargé de demander à Cléopâtre de venir à Tarse rejoindre Antoine, où celui-ci projette de s'installer prochainement :

Elle doit se justifier des accusations qui pèsent sur elle, celles d'avoir puissamment aidé Brutus et Cassius dans la guerre. Dellius n'a pas plutôt vu la beauté de Cléopâtre et apprécié l'adresse et la finesse de sa conversation qu'il a bien compris qu'Antoine ne voudra jamais causer de déplaisir à une telle femme qui captivera aisément son esprit. Il s'attache donc à lui faire sa cour : il la presse d'aller en Cilicie parée, comme dit Homère, de tout ce qui pouvait relever ses charmes[8].

Q. Dellius est, comme on le voit, un lettré, puisqu'il fait allusion au passage de l'*Iliade*, (chant XIV, vers 162) où Héra-Junon s'apprête à endormir Jupiter sur le mont Ida, en allant emprunter la ceinture de Vénus pour en parer son époux et le rendre amoureux.

Dellius poursuit son opération de charme.

Il exhorte Cléopâtre à ne pas craindre Antoine qui est, selon son expression, le plus doux et le plus humain des généraux. Cléopâtre croit aisément ce que lui dit Dellius : d'ailleurs, l'expérience qu'elle a faite du pouvoir de sa beauté sur Jules César et sur Cnéius, fils de Pompée, lui fait espérer qu'elle n'aura pas grand-peine à séduire Antoine ; d'autant plus que les premiers ne l'avaient connue que toute jeune et alors qu'elle n'avait pas encore l'expérience des affaires. En revanche Antoine [qu'elle fait semblant de ne pas connaître !] la verra à l'âge où la beauté des femmes est dans tout son éclat [elle a vingt-huit ans en 41 av. J.-C.] et leur esprit dans toute sa force. Elle prend avec elle de riches présents, des sommes d'argent considérables et se fait accompagner d'une suite aussi magnifique que peut l'avoir une reine si puissante et dont le royaume est dans un état alors très florissant. Bien que ce soit sur elle-même, sur le prestige de ses charmes qu'elle fonde ses plus grandes espérances[9].

On voit que ce Quintus Dellius, même s'il est un courtisan de la pire espèce, n'est certainement pas dépourvu de séduction, ni dénué de talent pour convaincre Cléopâtre de répondre à la convocation d'Antoine. Il a dû laisser dans la conscience collective romaine un souvenir positif d'homme de culture et d'élégance, une sorte d'esthète et de sybarite, puisque Horace lui a consacré une *Ode*. On ne résiste pas au plaisir de la citer. Elle peint, avec une sympathie admirative, cet ambassadeur auprès de Cléopâtre dont le rôle fut alors capital et qui est désormais parvenu au terme de son existence :

Souviens-toi de conserver dans les revers une âme toujours égale, et, dans la prospérité, ne t'enivre pas d'un fol orgueil, ô Dellius ! Tu dois mourir, que ta vie se soit écoulée dans la tristesse, ou que les jours de fête, couché à l'écart sur le gazon, tu aies trouvé le bonheur au fond d'une coupe de vieux falerne.

Où le pin élancé et le pâle peuplier aiment à marier leur ombre hospitalière ; où l'onde fugitive, pressée dans un lit sinueux, s'échappe avec un doux murmure, fais apporter le vin, les parfums, les roses sitôt flétries, tandis que la fortune, ton âge et le noir fuseau des trois sœurs* le permettent encore.

Il faudra quitter ces parcs immenses, ce palais, cette maison de campagne que baignent les eaux dorées du Tibre ; il faudra les quitter, et ces richesses accumulées seront la proie d'un héritier. Riche ou pauvre et sans autre abri que le ciel ; issu de l'antique Inachus** ou du dernier des citoyens, peu importe ! victimes vouées à l'inexorable Pluton, la Mort nous chasse tous vers le même abîme : le sort de tous est agité dans son urne ; tôt ou tard il doit en sortir, et nous embarquer pour l'éternel exil[10].

Après avoir entendu Dellius, et comme elle sait que l'attente chez les hommes est l'aiguillon du désir, Cléopâtre se fait donc à nouveau prier :

* Les Parques qui tissent la destinée de chacun.
** Premier roi d'Argos.

Elle reçoit coup sur coup des lettres d'Antoine et de ses amis qui la pressent de hâter son voyage ; mais elle n'en tient pas compte et se moque de toutes ces invitations [11].

Pourtant, ayant bien su se faire attendre d'Antoine, de plus en plus impatient et qui a certainement oublié les vrais motifs de la convocation de la reine devant lui, Cléopâtre s'embarque à Alexandrie et fait voile, entourée de toute sa flotte qu'elle a soustraite aux combats de la guerre civile romaine, vers Tarse. Parvenue non loin de cette cité, elle emprunte la rivière Cydnos, où Alexandre le Grand avait failli périr noyé, au cours de sa conquête.

Elle le fait sur son navire royal :

La poupe est en or, les voiles de pourpre et les avirons d'argent. Le mouvement des rames est cadencé au son des flûtes qui se mariaient à celui des chalumeaux et des lyres. [...]

Cléopâtre, magnifiquement parée, et telle qu'on peint Vénus, est couchée sous un pavillon en tissu d'or. De jeunes enfants vêtus comme les peintres ont coutume de représenter les Amours se tiennent à ses côtés avec des éventails pour la rafraîchir. Ses femmes, toutes parfaitement belles, et vêtues en Néréides et en Grâces, se trouvent, les unes au gouvernail, les autres aux cordages. Les rives du fleuve embaument de l'odeur des parfums qu'on brûle sur le vaisseau et elles sont envahies par une foule immense qui accompagne Cléopâtre. On accourt de toute la ville afin de jouir d'un spectacle si extraordinaire. Tout le peuple, qui est sur la place, sort audevant d'elle. C'est au point qu'Antoine, qui est assis sur son tribunal, où il donne audience, y demeure seul. Un bruit se répand que c'est Vénus qui, pour le bonheur de l'Asie, vient se divertir chez Bacchus.

Dès qu'elle est descendue à terre, Antoine l'envoie prier à souper ; mais elle témoigne du désir de le recevoir plutôt chez elle ; et Antoine, pour lui montrer sa complaisance et son urbanité, s'y rend. Il trouve là des préparatifs dont la magnificence ne se peut rendre ; mais ce qui le surprend plus que tout le reste, c'est la multitude des flambeaux qui éclairent de toutes parts, les uns suspendus au plafond, les autres attachés à la muraille, et qui forment avec une admirable symétrie des figures carrées ou circulaires. Aussi, de toutes les fêtes dont il est fait mention dans l'histoire, n'en trouve-t-on aucune qui ne soit comparable à celle-là[12].

Antoine, fasciné, mais également agacé par un déploiement de luxe aussi raffiné, entend rivaliser avec Cléopâtre et l'invite le lendemain à un festin. Il ne veut point non plus apparaître comme subjugué par la reine et affecte de se poser en homme politique supérieur, bien décidé cette fois-ci à lui demander des comptes sur son attitude lors de la guerre civile qui n'avait guère été appréciée par les césariens. Sans se troubler et de cette voix charmeuse qui lui est propre, Cléopâtre explique :

Elle avait expédié sur-le-champ à Dolabella les quatre légions dont elle disposait et avait d'autres renforts tout prêts ; mais qu'elle avait été empêchée par le vent et par la défaite si rapide de Dolabella. Quoique deux fois menacée par Cassius, elle n'avait pas fait cause commune avec lui, mais elle était partie elle-même au secours de ses adversaires alors en lutte dans la mer Ionienne, avec une flotte équipée au grand complet, sans craindre Cassius, ni Murcus, son amiral. Malheureusement, le mauvais temps avait tout contrecarré et l'avait rendue malade elle-même, de telle sorte que, une fois rétablie, il était trop tard pour repartir, ses alliés étant déjà victorieux[13].

Antoine n'est certainement pas dupe de ces explications embarrassées : dans la vie de Cléopâtre, les vents sont souvent contraires et le mal de mer une habitude. Mais il ne demande qu'à la croire et à l'absoudre. Il entend surtout l'impressionner par la magnificence du festin qu'il lui offre et surpasser le banquet qu'elle a donné la veille. Mais ce parvenu sent, à mesure que se déroule le banquet, qu'il a bien des leçons à apprendre de la reine, s'il veut jouer lui aussi au roi :

Flatteur, il raille lui-même et le premier la mesquinerie et la grossièreté de son festin. Cléopâtre, voyant que les plaisanteries d'Antoine sont fort vulgaires et du niveau d'une chambrée de soldats, lui répond sur le même ton, sans aucun ménagement, et avec la plus grande hardiesse[14].

Bref, Cléopâtre se montre insolente envers Antoine, qu'elle considère de toute sa hauteur comme un grand garçon gâté et dont elle entend rabattre les prétentions pour mieux le dominer. Antoine est subjugué en effet par la personnalité de Cléopâtre et doit se dire :

Sa beauté, considérée en elle-même, n'est point si incomparable, qu'elle puisse susciter dès l'abord étonnement et admiration. Mais son commerce a tant d'attrait qu'il est impossible de résister ; et les agréments de son visage, soutenus du charme de sa conversation et de toutes les grâces qui peuvent relever le plus heureux naturel, laissent un aiguillon qui pénètre jusqu'au vif. Sa voix possède une extrême douceur ; sa langue qu'elle parle avec une grande facilité, tel un instrument à plusieurs cordes, est capable de manier des idiomes différents. En sorte qu'il est peu de nations pour lesquelles elle ait besoin d'un interprète. Elle répond dans leur propre langue aux Éthiopiens, aux Troglodytes, aux Hébreux, aux Arabes, aux Syriens, aux Mèdes et aux Parthyens. Elle sait encore plusieurs autres dialectes, alors que les rois d'Égypte, ses prédécesseurs, n'avaient pu apprendre qu'à grand-peine l'égyptien, et que quelques-uns d'entre eux avaient même oublié le macédonien, leur langue maternelle[15].

Face à Cléopâtre, qui est véritablement Antoine ? Quel est cet homme qui pendant une dizaine d'année va devenir un des Romains les plus puissants de la terre ? D'où vient-il, quelle fut sa carrière ? Il est utile de se le demander, en se disant que Cléopâtre elle-même s'est certainement posé la question et que, grâce à ses amis, ses conseillers, ses espions, ses relations, elle n'ignore plus rien de celui dont elle va partager et le lit et le pouvoir. Grâce à Plutarque et à sa biographie d'Antoine, il est possible d'esquisser un portrait de cet homme qui, rencontrant Cléopâtre, va tenter de changer avec elle la face du monde et de voir naître et se développer chez lui une véritable passion pour la reine d'Égypte, passion nourrie de son passé conjugal toujours frustré et de ses gloires militaires solides mais solitaires. Cléopâtre va le révéler à lui-même, éprouvant pour lui un incontestable attachement, sentiment qui lui est rare, mais, en même temps, n'hésitant pas à le maintenir dans une relation de domination qui fera ressortir ses dangereuses puérilités.

## Antoine et Cléopâtre

Lorsqu'il revoit Cléopâtre à Tarse, Antoine, issu d'une grande famille romaine, est donc âgé de quarante-deux ans. Tous ceux qui ont connu Antoine, amis ou ennemis, ont loué sa grande beauté, sa séduction, mais ont remarqué aussi son goût pour la débauche, son ivrognerie, ses dépenses inconsidérées et ses dettes considérables. Antoine a un côté à la fois aventurier et aventureux. Il s'est lié vers l'an 65 av. J.-C. avec Clodius, un des fils perdus de l'aristocratie romaine, comme il y en a beaucoup à cette époque, un démagogue redoutable qui réussira un temps à faire exiler Cicéron. Mais il a compris qu'une telle amitié était compromettante et, en bon Romain de la haute société, est parti pour la Grèce afin d'y apprendre la philosophie et l'éloquence, ainsi que les arts militaires. Il a montré un intérêt particulier pour l'école orientale très à la mode alors et qui l'a initié à un art de vivre qui n'a plus rien de romain, mais qui s'apparente à celui d'un sybarite qui aimerait la prodigalité et l'ostentation.

Il a servi sous Gabinius en Syrie en 55 av. J.-C.

dans l'intention de s'opposer à Ptolémée Aulète, le père de Cléopâtre, en Égypte. Il s'est rendu maître de Péluse et a occupé un instant Alexandrie avec ses légions. Comme nous l'avons vu, il a croisé à cette occasion la toute jeune Cléopâtre dans son palais. Mais il a dû repartir au combat, contraint d'oublier cette apparition, premier signe d'un destin commun avec la reine d'Égypte. Cléopâtre, qu'il a saluée avec le respect que l'on doit à une future souveraine, n'a pas été sans remarquer la dignité et la noblesse d'Antoine, sa barbe épaisse, son large front, son nez aquilin, son air viril. Elle s'est renseignée sur lui, lui trouvant quelque ressemblance avec les statues et les portraits d'Hercule. Aussi est-ce sans surprise, mais avec une admiration certaine, qu'elle a appris que la famille du jeune officier est issue, selon une très ancienne tradition romaine, d'Anton, fils d'Hercule.

Antoine en est persuadé et Cléopâtre n'oubliera pas qu'elle vient de croiser en lui le descendant impressionnant du grand héros aux douze travaux dont, dans son âme imaginative, elle ne doute pas qu'il ait existé. Antoine ne négligera jamais sa parenté héroïque et divine pour parfaire sa séduction naturelle. Au cours de la longue liaison de dix ans qui suivra sa seconde rencontre avec Cléopâtre, il se présentera souvent à son amante sous les traits d'Hercule, ce qui lui a toujours été habituel, et vêtu comme lui. Il porte sa tunique fort bas et une large épée pendra à son côté. Il affecte de s'envelopper d'une cape d'étoffe grossière. Tout comme son ancêtre, il ne se comporte pas toujours en homme raffiné, maniant la vantardise un peu balourde, se moquant ostensiblement des convives, buvant et ripaillant avec des gens qui ne sont pas toujours de son rang. Il aime jouer à la brute débonnaire qui s'encanaille. Ce que les gens de bien qui l'entourent tolèrent assez mal. Il partage volontiers ses repas avec ses soldats, les préférant à ses officiers pleins de morgue, familiarité qui lui concilie d'ailleurs l'affection des hommes de guerre envers lesquels il se montre toujours généreux. Il les couvre de butins et de largesses, moins par calcul que par générosité naturelle, ce qui le rend populaire. Il n'est pas fier et cet esprit de familiarité avec tous lui ouvre une route brillante vers le pouvoir.

Il est fort probable qu'Antoine participe à la fin de la campagne des Gaules de César, et notamment à la répression romaine après le soulèvement des Gaulois sous la direction de Vercingétorix. Des historiens ont même affirmé qu'Antoine pourrait très bien s'être trouvé, en 52 av. J.-C., aux côtés de Labienus, et face aux habitants de Lutèce commandés par Camulogène. Il aurait mis ces derniers en déroute.

Il se range par la suite aux côtés de César, lorsque celui-ci franchit le Rubicon en 49 av. J.-C. Très impressionné par la prestance d'Antoine, par son courage militaire et par sa popularité, comme par son goût pour les femmes, César lui confie, avant de partir combattre Pompée, le commandement des légions d'Italie. L'imperator n'eut qu'à se féliciter de l'énergie, du courage et de la capacité à commander de son lieutenant, ainsi que de son loyalisme, qui ne se démentit jamais. Cette confiance de César est payée en retour.

C'est Antoine qui assure le passage des légions romaines fidèles à César sur des navires en direction des Balkans, en dépit des dangers de la navigation en plein hiver, alors que son collègue Gabinius ne voulait pas prendre ce risque. Il essuie une énorme tempête, voit le moment où sa flotte va s'écraser contre les rochers, mais il saisit la chance d'un subit retournement du vent. Au cours de ces campagnes militaires, il fait un grand nombre de prisonniers et s'empare de sommes considérables.

À la bataille de Pharsale, en 48 av. J.-C., qui voit la défaite de Pompée, César considère Antoine comme le meilleur capitaine qu'il eût sous ses ordres. Antoine est nommé maître de la cavalerie, un titre unique qui, à Rome, lui donne les pleins pouvoirs que César, comme dictateur, lui a délégués. Pendant que César se bat à Alexandrie pour l'amour de Cléopâtre et passe avec elle des mois de passion exaltée dont le fruit sera Césarion, Antoine, qui, comme tous les Romains, n'ignore rien de cette liaison avec la princesse qu'il a croisée l'espace de quelques minutes sept ans auparavant et dont le souvenir tenace le poursuit, est peut-être irrité par la bonne fortune de son commandant en chef. Il se croit un destin politique qui, sait-on jamais, pourrait contrecarrer celui de César. Il multiplie alors les erreurs, répudie sa femme, dont il prétend qu'elle est adultère avec Dolabella, et entre en guerre contre celui-ci, mêlant ainsi sans discernement affaires publiques et affaires privées.

Protégé de César, dont il est en quelque sorte le représentant à Rome, mais certainement jaloux d'apprendre que son maître poursuit son éternelle lune de miel avec la reine d'Égypte, délivré désormais de sa femme légitime, il finit par se perdre aux yeux de la plèbe, en manquant totalement de la dignité la plus élémentaire :

On détestait ses débauches de table à des heures indues, ses dépenses excessives, la vie dissolue qu'il menait en des lieux infâmes, son sommeil en plein jour, ses promenades en état d'ivresse, ses repas prolongés fort avant dans la nuit, enfin les comédies et les festins qu'il donnait pour célébrer des noces de farceurs et de bouffons. On conte, à ce propos, qu'à la noce du mime Hippias, il passa la nuit entière à boire ; et que le lendemain, ayant convoqué l'assemblée du peuple, il s'y rendit si gorgé de viandes et de vin qu'il fut contraint de vomir devant tout le monde, et qu'un de ses amis lui tendit sa robe devant lui. Sergius, un autre mime, avait sur lui un grand crédit, et la courtisane Cythéris, sortie de la même école, qui lui avait inspiré une passion violente, l'accompagnait dans toutes les villes où il allait, portée dans une litière qu'escortait une suite aussi nombreuse que celle de la propre mère d'Antoine.

On ne pouvait voir sans indignation la quantité de vaisselle d'or et d'argent qu'Antoine faisait porter dans ses voyages, lesquels ressemblaient assez à des pompes triomphales. On s'indignait de voir que souvent il s'arrêtait au milieu des chemins et faisait dresser ses tentes au bord de quelque rivière ou dans quelque bois épais, où on lui servait des dîners somptueux ; qu'il attelait des lions à ses chars, et que dans les villes où il passait, on choisissait les maisons des hommes les plus honnêtes et des femmes les plus vertueuses, pour y loger de viles courtisanes et des joueuses de harpe[1].

César, de retour de Pharsale, apprend l'inconduite d'Antoine. Toujours indulgent, et encore tout ébloui de ses récentes amours avec Cléopâtre, il lui conseille de renoncer peu à peu à une vie licencieuse. Car il ne souhaite pas se séparer d'un homme qui a montré autant de fidélité à sa cause et de témérité pour la défendre. Antoine tente de faire une fin en épousant Fulvie, la veuve du démagogue Clodius, sinistre personnage et ennemi juré de Cicéron. Mais la nouvelle épouse aspire à dominer son nouveau mari dont elle connaît les faiblesses et les enfantillages. En voici un :

Lorsque César revint à Rome après sa victoire en Espagne, on sort en foule devant lui ; Antoine s'y rend comme les autres ; mais ensuite, le bruit s'étant répandu en Italie que César était mort et que les ennemis avançaient en armes, il revient à Rome en toute hâte ; et prenant l'habit d'un esclave, il arrive la nuit dans sa maison, disant qu'il apporte à Fulvie une lettre d'Antoine. On l'introduit chez sa femme, ayant la tête couverte, de peur qu'on ne le reconnaisse. Fulvie, qui se trouve dans une mortelle inquiétude, lui demande, avant de prendre la lettre, si Antoine se porte bien : il lui remet la lettre sans rien répondre ; et, quand elle l'a décachetée, et qu'elle commence à la lire, il se jette à son cou et l'embrasse[2].

Le malheureux Antoine est vite enchaîné par cette femme au caractère grave et impérieux.

La présence de Cléopâtre dans la maison de César à Rome, autour des années 45 av. J.-C., ravive les souvenirs de jeunesse d'Antoine qui, familier de l'imperator, peut voir facilement la reine d'Égypte qui a bien compris l'influence du descendant d'Hercule sur le conquérant. Comme elle a pour dessein de faire couronner celui-ci afin qu'il prenne le titre de roi, comme elle a compris qu'Antoine est également partisan de cette révolution, elle n'hésite pas à introduire ce dernier dans son lit, pas plus qu'il ne se fait prier. Ce n'est donc pas un hasard si Antoine par deux fois présente à César le diadème des rois, sur l'initiative de Cléopâtre ou sur l'ordre de César lui-même, on ne peut le dire. Mais ce geste imprudent politiquement, commandé par la reine d'Égypte que Rome déteste, rend l'imperator vulnérable à tous ceux qui l'accusent d'aspirer à la monarchie et provoque son assassinat. Pendant que Cléopâtre fuit Rome et abandonne Antoine qu'elle a bien compromis, après les ides de mars 44 av. J.-C., celui-ci, craignant à juste titre pour sa vie, se déguise en esclave et se cache. Puis, habilement, il amnistie les meurtriers de César, apparaissant ainsi comme celui qui a évité à Rome les horreurs de la guerre civile. Enhardi par sa soudaine popularité, et perdant peu à peu le sens de la mesure, il prononce devant le bûcher où le corps de César va brûler un discours violent où il appelle au meurtre des scélérats et des parricides.

Ainsi Antoine apparaît-il comme le successeur de César en sa qualité de consul, flanqué de son frère Caïus, préteur, et d'un autre frère, Lucius, tribun du peuple. Successeur de César comme homme politique ? Mais alors pourquoi pas comme amant en titre de Cléopâtre ?

L'arrivée d'Octave, qui se prétend le seul héritier de César, son oncle et son père adoptif, change la donne. Antoine feint de mépriser ce jeune homme à peine sorti de l'adolescence, puis voyant que César Octave est plus coriace qu'il ne le pensait, s'entend avec lui dans un premier temps, puis prend les armes contre celui-ci et ses partisans, tandis que Lépide, un troisième larron, cherche également à se placer. Les trois hommes finissent par s'accorder, et Cicéron paye de sa vie ses tergiversations et surtout ses attaques contre Antoine dans ses *Philippiques*. Antoine ne manque pas de cruauté et se réjouit ouvertement lorsqu'on lui présente la tête de Cicéron et ses mains coupées qui ont jailli si souvent de sa toge, lorsque l'orateur aimait à faire des effets de manches.

Antoine, trop sûr de lui, accumule les erreurs politiques et replonge dans sa vie dissolue ordinaire et la débauche. Il fréquente les mimes, les farceurs, les vils adulateurs, s'abîme dans la crapulerie et engloutit des sommes immenses pour le bon plaisir de ses courtisans. Son comportement en Grèce, puis en Asie Mineure, peu avant l'arrivée de Cléopâtre, ne fait que confirmer ses énormes défauts.

Cléopâtre sait par expérience que cet homme dont elle a été la maîtresse à Rome est un faible, surtout devant les femmes. Il est facile à manipuler. Antoine a pris de l'embonpoint, après avoir tant bu et tant bâfré depuis des lustres. La force de la nature, l'Hercule dont il était censé représenter l'image, en sa qualité de descendant, se sont mués en un homme obèse qui ne réagit que par foucades, perd peu à peu, faute d'exercice, son endurance de militaire et se vautre dans d'interminables orgies où les femmes ont toujours le premier rôle. Cléopâtre est néanmoins sûre de trouver en Antoine un homme sensuel qui saura répondre à ses désirs dont elle ne cache pas les exigences, et un enfant dont elle saura flatter toutes les envies et tous les caprices. Aussi sait-elle se rendre charmeuse et jouisseuse, dès leurs premières rencontres et leurs premières nuits.

Antoine est ébloui en effet par tant de culture, d'intelligence, de dons, d'aisance et d'élégance, et par la facilité avec laquelle Cléopâtre sait répondre à ses exigences amoureuses les plus voluptueuses. Ayant désarmé sa colère, n'apparaissant plus comme une accusée mais comme une alliée et une femme toute dévouée à lui et à ses sens, elle réussit à le convaincre de quitter Tarse et de la suivre à Alexandrie pour y vivre leur passion.

Mais avant de gagner la capitale de l'Égypte, Antoine entreprend de régler d'une manière parfois expéditive les affaires d'Asie. Soit en abandonnant à d'autres généraux la guerre contre les Parthes, soit en commettant au nom de Cléopâtre, dont il est prêt soudain à servir tous les criminels caprices, un assassinat odieux et sacrilège :

> Cléopâtre est par nature âpre au gain et il n'est de violations de droit qu'elle n'ait commises. Elle a empoisonné son frère âgé de quinze ans [son second époux Ptolémée XV] à qui elle savait que reviendrait la royauté ; elle fait tuer par Antoine sa sœur, Arsinoé, réfugiée, suppliante, dans le temple d'Artémis à Éphèse[3].

Elle n'a pas pardonné à la malheureuse d'avoir osé en son temps se révolter et prendre les armes contre elle en Égypte. Elle a fait surtout fi des lois sacrées de l'Antiquité qui donnaient à tout temple le pouvoir d'être un refuge inviolable pour quelque personne pourchassée que ce fût. Elle veut faire subir le même sort au prêtre qui a accueilli Arsinoé et elle est contrainte de renoncer à cette nouvelle exigence sous la pression révoltée des Éphésiens eux-mêmes. Dès lors, Antoine ne se soucie plus de son honneur ; il se fait l'esclave de l'Égyptienne et ne s'occupe que de son amour pour elle. Cléopâtre a gagné son pari. Antoine, tout comme naguère César, est devenu un homme entièrement à sa dévotion.

Cléopâtre apprend qu'un Ptolémée, qui prétend avoir échappé à la mort par noyade lors des combats d'Alexandrie en 47 av. J.-C., se trouve dans l'île d'Aradus. Du moins se fait-il passer pour Ptolémée XIV, ex-époux de la reine. Celle-ci, craignant le pire, s'empresse de demander à Antoine d'envoyer quelques tueurs dans cette île pour assassiner l'usurpateur. Les habitants d'Aradus, pour toute réponse, massacrent ces ambassadeurs très spéciaux.

Cléopâtre, animée par des haines inextinguibles qu'elle peut enfin assouvir grâce à la bonne volonté de son nouvel amant, totalement envoûté, exige que les habitants de Tyr lui livrent le malheureux Sérapion, gouverneur de Chypre qui avait osé soutenir, faute d'ordre de la reine, Dolabella contre Cassius. Il est mis à mort sans autre forme de procès, cessant alors d'être un témoin gênant pour Cléopâtre. Celle-ci souhaite en effet faire disparaître tous ceux qui pourraient un jour ou l'autre entrer en compétition avec elle, lui disputer son pouvoir ou révéler ses erreurs et ses crimes politiques passés.

Antoine, trop heureux de cette liaison inespérée avec une reine, accepte tout, même l'inacceptable. Il connaît enfin le bonheur conjugal après trois mariages ratés, dont le dernier avec Fulvie, laquelle n'a pas renoncé à le rappeler à l'ordre.

Fulvie, en se mariant avec Antoine, n'a pas choisi la solution de facilité. À cette époque, Antoine vit avec la mime Cythéris. Mais deux ans plus tard, au moment de l'assassinat de César, elle a réussi à reconquérir son époux volage et l'a fort bien secondé dans ses ambitions militaires et politiques Son influence est devenue si grande qu'on la craint et qu'on la hait ; belle revanche pour une femme qui a raté tant de mariages et est restée dans l'ombre.

Fulvie est en effet devenue une véritable virago dont l'histoire a retenu qu'elle s'empara de la tête coupée de Cicéron, après l'assassinat de celui-ci par les tueurs d'Antoine, tira la langue du célèbre orateur et la perça d'une aiguille pour avoir proféré contre son époux les fameuses *Philippiques*.

Comme à Rome on n'a jamais aimé Fulvie, qui a si mal choisi ses maris, et comme on redoute l'emprise qu'elle a acquise lentement mais sûrement sur Antoine, les ragots circulent nombreux sur ses inconduites. On prétend ainsi qu'elle a voulu neutraliser Octave, concurrent direct de son époux, en devenant sa maîtresse, tout en se vengeant de son mari qui a pris une nouvelle amante, la courtisane Glaphyra.

Ragots ou non, Fulvie a assez d'ascendant sur César Octave pour le contraindre à épouser Clodia, sa fille, qu'elle a eue avec Clodius. Mais elle ne peut empêcher que César Octave, pris au piège du mariage, se rebelle :

> Ne supportant pas l'humeur altière de sa belle-mère, il lui renvoie sa fille comme si elle était encore vierge, chose qu'il affirme par serment sans s'inquiéter en rien si l'on croira à la virginité d'une femme demeurée si longtemps chez lui, ou s'il ne passera pas pour avoir arrêté depuis longtemps cette décision afin de se ménager l'avenir[4].

Fulvie voit cette répudiation comme un outrage personnel, d'autant plus qu'elle vient d'apprendre que son mari la trompe avec Cléopâtre. Elle s'allie donc avec Lucius Antonius, le frère d'Antoine, qui rêve d'en découdre avec César Octave, au mépris de la stratégie politique d'Antoine qui ne veut en aucune façon se brouiller avec le fils adoptif et l'héritier de César. On comprendra donc aisément qu'Antoine ne trouve certainement pas dans les bras de cette furie la douceur voluptueuse de l'amour que sait si bien lui offrir Cléopâtre. Pourtant, il est facile d'admettre que c'est à Fulvie que Cléopâtre doit la docilité d'Antoine. Car c'est Fulvie qui l'a rendu si souple et si soumis à la volonté des femmes.

Cléopâtre, pour forcer Antoine à le suivre et à s'éloigner le plus possible de Fulvie, dont elle devine l'acharnement d'épouse, quitte Tarse avec sa flotte pour Alexandrie. Le calcul est bon : Antoine, impatient de retrouver sa maîtresse et d'échapper à sa femme, bâcle les tâches politiques, militaires et diplomatiques que lui a confiées César Octave. Comme à son habitude, il accable de tributs divers la Syrie, et tente de s'emparer de Palmyre, riche et célèbre cité commerçante, carrefour des caravanes venues de toutes les routes d'Orient, afin de faire main basse sur ses trésors, en accusant les Palmyréniens de collusion avec les Parthes. Mais les cavaliers d'Antoine qui font irruption dans la ville trouvent les cassettes, les coffres et tous les temples vidés de leurs magots, les habitants de la cité ayant mis ceux-ci à l'abri dans quelques caches de l'autre côté de l'Euphrate. Les Romains reviennent donc bredouilles de leur expédition ratée. Antoine se retourne alors vers d'autres villes de Syrie qui ont, selon ses dires, collaboré elles aussi avec les Parthes, et leur demande de verser d'importantes sommes pour sanctionner leur coopération avec les ennemis barbares.

Pour des raisons beaucoup plus financières que politiques, l'insatiable Antoine se mêle des discordes intérieures du royaume de Judée. Il soutient Hérode et son fils Pharsaël contre leurs rivaux, et les nomme « tous les deux tétrarques, leur confie le gouvernement des juifs, rédige des instructions [...], et jette dans les chaînes quinze de leurs adversaires : il allait même les mettre à mort, mais Hérode obtient leur grâce[5]. »

Ces événements provoquent une agitation encore plus vive à Jérusalem.

Les habitants envoient cette fois mille députés à Tyr où séjourne Antoine, en route pour Jérusalem. Comme les députés mènent grand bruit, il leur dépêche le gouverneur de Tyr, avec ordre de châtier ceux qu'il prendrait et de consolider l'autorité des tétrarques institués par lui[6].

Auparavant, Hérode, accompagné d'Hyrcan, a exhorté longuement les députés à ne pas déchaîner la ruine sur eux-mêmes et la guerre sur leur patrie par une querelle inconsidérée, mais cette démarche ne fait que redoubler leur fureur. Antoine, gagné à la cause d'Hérode et de son frère, au prix de sommes considérables, envoie contre eux son infanterie qui en tue et blesse un grand nombre. Hyrcan accorde la sépulture aux morts et des soins aux blessés. Malgré tout, ceux qui s'échappent persistent à semer le trouble dans la cité. Ils irritent Antoine au point qu'il se décide à faire exécuter les prisonniers et les quinze ambassadeurs.

On voit que contre de l'argent, et surtout voulant faire voile au plus vite vers Alexandrie, Antoine est prêt à des mesures expéditives qui ne le rendent guère populaire en Asie. Il ne se trouble même pas en apprenant que tous les mécontents de ses interventions intempestives et de ses rapines ont rejoint Labienus, ancien partisan de Cassius et de Brutus, assassins de César, qui s'est réfugié chez les Parthes pour éviter d'être tué par les partisans de César Octave ou d'Antoine. Il préfère vivre chez les Barbares et les servir en trahissant les Romains, plutôt que de rester sous les ordres d'Antoine, devenu un chef de guerre brouillon et inconséquent. Il donne aux Parthes des conseils précieux pour profiter de l'absence de César Octave et de l'impéritie d'Antoine afin d'obtenir la défection de nombre de peuples sans cesse maltraités par ce dernier et avec eux de s'emparer de la Syrie et des contrées limitrophes.

Antoine devrait s'inquiéter de cette campagne militaire qui se prépare contre lui, et de cette alliance contre nature entre Romains et Barbares, signe de son impopularité et de l'exaspération des peuples qu'il a saignés à blanc. Mais sa passion pour Cléopâtre est si forte, si insistante — cela fait des semaines qu'il ne l'a plus vue — qu'il déserte en quelque sorte en fuyant les territoires sous sa protection, et en 40 av. J.-C., gagne Alexandrie :

> Il dépense dans l'oisiveté, dans les plaisirs, dans des voluptés indignes de son âge* la chose la plus précieuse à l'homme, au jugement d'Antiphon, le temps. Ils ont formé une association sous le nom d'Amimétobies [ceux qui mènent une vie inimitable] et ils se livrent mutuellement et tous les jours à des voluptés qui dépassent toutes bornes[7].

Désormais, Antoine, dont la liaison avec Cléopâtre sera longue de plus de dix années, ne cesse de s'en vanter avec une candeur enfantine. Comme un nouveau riche tout heureux d'étaler sa bonne fortune, Antoine exhibe sans honte et avec une absence absolue de pudeur et de dignité ses relations avec une reine.

* Il a quarante-deux ans.

Ce côté libertin et jouisseur, Antoine le cultivera en effet de longues années avec Cléopâtre et pour elle, pour les plaisirs qu'elle lui donne, il fera des folies, dépensera d'énormes sommes d'argent et commettra des imprudences politiques graves, rompant en même temps avec une certaine austérité morale propre aux Romains, et ne partageant pas la méfiance innée de ceux-ci à l'égard de toutes les femmes d'Orient, vite assimilées à des prostituées, à des courtisanes, à des sorcières comme il y en avait de nombreuses à Rome dans le quartier réservé de Suburre : « L'amour qu'il conçoit pour Cléopâtre éveille en lui avec fureur des passions encore cachées et endormies et qui achève d'éteindre et d'étouffer ce qu'il peut lui rester de sentiments honnêtes et vertueux[8]. »

Quelques anecdotes particulièrement significatives montrent à quel point Antoine se ridiculise sans cesse pour plaire à sa maîtresse et se fait un plaisir d'assouvir tous ses caprices, même les plus incongrus :

Le médecin Philotas d'Amphissa [une ville de Locride] racontait à mon aïeul Lamprias que, suivant alors à Alexandrie des cours de médecine, il avait fait connaissance avec un des maîtres d'hôtel de la reine, lequel lui proposa un jour de venir voir les préparatifs d'un de ses soupers somptueux. Philotas, qui était fort jeune, se laissa entraîner ; et, ayant été introduit dans la cuisine, il vit, entre plusieurs choses qui le frappèrent, huit sangliers à la broche. Comme il se récriait sur le grand nombre de convives qui devaient prendre part à ce festin, le maître d'hôtel, se prenant à rire, lui dit : « Ils ne seront pas aussi nombreux que tu le penses ; car il n'y aura que douze personnes. Mais, ajouta-t-il, chaque mets doit être servi à un degré de perfection qui ne dure qu'un instant : peut-être qu'Antoine va demander à souper tout à l'heure, et qu'un moment après il fera dire qu'on diffère, parce qu'il voudra boire ou qu'il sera retenu par quelque conversation intéressante. C'est pourquoi on prépare, non un seul souper, mais plusieurs soupers, ne pouvant deviner à quelle heure il voudra être servi [9].

Alexandrie est devenue la capitale des fêtes, des festins et des voluptés perpétuels. Antoine et Cléopâtre les multiplient dans l'insouciance et les inventions les plus bizarres. Les historiens de l'Antiquité ont relevé un certain nombre de ces fantaisies, toujours fort coûteuses, auxquelles s'adonnent les deux amants :

Cléopâtre fait voir que l'art de la flatterie, lequel ne s'exerce, selon Platon, que de quatre manières différentes, est réellement susceptible d'une infinité de formes. Dans les affaires sérieuses comme dans les amusements qui se partagent le temps d'Antoine, elle sait toujours imaginer quelque plaisir nouveau, quelque nouvelle gentillesse pour le divertir. Elle ne le quitte ni jour ni nuit : elle joue, elle boit, elle chasse avec lui et elle assiste même à des exercices militaires. La nuit, quand il court les rues et s'arrête aux portes ou aux fenêtres des habitants pour leur lancer quelques plaisanteries de mauvais goût, elle l'accompagne sous un costume de servante ; car lui-même est déguisé en valet, ce qui lui attire souvent des injures et parfois même des coups. Quoique cette conduite irrite les Alexandrins, ils s'amusent néanmoins de ses plaisanteries et ils y répondent même avec assez de finesse : ils aiment à dire qu'Antoine prend le masque tragique pour les Romains et pour eux le comique [10].

Mais il est surtout une plaisanterie qui a fait le tour du monde et de l'histoire et qu'il est impossible de ne pas raconter :

Un jour qu'Antoine pêche à la ligne sans rien prendre, ce qui le mortifie parce que Cléopâtre est présente, il commande à des pêcheurs d'aller secrètement sous l'eau attacher à l'hameçon de sa ligne quelque poisson de ceux qu'il a pris auparavant. La chose est faite ; et ainsi Antoine retire deux ou trois fois sa ligne, chargée d'un poisson. L'Égyptienne n'est pas dupe : elle feint d'admirer l'habileté d'Antoine ; mais elle révèle à ses amis la ruse qu'il avait employée, et les invite à revenir le lendemain voir la pêche. Quand ils sont tous montés dans les barques et qu'Antoine a jeté sa ligne, Cléopâtre commande à un de ses serviteurs de prévenir les pêcheurs d'Antoine et d'aller attacher à l'hameçon un poisson salé, de ceux qui proviennent du Pont [c'est-à-dire de la mer Noire]. Antoine, sentant sa ligne chargée, la retire ; et la vue de ce poisson excite, comme on peut le croire, l'hilarité générale. Alors Cléopâtre dit à Antoine : « Général, laisse-nous la ligne, à nous qui régnons au Phare et à Canope. Ta chasse, à toi, c'est de prendre des villes, des rois et des continents[11]. »

Antoine, à mesure qu'il s'installe dans ces nouveaux délices de Capoue, s'entoure d'une cour tout à sa dévotion qui irrite fort les Romains d'ancienne tradition et qui provoque les moqueries des historiens antiques :

Antoine a fait venir auprès de lui un certain Anaxénor, joueur de cithare, un certain Xuthus, joueur de lyre, et un baladin, nommé Métrodore, puis toute une troupe de farceurs asiatiques qui surpassent en bouffonneries, en plaisanteries grossières, les gens de même condition qu'il a amenés d'Italie ; et, dès que sa cour est infectée de ces pestes publiques, il n'y a plus ni borne ni mesure, tout le monde voulant suivre son exemple. En sorte que l'Asie entière, semblable à la ville dont parle Sophocle, est tout à la fois pleine d'encens, et retentit : « Tout à la fois de péans et de sanglots*[12]. »

* Un des premiers vers d'*Œdipe roi*, quand Œdipe décrit l'aspect de Thèbes ravagée par la peste.

Une autre anecdote, aussi connue que celle du poisson séché, montre à quel point Cléopâtre, sous l'œil enamouré et admiratif de son amant, multiplie les dépenses inconsidérées. Une autre anecdote, donc, a franchi elle aussi deux mille ans d'histoire. Deux perles, les plus grosses qu'on ait jamais vues, toutes deux possédées par Cléopâtre, et que tous les rois d'Orient ont eues en main un jour ou l'autre de leur existence, en sont en quelque sorte les héroïnes :

Chaque jour Antoine se rassasie de repas splendides ; elle, avec l'orgueil et le faste dédaigneux d'une courtisane royale, rabaisse toute la somptuosité, tout l'appareil de ces festins. Antoine demande ce qu'on peut ajouter à tant de magnificence : elle répond qu'en un seul repas elle dépensera dix millions de sesterces. Antoine désire apprendre comment, bien qu'il croie la chose impossible : on parie. Le lendemain, jour où doit se vider l'affaire, Cléopâtre fait servir un repas magnifique, sans doute pour que la journée ne soit pas perdue, mais qui ne vaut pas mieux que les repas ordinaires d'Antoine. Celui-ci plaisante et demande le compte. Cléopâtre répond que ce n'est qu'un accessoire ; elle ajoute que le repas coûtera le prix fixe et que seule elle mangera les dix millions de sesterces. Elle commande alors le second service.

Ses serviteurs, qui se trouvent dans la confidence, ne placent devant elle qu'un vase de vinaigre, liquide dont la force dissolvante fond les perles. Elle porte à ce moment ces deux perles, chef-d'œuvre singulier de la nature, et véritablement sans pareil. Antoine se demande ce qu'elle va faire : la reine en ôte une, la jette dans le vinaigre, la fait fondre et l'avale. Lucius Plancus, juge du pari, met la main sur l'autre au moment où Cléopâtre se prépare à la dissoudre de la même façon et il déclare Antoine vaincu[13].

Le bruit court aussi à Rome qu'Antoine utilise des vases d'or pour ses besoins les plus sales et que même Cléopâtre en est scandalisée.

Aveuglé par sa passion pour Cléopâtre et par ses dons sensuels raffinés et osés qu'il n'a jamais connus avec aucune autre femme, et surtout pas avec sa troisième épouse Fulvie, Antoine oublie ses tâches politiques et militaires, ne cessant de cultiver un éternel repos du guerrier. Fulvie, furieuse d'être trompée, est bien décidée à rappeler à l'ordre de ses titres d'époux légitime, d'homme politique, de militaire, son mari volage et à le faire sortir de son rêve érotique en lui montrant que César Octave constitue pour lui un danger. Toujours alliée avec le frère de son mari, elle recrute une petite armée pour s'opposer à celui-ci et déclenche ce que l'histoire a nommé la guerre de Pérouse. De son côté, Labienus, à la tête des Parthes, ces Barbares, a conquis toutes les provinces d'Asie depuis l'Euphrate et la Syrie jusqu'à la Lydie et à l'Ionie :

> Antoine est au courant de ces événements ainsi que de ceux qui se produisent en Italie. Cependant, il ne sait pas se mobiliser en temps utile, enchaîné qu'il est par l'amour et par l'ivresse. Il ne songe ni à ses alliés ni à ses ennemis. Tant qu'il se trouva dans une position subalterne et qu'il aspira à prendre le premier rang, il montra de l'énergie. Mais une fois au pouvoir, il ne prend plus soin de rien et s'abandonne à la mollesse avec Cléopâtre et les Égyptiens[14] [...].

Pourtant, devant ces deux périls qui menacent et son autorité et son pouvoir, il est bien contraint de s'arracher aux bras de sa maîtresse, de réunir quelques légions et de quitter Alexandrie au printemps 40 av. J.-C., pour gagner le port de Tyr en Phénicie, qui n'était pas encore aux mains des Parthes.

Une troisième mauvaise nouvelle l'attend dans cette cité : Hérode a été chassé de son trône par Pacoros, fils du roi Orode, qui vient de conquérir la Palestine. Hérode s'apprête une fois de plus à demander aide et protection à Antoine, dûment rétribué comme à l'habitude pour le sauver de son destin de souverain errant. Il se rend d'abord à Alexandrie, d'où Antoine est déjà parti, puis reprend la mer pour gagner Ostie et Rome.

Antoine se retrouve bien seul, peu de peuples ou de soldats indigènes étant prêts à s'allier à un personnage qui s'est conduit avec eux comme un satrape, les a pillés et volés sans vergogne. Il reçoit une lettre de Fulvie qui lui fait part de l'échec de la « guerre de Pérouse » et de la capture de Lucius Antonius, son frère. Elle lui annonce qu'elle cherche à le rejoindre. Antoine, encore sous l'influence de la divine Cléopâtre, apprend cette nouvelle sans plaisir. Il décide de quitter Tyr par mer, accompagné d'une flotte de quelque deux cents navires, longe l'Asie, fait escale à Chypre, à Rhodes, puis à Athènes où... il retrouve Fulvie, sa femme, et Julie, sa mère, à la fin de l'année 40 av. J.-C.

La confrontation est orageuse. Fulvie somme Antoine d'abandonner Cléopâtre et de rejoindre le foyer conjugal. Antoine refuse. À la fois furieuse et désespérée, Fulvie accepte de prendre un navire avec Antoine pour regagner l'Italie. Mais la scène qu'elle vient d'avoir avec son époux l'a tellement bouleversée qu'en faisant escale à Sycione, port du Péloponnèse près de Corinthe, elle meurt subitement et… fort opportunément pour Antoine, tellement que les mauvaises langues l'accusent d'avoir causé cette mort par son amour pour Cléopâtre et les débordements de son amante. Autrement dit, soit Antoine l'a fait empoisonner, soit, plus vraisemblablement, Fulvie, qui ne supportait pas d'être trompée pour une méprisable Égyptienne, est morte de chagrin.

Même si Fulvie a été plutôt maltraitée par les historiographes antiques, il convient toutefois de lui rendre hommage pour la constance de sa hargne à l'égard de Cléopâtre, dont elle est plus que jalouse, ce qui suppose qu'elle doit éprouver pour Antoine des sentiments sincères, sans exclure l'hypothèse qu'elle espère, avec ce nouveau mari, acquérir enfin à Rome une position prédominante. Elle est la seule femme qui osera ainsi affronter la reine d'Égypte qui lui a volé son époux.

La mort de Fulvie permet à Antoine et à César Octave une réconciliation de façade :

Dès qu'Antoine aborde l'Italie, dès qu'on voit que César Octave ne lui fait personnellement aucun reproche et qu'Antoine, de son côté, rejette sur Fulvie tous les torts qu'on lui impute, leurs amis, sans leur laisser le temps d'approfondir leurs sujets respectifs de mécontentement, font en sorte qu'ils se rapprochent et trouvent un moyen de s'entendre. Ils font entre eux un nouveau partage de l'empire, avec la mer Ionienne pour bornes : ils assignent à Antoine les provinces de l'Orient, à César Octave celles de l'Occident [plus précisément, la Sardaigne et la Dalmatie avec l'Espagne et la Gaule] et laissent l'Afrique à Lépide ; puis ils conviennent que, quand ils ne voudront pas exercer eux-mêmes le consulat, ils y nommeront tour à tour leurs amis[15].

Ce traité (signé à Brindes en 39 av. J.-C. par Asinius Pollion pour Antoine et Cilnius Maecenas pour César Octave) est généralement approuvé ; mais il a besoin d'une garantie solide. César Octave a une sœur, Octavie, veuve depuis quelques mois de C. Claudius Marcellus. Depuis la mort de Fulvie, Antoine passe pour veuf. Il ne nie pas son attachement pour Cléopâtre, mais il ne lui est pas encore uni par le mariage. Il a encore assez de lucidité pour comprendre qu'épouser Cléopâtre serait une faute politique impardonnable aux yeux des Romains :

Tout le monde s'accorde à proposer le mariage d'Octavie et d'Antoine, dans l'espoir que cette femme qui allie à une grande beauté beaucoup de gravité et de prudence, une fois unie à Antoine, et fixant enfin sa tendresse, comme il était vraisemblable avec un tel mérite, maintiendra l'harmonie entre César Octave et lui et qu'elle sera la garante vivante de l'alliance entre l'un et l'autre. César Octave et Antoine donnent leur consentement à ce projet : ils retournent à Rome, et ils célèbrent incontinent les noces bien que la loi défendît aux veuves de se remarier avant qu'il se fût écoulé dix mois depuis la mort de leur mari ; mais Octavie est dispensée de l'observance de cette loi par un décret du sénat[16].

## Une passion exclusive

Cléopâtre, toujours très bien informée, doit être passée de la joie — la mort de Fulvie — à la déception — le mariage d'Antoine. D'autant plus qu'Octavie apparaît comme un modèle de vertu, de bonté, et que son influençable mari risque d'être séduit par une épouse qui est tout le contraire de la reine d'Égypte, excepté sur le plan de la beauté qui lui permet facilement de rivaliser avec la maîtresse de son mari. Elle ne se trompe pas. Antoine semble être sous le charme, ainsi que le rapportent ses espions à Cléopâtre. Passant à Rome une lune de miel visiblement pleine de bonheurs avec Octavie, il ne se presse pas de retourner en Asie, encore moins à Alexandrie. Il devient même le flamine d'un culte rendu à César divinisé, ce qui est une façon de prouver sa bonne entente avec César Octave, le fils adoptif du grand conquérant.

Cléopâtre, plus qu'inquiète, a dépêché auprès d'Antoine un astrologue, qui est aussi son espion et son agent de renseignements. Ce dernier, certainement sur l'ordre de la reine, lui dresse son horoscope, à partir de sa date de naissance :

Cet homme, soit qu'il voulût plaire à Cléopâtre, soit qu'il parlât à Antoine avec sincérité, lui disait que sa fortune, toute grande, tout éclatante qu'elle était, s'éclipserait devant celle de César Octave. Et il lui conseillait de s'éloigner du jeune homme dès qu'il le pourrait. « Ton mauvais génie, lui disait-il, redoute le sien ; fier et haut lorsqu'il est seul, il perd, devant celui de César Octave, toute sa grandeur, et il devient faible et timide[1]. »

Il faut croire que les prévisions de l'Égyptien se vérifient tous les jours : lorsque Antoine s'amuse à tirer quelque chose au sort, ou à jouer aux dés avec César Octave, il a, dit-on, toujours le dessous. Souvent, les deux faux amis font combattre des coqs ou des cailles, dressés à cet effet. Ceux de César Octave ont toujours l'avantage. Antoine en est à chaque fois blessé dans son orgueil et, quelque peu ébranlé, se demande si le mage n'a pas raison. Malgré tout et pour donner le change, César Octave continue à faire preuve d'une loyauté totale à son égard. Il accueille à Rome le roi Hérode, chassé de son trône, comme nous l'avons vu, et qui a manqué Antoine à Alexandrie. Il n'est guère favorable à ce roi ambitieux qui brouille les cartes romaines en Orient, mais pour faire plaisir à son collègue Antoine, il demande au Sénat de rétablir le souverain de Jérusalem dans ses droits régaliens sur la Judée, l'Idumée et la Samarie.

Toujours soucieux de maîtriser les événements en Orient et en Méditerranée, Antoine, en accord avec César Octave, décide en 39 av. J.-C., au cours d'une conférence au cap Misène, d'accorder au

1

2

1 Tête de Cléopâtre VII. Marbre, Ier siècle av. J.-C. Berlin, Antikensammlung.

2 Denier d'argent à l'effigie de Cléopâtre VII, 32 av. J.-C. Londres, British Museum.

*« Elle est séduisante à voir et à écouter, et possède le pouvoir de subjuguer quiconque, même un homme repu d'amour qui n'est plus de première jeunesse. »*

Don Cassius, *Histoire romaine*.

Phare
Grand Port
Palais
Temple d'Isis
Port privé des rois
Palais
I. de Pharos
Temple d'Isis
Posidium
Sépulture
Heptastadion
Petit Port
Port Eunostos
Théâtre
Emporium
Citerne
Porte du Soleil
Port Kibotos
Arsinoeion
Temple
Temple
Paneum
Gymnase
Tombeau d'Alexandre
Canal du Nil
Porte de la Lune
RHACOTIS
Canalisation
ROPOLE
1 Le supposé Palais de Cléopâtre
2 Palais d'Adrien
3 Edifice public
4 Temple de Sérapis
5 Musée
6 Quartier juif
7 Colonne de Pompée
8 Serapeion
9 Stade
700
0
3

3 Plan d'Alexandrie à l'époque de Cléopâtre.

De gauche à droite :

4 Buste de Pompée, art romain, Ier siècle av. J.-C.
Copenhague, Ny Carlsberg Glyptotek.

5 Marc-Antoine, buste en marbre, époque romaine.
Rome, Musées du Capitole.

6 Tête de prêtre identifiée parfois à Jules César. Rome, Museo Barracco.

7 Buste de Brutus, albâtre et marbre, art romain.
Naples, Museo Archeologico Nazionale.

8 Buste en bronze d'Octave-Auguste. Londres, British Museum.

9 Octavie, sœur d'Octave. Arezzo, Museo Archeologico.

*« Je déteste cette reine »*
Cicéron

10

11

12

« Cléopâtre : une putain couronnée »
Pline l'Ancien, *Histoire naturelle.*

10 *Cléopâtre aux pieds d'Octave*, peinture du Guerchin, 1640. Rome, Musées du Capitole.

11 *Le banquet de Cléopâtre*, fresque par Giovanni Antonio Fasolo, XVI^e siècle. Vicence, Castello da Porto Colleoni.

12 *Le suicide de Cléopâtre*, peinture de Domenico Fetti, 1623. Rome, collection F. et F. Luly Lemme.

SARA BERNHARDT.
SARONY,

13

14

CLAUDETTE COLBERT
in Paramount Pictures

15

16

« *Je sens en moi des désirs impatients d'immortalité* »
Shakespeare,
*Antoine et Cléopâtre.*

17

13 Sarah Bernhardt en Cléopâtre dans la pièce de Victorien Sardou. Photographie de Napoléon Sarony, New York, 1891.
Paris, musée d'Orsay.

14 Theda Bara dans *Cléopâtre*, film de Gordon Edwards, 1917.

15 Claudette Colbert dans *Cléopâtre* de Cecil B. DeMille, 1934.

16 Laurence Olivier et Vivien Leigh dans *Antoine et Cléopâtre* de Shakespeare, 1951.

17 Richard Burton et Elizabeth Taylor dans le *Cléopâtre* de Joseph Mankiewicz, 1963.

18

18 Cléopâtre faisant une offrande à Isis et nourrissant Horus au sein. Stèle en calcaire, Ier siècle av. J.-C. Paris, musée du Louvre.

fils du grand Pompée le gouvernement de la Sicile et de la Sardaigne, afin de calmer ses ambitions.

À la fin de l'année 39 av. J.-C., Antoine, ayant réglé toutes ses affaires avec César Octave dans un esprit de coopération et d'amitié, décide de quitter Rome avec Octavie qui vient de lui donner une fille et de séjourner avec elle à Athènes. Pourtant, le naturel revient vite chez Antoine, qui, nostalgique des fêtes d'Alexandrie avec Cléopâtre, entend les transposer dans la capitale de la Grèce avec son épouse. Il est satisfait des succès de ses lieutenants, comme Ventidius, contre les Parthes, et de la mort du traître Labienus :

> Il donne un grand festin, et il préside lui-même aux exercices gymnastiques : abandonnant toutes les marques de sa dignité, il se rend au gymnase, vêtu d'une longue robe, chaussé de pantoufles à la grecque, et ayant à la main la verge que les gymnasiarques ont coutume de porter ; et quand les jeunes gens ont suffisamment combattu, c'est lui qui va les séparer[2].

Les Grecs semblent en apparence ravis de cette conversion d'Antoine à leurs us et coutumes, mais c'est sans doute pour mieux s'en moquer. Antoine, comme il l'avait fait à Tarse avec Cléopâtre, entre autres usages contraires aux coutumes de sa patrie, se donne lui-même le nom de nouveau Dionysos et prétend se faire appeler ainsi par ses concitoyens et par tous les peuples d'Asie sous son autorité. Les Athéniens poussent la raillerie ou la courtisanerie, sans doute les deux, à le fiancer à Minerve, c'est-à-dire à faire d'Octavie, son épouse, la parèdre romaine de la déesse Athéna. Tout heureux de cette proposition, Antoine y voit aussi un moyen de renflouer ses caisses, acceptant la main de la déesse et exigeant des Athéniens un million de drachmes pour dot.

Octavie est certainement satisfaite de cette divinisation d'elle-même et de son couple, non par vanité, elle n'en a aucune, mais parce qu'elle y voit une manière fort habile de flatter son mari, toujours à la recherche d'honneurs, et de concurrencer ainsi sa rivale Cléopâtre, en acquérant les mêmes titres divins.

Antoine, qui n'entend pas que les victoires sur les Parthes soient attribuées au seul Ventidius, son lieutenant, décide de quitter Athènes et de se mettre en campagne contre ces Barbares toujours remuants. Rompant une fois de plus avec les usages romains, il se conforme à ceux des Grecs et prend une couronne faite de branches de l'olivier sacré ; et, pour se soumettre à l'oracle, remplit un vase d'eau de la fontaine Clepsydre et l'emporte avec lui. Cette fontaine se trouve sur l'Acropole. On la nomme Clepsydre parce qu'elle est tantôt pleine, tantôt à sec : elle se remplit quand se lèvent les vents étésiens et elle se tarit quand ils ne soufflent pas. Qu'elle coule, et c'est un signe que les vents sont favorables à la flotte d'Antoine. En bon Romain, Antoine aurait dû consulter soit la sibylle de Cûmes, soit les augures. Ses compatriotes, très sensibles à ces signes de fidélité à leur religion, s'irritent qu'Antoine, se prenant déjà pour un dieu grec, ose ne point s'y conformer.

Antoine, qui voit voler Ventidius de victoire en victoire, ne le supporte plus, et lui interdit d'entrer en pourparlers avec le roi Antiochus de Samosate, voulant que la paix fût conclue sous son nom, de façon que tous les succès ne fussent pas attribués à son lieutenant. Mais comme les opérations militaires durent et se révèlent fort coûteuses, Antoine ne peut rien entreprendre pour se présenter comme un commandant en chef à qui doit revenir toute la gloire militaire d'une expédition dont il n'a jamais pris le commandement, aussi se contente-t-il modestement de conclure la paix avec Antiochus en se faisant verser trois cents talents, et livrer deux otages sans importance. Il n'est pas fier de cette solution bancale et peu glorieuse, et est bien obligé d'envoyer Ventidius à Rome pour y célébrer son triomphe sur les Parthes, pendant qu'il rentre piteusement à Athènes et y retrouve, au début de l'hiver de l'année 38 av. J.-C., Octavie, qui vient une nouvelle fois d'accoucher d'une fille. Le calcul de l'épouse est évident : elle entend donner à Antoine un grand nombre d'enfants pour lui inculquer enfin le sens des responsabilités conjugales, un sentiment qui lui est encore inconnu.

Sortant de sa torpeur, comprenant que face à César Octave, il se trouve en état d'infériorité, il souhaite poursuivre la conquête de l'Asie non pas avec les habituels auxiliaires indigènes peu entraînés aux guerres romaines, ni avec des soldats vieillissants, mais avec les légions neuves et jeunes qui campent en Italie et en Occident sous la houlette de César Octave. Il espère échanger avec ce dernier des éléments de son importante flotte, fort utile pour s'opposer à Sextus Pompée qui, ingrat, s'est révolté en Sicile. Il est de fort méchante humeur et jaloux de ce César Octave qui s'est attribué les meilleurs territoires et les soldats les plus valeureux.

Il l'est encore plus, lorsque cinglant, en compagnie de son épouse Octavie, à nouveau enceinte, à la tête de trois cents vaisseaux, pour venir au secours de César Octave et l'aider dans sa lutte contre Sextus Pompée, il arrive devant le port de Brindes. Les habitants de cette cité, tout acquis à César Octave, refusent d'accueillir sa flotte, supputant qu'Antoine est décidé à en découdre avec son concurrent. Humilié, Antoine fait voile vers Tarente, où on l'autorise, cette fois-ci, à amarrer ses navires. Furieux d'avoir été si mal traité, Antoine est décidé à demander des explications à son collègue peu loyal à ses yeux, et même à lui déclarer la guerre.

Octavie réussit à calmer son époux, le poussant à engager des négociations avec son frère et jouant dans cette situation tendue un rôle d'intermédiaire efficace. Antoine consent à écouter cette femme, dont la douceur et la subtilité de diplomate ne lui déplaisent pas, lui qui s'est toujours trouvé sous la domination de femmes sans nuances et intransigeantes.

Octavie joue son rôle de médiatrice diplomatique avec acharnement et court rejoindre son frère Octave pour le persuader de ne point faire la guerre à son époux. Elle y réussit. Pendant ce temps, les négociateurs des deux camps font route vers Brindes pour préparer les tractations. Antoine a délégué Cocceius Nerva, et César Octave ses amis lettrés, et non des moindres : Mécène, Virgile et Horace. Ce dernier a fait la relation amusée de ce voyage vers Brindes. Le récit est pittoresque et mérite un petit détour pour comprendre la vie quotidienne d'un diplomate improvisé au temps de la guerre civile larvée à Rome :

> Ayant dîné, nous traînons pendant trois milles et nous atteignons Anxur, assis sur un rocher blanc qu'on voit de loin. C'est là que devaient venir l'excellent Mécène et Cocceius Nerva, envoyés tous les deux pour affaires sérieuses et sachant raccommoder les amis brouillés [César Octave et Antoine bien entendu]. Ici, je baigne d'un collyre noir mes yeux malades. Pendant ce temps arrivent Mécène et Cocceius et Capito Fonteius, homme accompli jusqu'au bout des ongles et plus que personne ami d'Antoine [...]. C'est à Sinuesse que nous rejoignons Plotius, Varius et Virgile, les amis les plus purs que la terre ait portés et à qui nul autre n'est plus dévoué que moi. Une petite villa, près du pont Campanien, nous offre son toit, les commerçants nous procurent ce qu'ils nous doivent, le bois et le sel. De là les mules vont à temps déposer leurs bâts à Capouse. Mécène va jouer ; Virgile et moi nous allons dormir [...]. La très riche villa de Cocceius, qui vaut mieux que les cabarets de Caudium, nous reçoit ensuite.

Horace poursuit son voyage mouvementé et plein d'imprévus, pour terminer sa satire par cette phrase laconique :

> Brindes fut le terme de ma route et de ce long récit[3].

Pendant ce temps, Octavie réussit à entraîner son frère récalcitrant à Tarente afin d'y conférer avec Antoine, après lui avoir tenu un discours qui ressemble à une supplique :

Elle lui demande, de la manière la plus pressante, de ne pas permettre qu'elle, qui est la plus heureuse des femmes, devienne de toutes la plus malheureuse. « Maintenant, dit-elle, tout le monde a les yeux fixés sur moi, comme étant femme d'un des triumvirs, et sœur d'un autre. Or si les pires conseils l'emportent et que la guerre s'allume, il est douteux à qui des deux le destin accordera la victoire ; mais, quant à moi, il est certain que, de quelque côté qu'elle se déclare, mon sort sera toujours malheureux[4]. »

Le nouveau traité, dont les clauses sont bien connues, est signé le 1er septembre 37 av. J.-C. Antoine échange avec César Octave cent vingt vaisseaux contre quatre légions. Le marchandage se poursuit : contre mille soldats d'élite que lui fournit César Octave, Antoine accepte de donner à ce dernier dix navires de course. Les discussions ont été âpres et les deux hommes ne se sont pas dit seulement des amabilités. Par l'intermédiaire de leurs amis d'abord, puis en personne, ils se sont adressé des accusations, mais finalement — pour cette fois — ne se font pas la guerre, consentant au contraire à une sorte de réconciliation en se pliant aux supplications d'Octavie.

Il existe un complément capital à ce traité :

Afin de s'enchaîner par des liens de parenté plus nombreux, César Octave fiance sa fille à Antyllus, fils d'Antoine et celui-ci fiance à Domitius, bien qu'il fût un des meurtriers de

César et mis au nombre des proscrits, la fille qui lui est née d'Octavie. Tout cela, de part et d'autre, n'est que feinte ; ils ne devaient tenir aucun de leurs engagements, ce n'est qu'une comédie qu'ils se jouaient pour donner le chang[5].

Pour faire contrepoids et se trouver un nouvel allié, Antoine a sans doute cherché à entrer en contact avec l'autre triumvir, Lépide, qui se morfond dans ses provinces africaines et qui souhaiterait s'entendre avec lui pour s'opposer aux ambitions désormais évidentes de César Octave, prêt à devenir le premier des Romains, comme le fut son père adoptif, le grand César. Mais Octavie, ayant eu connaissance du projet de son mari, l'en dissuade pour ne point se brouiller avec son frère.

Antoine commence à comprendre qu'il a été manipulé par sa femme et joué par César Octave, et il en éprouve une rancune tenace. Il en apporte la preuve lorsqu'il quitte Tarente pour l'Asie, afin de s'engager personnellement, prétend-il, dans la guerre contre les Parthes. Certes, il est accompagné sur son vaisseau amiral par sa femme enceinte d'un troisième enfant, de ses deux filles, sans compter les enfants qu'il a eus de Fulvie. Mais au cours de l'escale de Corcyre, il renvoie immédiatement sa femme en Italie, pour, argue-t-il, ne pas l'exposer aux dangers qu'il allait courir dans sa guerre contre les Parthes.

Après Fulvie, la mégère, voici donc Octavie qui affiche des airs d'épouse modèle, conseillère avisée de son mari pour son bien, pour celui de César Octave et de l'empire. C'en est trop pour Antoine, qui se sent prisonnier de cette femme toujours exemplaire et vertueuse dont il se lasse chaque jour davantage, hanté qu'il est par les délices fastueuses de sa liaison avec Cléopâtre. Le voici enfin seul, enfin libre, voguant vers l'Asie, en apparence pour y faire la guerre contre les Barbares, mais en réalité avec des projets et des desseins autrement plus attrayants :

La plus funeste de ses calamités, son amour pour Cléopâtre, qui paraissait endormi depuis longtemps et qui semblait même avoir cédé à de plus sages conseils, se réveille avec plus de fureur que jamais, dès qu'il approche de la Syrie. À la fin, le coursier indocile et fougueux de son âme, comme dit Platon*, ayant rejeté toutes les réflexions raisonnables et capables de le retenir, il envoya à Alexandrie Fonteius Capito pour amener Cléopâtre à Antioche[6].

Celle-ci, on peut s'en douter, ne se fait pas prier, débarque dans le riche port de Syrie, une des plus belles villes d'Asie, bien décidée à faire oublier à son amant ses promesses conjugales et son alliance avec l'hypocrite César Octave. On peut donc être assuré qu'elle met au service d'Antoine tous ses charmes pour le retenir et le posséder à nouveau. Elle ne vient pas seule, mais accompagnée en cette année 36 av. J.-C. par les jumeaux qu'elle a eus d'Antoine et dont elle a accouché à Alexandrie quatre années auparavant. Non seulement, elle

* Dans *Phèdre*, le philosophe grec compare l'âme à un attelage traîné par deux coursiers et dirigé par un cocher : le coursier rétif figure la partie sensuelle et grossière des penchants et des comportements humains.

exige d'Antoine qu'il en reconnaisse la paternité, mais encore qu'il divinise l'un et l'autre des enfants ; Alexandre prend alors le surnom d'Hélios, un des dieux égyptiens du Soleil, et la petite Cléopâtre, celui de Séléné, déesse de la Lune. Cléopâtre a obtenu une première victoire, et de taille : celle de faire admettre par Antoine une bigamie de fait, ce qu'elle n'avait pas réussi avec César qui ne reconnut jamais officiellement Césarion.

Antoine accepte cette situation nouvelle, assez conforme à celle des souverains asiatiques : une femme légitime, la digne Octavie, et une seconde épouse, la souveraine d'Égypte. Comme il connaît les réticences des Romains, voire leur violente aversion pour une telle entorse aux lois sacrées du mariage inscrites dans leurs us et coutumes, il n'hésite pas à lui donner une justification religieuse :

> Comme il est l'homme le plus propre à tirer vanité même des choses les plus honteuses [...] il prétend que le premier auteur de sa race descendait d'Hercule. « Hercule, dit-il, ne voulut pas borner sa postérité à la fécondité d'une seule femme. Il n'avait pas à craindre des lois soloniennes [Solon fut le premier législateur grec d'importance qui édicta notamment les lois du mariage monogame] ni des sentences des tribunaux contre ceux qui portent atteinte aux prescriptions relatives au mariage. Aussi donna-t-il à la nature les tiges de plusieurs races, en laissant des enfants en divers lieux[7]. »

En l'année 36 av. J.-C., tenant sa cour à Antioche avec Cléopâtre, Antoine, maître en titre de toute l'Asie, procède à des distributions de domaines, de royaumes et de territoires au gré de sa fantaisie, de ses créanciers et surtout des exigences de Cléopâtre, qui aspirait à régner sur la Syrie*. Mais Antoine est l'obligé d'Hérode qui l'a payé pour recouvrer son trône et est contraint de modérer les appétits territoriaux de la reine. Hérode, ayant fait prisonnier Antigone, l'usurpateur, il l'a envoyé enchaîné à Antioche. Antoine s'est empressé de faire décapiter le malheureux.

Le rôle de Cléopâtre et de ses exigences en cette période cruciale où elle reprend toute son influence sur Antoine a été souligné dans l'Antiquité :

Cependant, la Syrie est en proie aux troubles, car Cléopâtre ne cesse d'exciter Antoine à annexer à son profit des parties des domaines appartenant à tous les souverains de la région. Elle veut en effet le persuader de les déposséder tous pour lui donner leurs territoires, or elle peut beaucoup sur lui, grâce à la passion qu'elle lui inspire.

Insatiable de richesses, sur le moindre soupçon de trésors, elle a profané temples et tombeaux ; pas de sanctuaire qui lui ait paru si inviolable qu'elle n'en vole tous les ornements ; pas de lieu profane qui n'ait souffert d'elle tous les excès, si le pillage doit contribuer à contenter l'avidité de cette reine injuste. En somme, rien ne peut satisfaire cette femme, prodigue et esclave de ses désirs, et qui souffre de frustration si le moindre de ses souhaits ne se réalise pas. Aussi pousse-t-elle toujours Antoine à enlever quelque chose aux autres pour le lui donner, et comme elle a passé avec lui en Syrie, elle médite de s'approprier cette province. Elle est la cause de la mort de Lysinias, fils de Ptolémée, en l'accusant de s'être allié aux Parthes, et elle demande à Antoine la Judée et l'Arabie qu'elle veut qu'il ôte à leurs rois. Antoine se laisse dominer par cette

* Très ancienne idéologie de l'Antiquité à nos jours que celle d'unifier l'Égypte à la Syrie : Nasser, deux mille ans plus tard, tentera en vain l'aventure en fondant la République arabe unie.

femme au point qu'elle semble l'avoir assujetti non seulement par le commerce de ses charmes, mais encore par les philtres, à toutes ses volontés.

Cependant, ici l'injustice aurait été si flagrante qu'il n'ose pas, en poussant la soumission jusqu'à ce point, s'exposer aux dernières fautes. En conséquence, ne voulant ni opposer un refus absolu à Cléopâtre ni se déconsidérer publiquement en accomplissant tous ses désirs, il se contente d'enlever aux deux rois quelques parcelles de leur territoire et lui en fait présent. Il lui donne également les villes situées en deçà du fleuve Éleuthère jusqu'à l'Égypte, à l'exception de Tyr et de Sidon, qu'il sait libres de toute Antiquité et bien qu'elle insiste pour les obtenir[8].

Cléopâtre songe sans doute à l'enfant qu'elle attend et dont elle accouche à la fin de l'année 36 av. J.-C. : un fils, Ptolémée, comme tous les Lagides, et auquel elle attribue le surnom prestigieux de Philadelphe. Il vient s'ajouter aux deux autres enfants, Alexandre Hélios et Cléopâtre Séléné qu'elle a eus d'Antoine, ainsi qu'à Césarion, le fils de César. En sa qualité de mère de quatre enfants, elle se doit de songer à leur avenir, et entend s'approprier de nombreux royaumes et territoires pour les leur rétrocéder à leur majorité :

Cléopâtre ainsi pourvue, après avoir accompagné jusqu'à l'Euphrate Antoine qui part en expédition contre l'Arménie, revient sur ses pas et s'arrête à Apamée et à Damas, puis elle passe en Judée où Hérode vient à sa rencontre ; il lui prend en fermage les districts d'Arabie qu'elle tient d'Antoine ainsi que les revenus du territoire de Jéricho : dans cette contrée pousse le baumier — qui ne se trouve que là, et qui est le produit le plus estimé du pays — et le palmier y est abondant et magnifique. Profitant de son séjour et de ses relations quotidiennes avec Hérode, Cléopâtre essaye de faire du roi son amant ; elle est portée par son tempérament à rechercher sans retenue les plaisirs des sens ; peut-être aussi lui inspire-t-il une passion ; mais plus probablement elle désire se ménager de nouvelles occasions pour intriguer en prenant pour prétexte le viol dont elle peut prétendre un jour avoir été la victime.

Quoi qu'il en soit, elle paraît comme emportée par son désir. Mais Hérode, depuis longtemps mal disposé envers Cléopâtre, qu'il sait funeste à tous, trouve en cette circonstance qu'elle mérite son mépris, si c'est vraiment le goût de la volupté qui lui fait ainsi perdre toute retenue, et qui, si ces propositions cachent un piège, il est nécessaire de prendre les devants en se vengeant d'elle.

Il refuse donc de l'entendre et il délibère avec ses amis s'il doit la mettre à mort, profitant de ce qu'il l'a en son pouvoir. Il épargnerait ainsi bien des malheurs à tous ceux qu'elle a déjà lésés et qu'elle pourrait léser encore ; ce meurtre serait même profitable à Antoine, auquel elle ne resterait pas fidèle, le jour où quelque circonstance ou nécessité l'obligerait à compter sur elle.

Tels sont les projets d'Hérode. Ses amis les combattent, en lui représentant tout d'abord l'imprudence qu'il y aurait à entreprendre une telle machination et à s'exposer au plus manifeste des dangers ; ils le prient avec instance de ne rien faire sous la domination d'une impulsion irréfléchie. Antoine ne supporterait pas en effet ce meurtre, quand bien même lui aurait-on fait valoir les avantages qu'il en retirait. Car son amour s'exaspérerait à la pensée que la violence et la ruse lui avaient enlevé sa maîtresse ; aucune justification ne paraîtrait suffisante pour un attentat commis sur une femme qui occupait la plus haute situation parmi celles de son temps.

Quant aux avantages, pour se hasarder à les lui faire valoir, il y aurait à la fois présomption et condamnation implicites des sentiments d'Antoine. Il était donc évident qu'Hérode attirerait sur son trône et sur sa race des maux sans nombre et sans fin, alors qu'il peut, tout en écartant la faute que Cléopâtre veut lui faire commettre, se tirer d'affaire avec honnêteté. En l'effrayant ainsi, en lui montrant le danger auquel vraisemblablement il s'exposerait, les amis d'Hérode peuvent l'empêcher d'exécuter son projet. Le roi reconduit alors en Égypte Cléopâtre, après l'avoir comblée de présents[9].

De retour à Alexandrie, Cléopâtre, par propagande plus que par satisfaction, car elle se sent frustrée de ce royaume de Judée auquel Hérode s'accroche avec tant d'acharnement qu'il impressionne Antoine, fait grand tapage de ses succès en Asie et, pour mieux témoigner qu'elle est toujours maître du jeu politique, elle donne l'ordre de faire frapper une monnaie où apparaît son effigie associée à celle d'Antoine, avec le titre de triumvir. Deux ans plus tard sans doute, elle donne à sa liaison avec le Romain une signification officielle en faisant émettre une pièce où sont gravés le nombre de ses années de règne et celui d'Antoine qu'elle compte à partir de 36 av. J.-C. Ainsi Antoine est-il considéré comme associé de plein droit au pouvoir de la reine, depuis la naissance du petit Ptolémée. Et cela bien qu'Antoine ne portât pas le titre de roi d'Égypte, ce que les Alexandrins n'auraient pas admis.

Il convient de ne pas oublier Octavie, épouse légitime d'Antoine, qui apparaît elle aussi sur les monnaies romaines en compagnie de son mari jusqu'en 36 av. J.-C. Mais les deux femmes se distinguent d'une manière symbolique par leurs coiffures. Cléopâtre, sur les monnaies égyptiennes, porte toujours le diadème et le titre de reine ; ses cheveux sont généralement courts et frisés, tandis que sur les frappes romaines, Octavie les porte artistiquement arrangés et roulés en chignon derrière la tête, avec une mèche retombant sur le front. Après la date de 36 av. J.-C., les monnaies avec Cléopâtre se substituent à celles ou apparaît Octavie, qui disparaît des émissions de pièces. La numismatique nous éclaire ainsi sur le changement de régime qui intervient autour de l'année 36 av. J.-C. et qui, repoussant Octavie, la Romaine, met en relief le rôle de Cléopâtre, l'Égyptienne, et de son époux, Antoine, dont personne ne doute qu'il ne se considère comme un roi.

Celui-ci, guerrier jadis hardi et ne ménageant pas sa peine, stratège de haut niveau, part en campagne en Arménie contre les Parthes. Mais il semble avoir perdu toutes les facultés militaires qui ont fait sa réputation. Les historiens de l'Antiquité, grecs ou romains, s'accordent pour dire que cette guerre fut un désastre et pour en relater les épisodes malheureux. Tandis que Cléopâtre règne dans le luxe et l'opulence à Alexandrie, son époux commet faute sur faute durant son expédition militaire :

> Il n'en tire aucun fruit, à cause de sa passion pour Cléopâtre. Impatient d'aller passer l'hiver avec elle, il commença la guerre hors de saison et agit en tout point dans une précipitation extrême. Incapable de raisonner, et comme charmé par quelque breuvage ou par quelque enchantement, il avait sans cesse sa pensée tournée vers cette femme et il était plus occupé d'aller bientôt la rejoindre que des moyens à employer pour vaincre les ennemis[10].

Il n'hiverne pas en Arménie, comme il aurait dû le faire, afin que son armée puisse se reposer. Il entreprend le siège de plusieurs villes, sans disposer de matériaux ou de bois pour construire des machines ; celles qu'il a pu se procurer sont mises en pièces par les Parthes. Il engage une bataille rangée contre ceux-ci sans préparation, et à la fin les Romains dénombrent beaucoup plus de morts et de blessés que l'ennemi. Antoine, incapable d'admettre qu'il est le seul responsable de ce désastre, se met à réprimer durement ses légions et utilise la vieille méthode de la décimation.

Son armée est menacée de disette, tandis que les chevaux de sa cavalerie manquent de fourrage. Les Parthes tentent de démoraliser les troupes romaines en s'approchant d'elles et en injuriant Antoine qui, têtu et infantile, refuse tous les pourparlers. Contraint de s'incliner devant les exigences des Barbares, il doit honteusement battre en retraite et se trouve incapable de se justifier auprès de ses soldats par un de ses discours héroïques dont il a en général le secret. Une retraite qui, en l'année 35 av. J.-C., va se transformer en déroute et que beaucoup d'historiens ont comparée à celle de la Grande Armée de Napoléon Ier en Russie en 1812, les légionnaires romains, harcelés par les flèches des Parthes, essuyant des tempêtes de neige au milieu d'un froid intense. D'autres épisodes de cette débâcle montrent à quel point elle est totale, et les pertes humaines, énormes. Les Romains, après des marches épuisantes, finissent par atteindre l'Arménie, pays d'abondance sur lequel les soldats affamés se précipitent, buvant et mangeant avec tant d'excès qu'ils sont atteints d'hydropisies et de violentes coliques. Vingt mille fantassins et quatre mille cavaliers meurent, pour beaucoup de maladie, et non au combat.

Mais Antoine, toujours poussé par le désir de revoir Cléopâtre, n'accorde pas au reste de son armée, épuisée, un temps de repos nécessaire et, dans son impatience d'arriver en Égypte le plus vite possible, il « pressa tellement sa marche, malgré les rigueurs de l'hiver et les neiges continuelles, qu'il perdit huit mille hommes en chemin et qu'il parvint avec fort peu de troupes sur le rivage de la mer, à un bourg, appelé Leuconime, entre Béryte et Sidon. Il envoie des émissaires à Cléopâtre pour implorer son secours[11] ».

Celle-ci accourt avec des vêtements, de la nourriture et surtout de l'argent :

> Ce qui permet à Antoine de donner trente-cinq drachmes à chaque légionnaire et aux autres la part qui leur revient. Les sommes données n'ayant pas suffi, il ajoute le reste de ses propres deniers, attribuant à lui-même la dépense, et à Cléopâtre la gloire du bienfait. Car il impose de fortes contributions à ses amis et lève de fortes taxes sur ses alliés. On n'ignore rien à Rome, de ce qui s'est passé, non qu'Antoine, par ses rapports, y fasse connaître la vérité [il cache tous ses revers et même parfois écrit dans un sens opposé, comme s'il a obtenu des victoires], mais la rumeur publique est au courant[12].

César Octave lui-même n'ignore rien de l'impéritie de son collègue ni de ses frasques. Il sait qu'Antoine, pour récompenser sans doute les plaisirs qu'elle lui donne, offre à Cléopâtre des terres et des provinces romaines, dilapidant ainsi l'empire que Rome s'est construit lentement depuis plusieurs siècles. César Octave, pour apparaître un jour comme la victime de sa patience et de sa magnanimité, et par conséquent pour justifier une lutte finale contre Antoine, se garde de toute critique à son égard, fait preuve d'une indulgence débonnaire et le laisse rejoindre Cléopâtre à Alexandrie.

César Octave attend simplement que le rapport des forces lui soit favorable. Il a repris la Sicile à Sextus Pompée et a éliminé Lépide d'Afrique. Le triumvirat a vécu. Il ne reste plus qu'un duumvirat, et la perspective d'un affrontement frontal est inévitable.

Cléopâtre, beaucoup plus lucide et politique qu'Antoine, même si son goût du luxe et du pouvoir l'a poussée à commettre des erreurs, des fautes, voire des crimes, a saisi combien, sous ses dehors libéraux et indulgents, César Octave peut nuire à Antoine, empêtré dans ses défaites et ses amours orientales. Elle n'ignore pas non plus qu'Octavie, trompée par Antoine, se donne des airs de martyre, et suscite d'autant plus la compassion des foules romaines qu'elle ne songe pas à tirer vengeance de l'adultère de son époux.

Les espions de Cléopâtre, qu'elle peut payer largement en puisant dans son immense fortune, sont aussi nombreux à Rome que dans tout l'empire. Ceux-ci l'informent que le roi d'Arménie, Artavasde, ennemi juré d'Antoine, est soutenu secrètement par César Octave, ce qui constitue une indiscutable rupture du partage de l'empire colonial et maritime romain entre les deux hommes, et surtout une irruption diplomatique intempestive du fils adoptif de César sur des personnes et des domaines sur lesquels il n'a en droit aucune tutelle. Pour Antoine, sa défaite récente en Asie trouve ainsi une explication facile : la trahison du roi d'Arménie l'absout de toute erreur dans la conduite de la guerre.

Mais Antoine n'entend pas affronter César Octave, bien plus puissant militairement que lui. Il croit saisir une occasion de contrer son rival en tentant une alliance avec Sextus Pompée qui, chassé de Sicile, la lui réclame. Mais pendant qu'Antoine reçoit à Alexandrie les ambassadeurs du fils encore vivant du grand Pompée, des envoyés secrets du même Sextus, qui ont été arrêtés du côté de la Syrie alors qu'ils s'apprêtaient à prendre contact avec les Parthes, sont conduits à Alexandrie ; preuve que Sextus joue un double jeu qui ressemble fort à une trahison.

Antoine tergiverse, exige de voir Sextus Pompée en personne. Mais ce dernier, trop méfiant, ne vient pas à Alexandrie et finit par être traqué et capturé en Phrygie par Titius et Furnus, deux amis d'Antoine :

Instruit de cette capture, Antoine, dans un premier mouvement de colère, leur écrit de le mettre à mort. Mais peu après, pris de repentir, il écrit une seconde missive demandant de le laisser en vie. Le porteur de la seconde dépêche ayant devancé celui de la première, Titius qui reçoit en dernier celle qui commandait de faire mourir Sextus et croit qu'elle était réellement la seconde, ou qui, s'il connaît la vérité, ne veut pas y ajouter foi, se conforme à l'ordre d'arrivée des dépêches et non à l'intention d'Antoine. C'est ainsi que mourut Sextus [...].

César Octave, à cette occasion, donne des jeux du cirque et fait placer en l'honneur d'Antoine un char en face de la tribune aux harangues et des statues dans le temple de la Concorde ; de plus, il lui accorde le pouvoir d'y tenir un banquet avec sa femme et ses enfants comme il en avait donné l'exemple pour lui-même, car, en ce moment encore, il feint d'être son ami ; il le console ainsi de ses revers chez les Parthes[13].

Cette première veillée d'armes entre les deux hommes s'achève par des déclarations hypocrites d'amitié, alors que l'un et l'autre attendent le moment opportun pour en découdre. Pour bien montrer qu'il est toujours le maître en Orient, après ses défaites cuisantes, et sans doute conseillé par Cléopâtre qui a compris que son nouvel époux doit gagner quelque guerre pour augmenter son prestige, Antoine prépare une nouvelle campagne militaire contre les Parthes et les Arméniens.

Dans le même temps, il invite le roi d'Arménie, Artavasde, « son » ami — c'est son expression hypocrite —, à venir le trouver en Égypte, où il pense se défaire de lui sans peine, en s'emparant de sa personne. On peut se douter que Cléopâtre, fort au courant des affaires d'Orient et, ne l'oublions pas, connaissant presque toutes les langues des pays de cette contrée, se trouve présente derrière ces manœuvres diplomatiques visant à tromper tout le monde. Tout comme Sextus Pompée, Artavasde n'est pas dupe du piège qui lui est tendu et il ne vient pas. Antoine contient sa déception, calme sa colère, et prend avec Cléopâtre le chemin de la Syrie, d'où il compte bien marcher à nouveau contre les Parthes. Il quitte donc l'Égypte, sans se douter qu'Octavie son épouse s'apprête à le rattraper en chemin et à le détourner de ses intentions guerrières.

À Rome, pendant ce temps, les amours d'Antoine et de ses épouses trompées font la joie des feuilletonistes :

Octavie souhaite s'embarquer pour aller trouver Antoine. Ce que César Octave, son frère, autorise, moins, disent la plupart des historiens, pour satisfaire le désir qu'elle éprouve que dans l'espérance que le mépris et les outrages auxquels elle serait en butte deviendront pour lui un prétexte fort bien venu pour entreprendre une guerre contre Antoine[1].

En arrivant à Athènes, Octavie reçoit des lettres de son mari lui demandant de l'attendre dans cette ville, lui expliquant qu'il est en route pour une nouvelle campagne militaire et se gardant bien de préciser que Cléopâtre se trouve encore à ses côtés. La reine d'Égypte, craignant en effet l'inconstance d'Antoine, ne veut surtout pas que celui-ci rencontre son épouse :

Octavie devine sans peine le motif d'un ordre si offensant pour elle ; mais néanmoins elle répond à Antoine de lui faire savoir où il souhaite qu'elle fasse passer ce qu'elle lui apporte, à savoir une grande provision de vêtements pour les soldats, beaucoup de bêtes de somme, de l'argent et des présents considérables pour ses officiers et pour ses amis. Elle lui amène, en outre, deux mille hommes d'élite, tous bien équipés et couverts de très belles armes, pour en faire des cohortes prétoriennes. Niger, un des amis d'Antoine, est chargé de porter cette lettre. Le messager, après avoir rempli sa commission, fait d'Octavie l'éloge qu'elle mérite. Cléopâtre sent qu'Octavie vient lui disputer le cœur d'Antoine ; et dans la crainte qu'une femme si estimable par la dignité de ses mœurs et soutenue de toute la puissance de César Octave n'ait pas longtemps besoin d'employer auprès de son mari les charmes de la conversation et l'attrait de ses caresses pour prendre sur lui un ascendant invincible, elle feint alors d'éprouver pour Antoine la plus violente des passions.

Elle s'affaiblit volontairement en réduisant le nombre de ses repas. Toutes les fois qu'Antoine rentre chez elle, il lui trouve le regard étonné ; et quand il la quitte, elle a les yeux abattus de langueur. Attentive à être vue souvent en larmes, elle se hâte de les essuyer et de les cacher, comme pour les dérober à Antoine. Ce fut surtout lorsqu'elle le vit disposé à quitter la Syrie pour aller rejoindre le roi des Mèdes qu'elle usa de ces artifices, craignant qu'Antoine ne revienne jamais vers elle et qu'il fasse ensuite voile vers Athènes[2].

Ces coquetteries de femme jalouse sur le point de sombrer dans l'anorexie et la dépression ne semblent pas impressionner Antoine. Il n'était pas assez sot pour ne pas y voir une sorte de comédie fort bien jouée. Mais les courtisans qui l'entourent et qui sont à la solde évidente de Cléopâtre l'accablent de reproches. Le traitant de cœur dur et insensible, ils l'accusent de faire mourir de chagrin une femme qui ne vit que pour lui. Octavie, lui font-ils valoir, ne songe qu'aux seuls intérêts de son frère et jouit de tous les avantages attachés au titre d'épouse, tandis que Cléopâtre, reine de tant de peuples, n'est appelée que la maîtresse d'Antoine. Ils ajoutent fort diplomatiquement que la reine d'Égypte ne refuse point ce nom ; elle ne s'en croit pas déshonorée, si elle peut jouir de la présence d'Antoine et vivre avec lui. Et ils concluent que si Antoine l'abandonne, elle ne survivra pas à un tel malheur.

Devenu faible de caractère et facilement influençable, Antoine, devant les objurgations de ses amis, finit par prendre peur et par croire que Cléopâtre, s'il l'abandonne, est prête à renoncer à la vie. Mais il lui faut un prétexte, qu'il trouve rapidement. Comme par hasard, il constate que son armée n'est pas encore suffisamment prête pour affronter une longue lutte avec les Parthes, ennemis fort coriaces, et juge qu'il est préférable de remettre cette expédition au printemps suivant. Il retourne donc à Alexandrie. Non sans avoir donné l'ordre à Octavie de rentrer au plus vite à Rome.

La malheureuse épouse, une nouvelle fois bafouée, et martyre de son respect des liens conjugaux et de la vertu qui sied à toute femme romaine de haute naissance, repart d'Athènes sans avoir revu son mari, qui ne l'a même pas remerciée de tous les présents qu'elle a transportés dans ses navires et qui peuvent lui être fort utiles pour ses guerres.

César Octave profite de l'attitude scandaleuse de son beau-frère pour attiser habilement et secrètement l'hostilité de l'ensemble de la population romaine à l'égard de cet insolent désinvolte. Indigné de l'affront fait à Octavie, il lui ordonne de quitter le domicile conjugal.

Mais Octavie répond qu'elle n'abandonnera point la maison de son mari et déclare à son frère que s'il n'a d'autre motif de faire la guerre à Antoine que des raisons personnelles, elle le conjure de tout oublier. Car il serait odieux, ajoute-t-elle, que les deux plus grands chefs du monde plongeassent les Romains dans la guerre civile, l'un pour l'amour d'une femme, et l'autre par jalousie.

Du reste, la conduite d'Octavie, mieux encore que ses paroles, témoigne en sa faveur : elle continue d'habiter la maison de son mari et elle élève avec autant de soin que de magnificence, non seulement les enfants qu'elle a eus d'Antoine, mais aussi ceux que Antoine a eus de Fulvie. Antoine envoie-t-il ses amis à Rome, soit pour y briguer des charges, soit pour y régler des affaires personnelles, Octavie les reçoit chez elle. Elle s'entremet auprès de son frère et obtient pour eux les faveurs qu'ils sollicitent. En agissant ainsi, elle fait, sans le vouloir, un grand tort à Antoine ; car les injustices d'Antoine envers une telle femme le font universellement haïr[3].

Épouse modèle, donnant l'exemple d'une abnégation exceptionnelle, Octavie paraît en effet singulièrement intègre par rapport à Cléopâtre, cette femme sans morale. On peut se douter que la reine doit en être irritée et soupçonne certainement Octavie de jouer à l'épouse indignement victime de l'adultère de son mari sous la pression de son frère César Octave. Celui-ci se fait un malin plaisir de faire connaître l'héroïsme de sa sœur, qui contraste avec les ignominies d'Antoine, père absent, débauché, et amant d'une reine qui devient vite aux yeux des Romains une royale putain.

Débarrassée provisoirement d'Octavie, Cléopâtre, devenue l'inspiratrice politique et diplomatique d'Antoine, lui conseille, au cours de l'hiver 35-34 av. J.-C. d'utiliser la ruse, un art qu'elle cultive depuis son enfance au milieu des révolutions de palais, de la haine de ses frères et de la colère des Alexandrins, ruse qui lui a permis — sans oublier l'extermination de tous ses proches — de régner sans partage. Elle fait demande à son amant, qui a désormais officiellement en Égypte le titre et le rang non seulement d'époux mais encore de roi, d'attirer le roi d'Arménie, allié des Parthes, dans un nouveau piège, moins grossier que le précédent. Le roi, on s'en souvient, convoqué par Antoine à Alexandrie, ayant compris le sort qu'on lui réservait, n'avait point répondu à cet ordre.

Pour tenter de faire comprendre à Artavasde qu'il n'a qu'à se louer de son amitié et que sa méfiance n'est pas justifiée, Antoine lui envoie en mission son ancien mignon, ambassadeur de ses basses œuvres, le fameux Q. Dellius. Il propose, par l'intermédiaire de ce personnage, spécialiste de tous les coups fourrés, de marier son fils Alexandre, un des jumeaux qu'il a eus de Cléopâtre, à la fille du souverain arménien, mariage politique puisque les deux élus sont encore des enfants en bas âge.

Pendant que Dellius négocie cet étrange projet, Cléopâtre, qui n'a pas renoncé à ses visées territoriales sur la Judée, est avisée d'un événement rocambolesque et important dont ce pays vient d'être le théâtre. Elle y voit aussitôt une occasion propice pour assouvir ses ambitions. Alexandra, une princesse de Judée, liée d'une amitié fort dangereuse pour elle avec Cléopâtre, est mère de deux enfants, un fils appelé Aristobule, dans l'éclat de la jeunesse, et une fille, Mariamne, unie au roi Hérode, d'une beauté remarquable. Mais Hérode, se défiant toujours de l'emprise des femmes sur sa vie et son royaume, a conféré à un prêtre obscur, un nommé Ananel, venu de Babylone, le titre de grand prêtre :

Soulevée d'indignation pour l'affront fait à son fils pour lequel elle avait espéré ce titre prestigieux, Alexandra écrit à Cléopâtre par l'entremise d'un chanteur, la priant de demander à Antoine la prêtrise pour son fils.

Antoine fait quelques difficultés pour se laisser convaincre, mais son ami Dellius, venu en Judée pour certaines affaires, voit Aristobule, est séduit par le charme du jeune homme et vivement frappé par sa taille et sa beauté, comme il l'a été par le charme de Mariamne, femme d'Hérode ; il ne se cache pas pour féliciter Alexandra d'avoir de si beaux enfants. Dans un entretien qu'elle a avec lui, il la persuade de faire peindre les portraits de l'un et de l'autre et de les envoyer à Antoine, car dès que celui-ci les aura vus, il ne refusera plus aucune de ses demandes.

Alexandra, encouragée par ces assurances, envoie les portraits à Antoine. Dellius, de son côté, déclare avec enthousiasme que ces enfants lui paraissent nés non de mortels mais de quelque dieu. Son intention est qu'Antoine, par son entremise, les fasse venir pour servir à ses plaisirs. Antoine n'ose pas se faire envoyer la fille parce qu'elle est mariée à Hérode et que Cléopâtre ne le supporterait pas [jugeant toute liaison de son amant criminelle]. Mais il lui demande qu'on lui envoie le garçon sous quelque honnête prétexte [...]. Hérode, averti, n'estime pas prudent d'envoyer Aristobule, alors dans tout l'éclat de la jeunesse — il a seize ans — et qui appartient à une famille illustre, auprès d'Antoine, le plus puissant de tous les Romains à ce moment, tout disposé à abuser de l'enfant, et libre, en raison de sa puissance, de se livrer sans mystère à tous ses désirs. Il répond donc que, pour peu que le jeune homme quittât seulement le pays, cela risque d'entraîner troubles et désordre, parce que les juifs concevraient l'espoir d'un changement et d'une révolution sous un autre roi.

Après s'être ainsi excusé auprès d'Antoine, Hérode décide cependant de ne pas tenir à l'écart de tous les honneurs l'enfant et Alexandra ; d'ailleurs, sa femme Mariamne le prie instamment de donner la grande prêtrise à son frère, et lui-même juge conforme à son propre intérêt de mettre Aristobule, retenu par sa charge, dans l'impossibilité de quitter le pays. Il réunit donc un conseil de ses amis et commence à accuser vivement Alexandra, déclarant qu'elle aspire secrètement à la royauté et intrigue par l'intermédiaire de Cléopâtre pour que le pouvoir lui soit enlevé à lui-même et qu'Aristobule reçoive d'Antoine sa succession : desseins injustes, ajoute-t-il, puisqu'elle déposséderait du même coup sa fille de son haut rang et déchaînerait des troubles dans le royaume, qu'il avait conquis au prix de mille fatigues et de périls communs.

Cependant, voulant bien oublier tous les torts qu'elle a envers lui, il ne cessera pas d'être juste pour elle et son fils ; il déclare donc qu'il donne en ce jour la grande prêtrise au jeune homme, et que s'il a auparavant nommé Ananel à cette charge, c'est qu'Aristobule était encore tout à fait un enfant. Il prononce ce discours non pas à la légère, mais après mûre réflexion et avec une habileté capable de tromper les deux femmes et les amis qu'il a réunis. Transportée par la joie de ce bonheur inespéré, craignant en même temps d'avoir donné prise au soupçon, Alexandra se justifie tout en larmes : en ce qui concerne la grande prêtrise, elle avoue avoir tout fait pour effacer l'injure faite à son fils, mais, quant à la royauté, elle n'y aspirait nullement, et lui fût-elle même offerte, elle ne l'accepterait pas : elle se déclare désormais suffisamment honorée par le pouvoir de son gendre et par la sécurité que donne à toute sa famille le mérite qui l'a désigné parmi tous pour le rang suprême[4].

La suite de ce roman-feuilleton, mais vrai, que Cléopâtre suit de près, car la discorde à la cour du roi Hérode, c'est-à-dire chez son ennemi, ne peut que lui être profitable, se poursuit sous la plume de Flavius Josèphe :

> Le roi Hérode enlève donc aussitôt la grande prêtrise à Ananel [...], mesure illégale, car jamais grand prêtre, une fois investi de sa charge, n'en avait été dépossédé [...]. Hérode paraît ainsi avoir porté remède à ses dissensions domestiques. Cependant, après la réconciliation, il ne s'abandonne pas, comme on pourrait le supposer, à la confiance ; il croit devoir, en raison des tentatives antérieures d'Alexandra et pour le cas où elle trouverait une occasion de comploter, se garder d'elle. Il lui ordonne donc de vivre dans son palais, lui interdit de faire acte d'autorité et la fait surveiller si jalousement qu'il n'ignore rien des faits de sa vie journalière[5].

Toutes ces précautions mécontentent fort, selon Flavius Josèphe, Alexandra, et la rendent peu à peu haineuse : son orgueil féminin se révolte contre la surveillance soupçonneuse d'Hérode. Mieux vaut n'importe quoi, pense-t-elle, que de se voir privée de liberté et, sous les apparences de l'honneur qui sont dus à son rang, condamnée à une vie de servitude et d'angoisse. Elle envoie donc une lettre à Cléopâtre pour se plaindre longuement de l'existence dont elle est la victime et la conjurer de faire tout ce qui lui est possible pour lui venir en aide. Cléopâtre lui répond de s'enfuir secrètement avec son fils et de se réfugier en Égypte auprès d'elle.

Ce projet lui plaît, et elle le prépare avec minutie : elle se fait remettre deux coffres, semblables à ceux dans lesquels on transporte les morts et s'y enferme avec son fils, après avoir ordonné à ceux de ses serviteurs au courant du complot de les emporter pendant la nuit. Les fugitifs doivent gagner la côte où un navire se tient prêt à lever l'ancre pour l'Égypte. Mais un de ses serviteurs, Ésope, ayant rencontré Sabbion, ami d'Alexandra, lui raconte tout, croyant avoir affaire à un complice. Sabbion, jusque-là fort mal vu d'Hérode, pense qu'une dénonciation changera la haine du roi à son égard en bienveillance et court lui dévoiler les projets d'Alexandra.

Hérode laisse cette dernière poursuivre la préparation de sa fuite et la surprend en flagrant délit d'évasion ; cependant, il lui fait grâce, n'osant, malgré son vif désir, prendre contre elle la moindre mesure de rigueur, car Cléopâtre ne l'aurait pas admis, en raison de la haine qu'elle nourrit contre lui. Il se donne donc le beau rôle de la générosité en paraissant pardonner par bonté. Il est bien décidé cependant à se débarrasser à tout prix d'Aristobule. Mais, après ce qui vient de se passer, il lui semble plus sûr, pour cacher son projet, de l'ajourner quelque temps :

Comme la fête des Tabernacles approche, qui est une des fêtes les plus solennelles, Hérode diffère pendant tous ces jours l'exécution de ses plans et se livre avec tout le peuple à la joie. Mais dans ces fêtes même, sa haine grandissante trouve une raison de hâter l'accomplissement de son dessein.

Lorsque le jeune Aristobule, âgé de dix-sept ans, monte à l'autel, suivant la loi, pour offrir les sacrifices, revêtu des ornements des grands prêtres et accomplissant les cérémonies du culte, sa beauté, sa taille au-dessus de celle son âge, ses traits exprimant la noblesse de sa race, le rendent encore plus sympathique au peuple. Le souvenir des exploits de son grand-père Aristobule redevient vivant dans la mémoire de tous les assistants conquis et ceux-ci donnent peu à peu libre cours à leurs sentiments, à la fois joyeux et émus, poussant des acclamations mêlées de prières, en sorte que l'affection si manifeste de la foule et cette unanimité à célébrer les services autrefois reçus sont considérées par Hérode comme dangereuses pour son autorité.

Pour toutes ces raisons, Hérode se résout à en finir avec le jeune homme. La fête passée, il se rend à Jéricho pour assister à un banquet que leur offre Alexandra ; là, il témoigne au jeune homme la plus grande amitié, le pousse à boire sans modération, prêt à partager ses jeux, retrouvant sa jeunesse pour plaisanter avec lui. Comme l'endroit est excessivement chaud, les convives sortent tous ensemble en flânant et viennent chercher au bord des piscines — il y en a de fort grandes autour de la cour — un peu de fraîcheur contre les ardeurs du soleil de midi. Tout d'abord ils regardent nager leurs familiers et leurs amis ; puis Aristobule, excité par Hérode, se joint aux baigneurs. Des amis du roi, auxquels il a donné ses instructions, à la faveur de l'obscurité croissante, s'amusent à peser sans cesse sur le nageur et le font plonger comme par manière de jeu, le maintenant sous l'eau jusqu'à ce qu'il soit asphyxié. Ainsi périt Aristobule, à peine âgé de dix-huit ans. Il était depuis un an grand prêtre, et Ananel recueillit de nouveau la charge après lui[6].

On comprend le désespoir d'Alexandra qui reste inconsolable, malgré les funérailles grandioses qui sont faites à son fils. Cléopâtre est avertie de cet assassinat par une missive d'Alexandra, ivre de vengeance. Celle-ci lui raconte le guet-apens d'Hérode et le meurtre de son fils. Cléopâtre, qui depuis longtemps souhaite exaucer ses prières et compatit à son infortune, prend l'affaire en main. La mort d'Aristobule favorise ses desseins et lui fournit le prétexte qu'elle attend. Vivant, ce jeune éphèbe serait resté un personnage bien encombrant : qui sait si Antoine n'aurait pas noué des liens avec lui pour en faire son mignon, comme le lui avait proposé Dellius ? Mort, il peut être utile aux ambitions de la reine d'Égypte.

Cléopâtre ne cesse de presser Antoine de venger le meurtre du jeune homme : il n'est pas admissible, lui fait-elle valoir, qu'Hérode, qui doit à Antoine une royauté à laquelle il n'a nul droit, ait pu commettre ouvertement de semblables méfaits envers ceux qui étaient véritablement de race royale. Antoine se laisse une nouvelle fois convaincre et, lorsque, en marche contre les Parthes, il séjourne à Laodicée au printemps 34 av. J.-C., il convoque Hérode afin que celui-ci puisse se justifier des accusations portées contre lui : est-il ou non l'auteur de ce complot ?

Hérode, craignant les suites de cette accusation et la malveillance de Cléopâtre qui continue à harceler Antoine pour qu'il soit intraitable, se décide à obtempérer — il n'a pas d'autres solutions — mais il confie à son beau-frère Joseph la régence du pouvoir et le gouvernement de son royaume, lui recommandant secrètement, s'il lui arrive malheur, de mettre immédiatement à mort Mariamne. Car, dit-il, il aime passionnément sa femme et redoute comme un outrage que, son mari mort, sa beauté ne lui attire les hommages de quelque autre prétendant. En parlant ainsi, il pense bien entendu à Antoine qui convoite la reine dont il a depuis longtemps entendu vanter la beauté[7].

Cléopâtre n'en espérait pas tant. Si Hérode est fait prisonnier ou assassiné, elle sera débarrassée d'une rivale. Hérode prend le chemin de Laodicée pour rencontrer Antoine. Des bruits courent que le Romain tout-puissant a fait mettre à mort son hôte, mais une lettre d'Hérode arrive, contredisant les rumeurs et les nouvelles répandues de tous côtés :

Dès sa première entrevue avec Antoine, Hérode a séduit son interlocuteur par les présents apportés de Jérusalem et dans leurs pourparlers il l'a rapidement poussé à chasser les griefs qu'il a contre lui. Les objurgations de Cléopâtre n'ont pu prévaloir contre ses flatteries. Antoine a déclaré qu'il serait inconvenant de demander des comptes à un roi sur son gouvernement, sans quoi ce ne serait plus un roi [...]. Il a signifié à Cléopâtre qu'il trouve répréhensible qu'elle se mêle indiscrètement des affaires d'État. Hérode raconte tout cela dans sa lettre et mentionne tous les honneurs dont il est l'objet de la part d'Antoine, siégeant à ses côtés lorsqu'il juge, admis à sa table chaque jour, en dépit de l'animosité de Cléopâtre et des accusations qu'elle porte contre lui : car, désirant posséder son pays, elle cherche par tous les moyens à se débarrasser de lui. Mais Hérode, grâce à l'appui qu'il trouve dans l'équité d'Antoine n'a plus aucun danger à redouter. Il s'apprête à redevenir prochainement, après s'être assuré de la bienveillance d'Antoine, plus actif encore pour son royaume et ses affaires[8].

Antoine, pour la première fois, prend une décision contraire à celle que lui a suggérée Cléopâtre. Il fait preuve en apparence de rébellion vis-à-vis de sa royale maîtresse. Il sait, et Plutarque l'écrit dans *Démétrius et Antoine*, qu'on le compare souvent à Hercule, dépouillé de sa massue et de sa peau de lion et couché aux pieds d'Omphale. Il n'ignore pas non plus qu'on prétend que, par ses caresses séduisantes, Cléopâtre lui a fait abandonner plusieurs fois des campagnes militaires cruciales et perdre les plus belles occasions d'acquérir la gloire. Tout cela pour venir s'amuser avec elle et perdre ainsi un temps précieux sur les rivages de Canope et de Taphorisis !

En se donnant l'apparence d'un chef qui décide de lui-même et sait se dégager de l'influence de Cléopâtre, Antoine, en réalité, montre simplement qu'il est un homme extrêmement influençable et toujours prêt à écouter le dernier qui a parlé, en l'occurrence Hérode. Cléopâtre doit en être fort courroucée, même si Antoine affirme par lettre qu'il lui donnera en compensation la suzeraineté sur le territoire de la Cœlé-Syrie, promesse qui lui a été déjà faite deux ans auparavant. Mais il lui laisse entendre que sa campagne contre les Parthes, si elle était victorieuse, lui assurerait une telle domination sur tout le Proche-Orient qu'elle ne serait pas oubliée dans la redistribution des terres et des royaumes qui s'ensuivrait.

Antoine quitte Laodicée en 34 av. J.-C. pour se diriger vers le nord de l'Asie Mineure. Hérode, pour bien marquer leur réconciliation, l'escorte un moment en chemin vers le royaume d'Arménie avant de rentrer à Jérusalem afin de remettre un peu d'ordre au sein de sa famille, fort troublée par les récents et dramatiques événements.

Au commencement du printemps, Antoine arrive sans prévenir quiconque à la Nicopolis de Pompée et là envoie quérir le roi d'Arménie sous prétexte de lui demander conseil et aide à propos des Parthes. Le roi Artavasde, une fois de plus, n'est pas dupe, et, soupçonnant le piège, se garde bien d'obtempérer. Antoine s'entête et lui dépêche à nouveau l'indispensable Dellius pour l'occuper et le rassurer, tandis qu'il fait mouvement vers Artaxate, la capitale de l'Arménie. Le roi se sent alors obligé de répondre favorablement à la demande d'Antoine qui vient de lui adresser une nouvelle lettre fort amicale. Il se rend dans son camp.

> Antoine, s'étant saisi de sa personne, il le fait garder, sans chaînes d'abord, et le conduit devant les endroits où se trouvent ses trésors, afin, s'il est possible, de s'en emparer sans combat, prétextant ne s'être saisi du roi que dans l'intention de lever un tribut sur les Arméniens pour le rachat de sa vie et de son trône[9].

On voit donc que, pour Antoine, ses conquêtes ne sont pas destinées à la gloire de Rome, mais ne sont que l'occasion de s'enrichir davantage.

Les gardiens des trésors arméniens refusent d'obéir aux ordres d'un roi qui visiblement n'a plus sa liberté. Quant aux soldats arméniens, ils préfèrent élire à sa place Artaxe, l'aîné de ses fils. Pour toute réponse, toujours selon Dion Cassius, Antoine charge cette fois-ci Artavasde de chaînes d'argent, car apparemment il aurait été honteux de charger de chaînes de fer un homme qui avait été roi.

Toujours poussé par Cléopâtre qui, n'ayant pas réussi à posséder le royaume de Judée en ratant son petit complot avec Alexandra, rêve toujours de compensations territoriales, et, si possible, riches en or et en argent, Antoine se rend maître de l'Arménie tout entière, car Artaxe, vaincu au cours d'un engagement, se réfugie chez les Parthes. Antoine, têtu, comme il s'en est fait la promesse, fiance son jeune fils Alexandre avec la fille de l'autre Artavasde, roi de Médie, afin de se concilier un allié de poids dans une région toujours troublée.

Puis il retourne en Égypte avec ses légionnaires, au début de l'année 33 av. J.-C., traînant dans ses chariots le roi d'Arménie avec sa femme et ses enfants, ainsi qu'un butin considérable :

> Il les fait marcher devant lui avec les autres captifs dans une sorte de triomphe à Alexandrie où il entra lui-même sur un char ; outre toutes les autres faveurs accordées à Cléopâtre, il lui amène l'Arménien avec les siens, chargé de chaînes d'or. La reine d'Égypte est assise au milieu du peuple sur une tribune ornée d'argent et sur un trône d'or. Les Barbares ne lui adressent aucune prière et ne se prosternent pas devant elle, malgré la contrainte qu'on utilise et l'amnistie qu'on leur promet. Ils s'acquièrent ainsi, pour l'avoir appelée par son seul nom, une réputation de grandeur d'âme ; mais ils sont pour ce même motif durement traités[10].

À la suite de ce triomphe, Antoine donne un banquet aux Alexandrins, et, au milieu du peuple assemblé, il fait asseoir près de lui Cléopâtre et ses enfants ; puis, après avoir prononcé quelques paroles, il ordonne que l'on appelle Cléopâtre reine des rois et Césarion, roi des rois.

Il déclara d'abord Cléopâtre reine d'Égypte, de Chypre, d'Afrique et de Cœlé-Syrie. Il confère ensuite le titre de roi aux enfants qu'il a eus d'elle : Alexandre obtient l'Arménie, la Médie et le royaume des Parthes. Ptolémée, le second fils, la Phénicie, la Syrie et la Cilicie. Il les présente tous deux au peuple, Alexandre vêtu d'une robe médique et ayant sur la tête la tiare pointue nommée citaris, costume des rois mèdes et arméniens, et Ptolémée couvert d'un long manteau, ayant des pantoufles aux pieds, et coiffé d'un large chapeau ceint du diadème, costume des successeurs d'Alexandre le Grand. Après que les deux princes ont salué leur père et leur mère, ils sont environnés l'un d'une garde arménienne, l'autre d'une macédonienne. Par la suite, Cléopâtre ne parut plus en public que revêtue de la robe consacrée à Isis, et donna ses audiences au peuple sous le nom de Nouvelle Isis[11].

Pour achever ce véritable et nouveau couronnement des époux, Antoine attribue à Cléopâtre la Libye qui avoisine la Cyrénaïque.

Ce triomphe, dans une ville qui n'est pas Rome, est considéré par les Romains comme un scandale et une insulte à l'une de leurs coutumes les plus anciennes, une provocation particulièrement odieuse et impardonnable. Rome n'a jamais admis qu'une autre cité se substitue à elle, encore moins s'il s'agit d'une cité d'Orient. Elle se considère depuis sa fondation comme le centre du monde et toute rupture de cet équilibre peut faire basculer l'univers vers sa destruction totale. Ce triomphe organisé par Antoine à Alexandrie constitue un véritable attentat à la dignité et à la majesté de Rome, pire qu'une faute, un crime.

Antoine, totalement inconscient, gonflé d'orgueil et bouffi de vanité, vivant dans un rêve de potentat oriental, poursuit ses extravagances et ses fantaisies à la limite du grotesque, feignant de ne pas se douter qu'il heurte le bon sens commun des Romains et se rend haïssable à l'ensemble de la classe politique romaine et au peuple de Rome :

> Cléopâtre l'a en effet asservi au point de lui faire accepter la charge de gymnasiarque chez les Alexandrins et de se faire appeler par lui reine et maîtresse, d'avoir des soldats romains dans sa garde et de voir son nom gravé sur les boucliers des soldats. Elle se rend avec Antoine au Forum, s'occupe avec lui des jeux publics, examine avec lui les causes judiciaires, et chevauche avec lui à travers les villes ; ou bien encore, on la porte sur une sorte de chaise curule, tandis qu'Antoine suit à pied derrière elle avec les eunuques.
>
> Il donne aussi à son prétoire le nom d'habitation royale, parfois même il se ceint d'un cimeterre ; d'autres fois, il revêt un costume étranger et se laisse voir, même en public, sur un lit enrichi d'or et semblable à une chaise curule. Il se fait représenter avec elle dans des tableaux et des statues, lui sous les traits d'Osiris et de Dionysos, elle, sous ceux de la Lune et d'Isis. Ce fut là une des raisons qui autorisa la croyance selon laquelle elle avait troublé la lucidité d'Antoine par un charme magique. Car ce n'est pas seulement Antoine, mais tous ceux qui ont quelque pouvoir auprès de lui qu'elle a ensorcelés et enchaînés au point que, pour elle, le serment le plus grand, quand elle affirme quelque chose, est de jurer par la justice qu'elle rendra prochainement au Capitole[12].

Impensable prétention qui soulève l'indignation et la colère des Romains.

Une année auparavant, Cléopâtre a fait bâtir un grand temple consacré à Antoine et frapper une monnaie portant d'un côté l'effigie d'Antoine, la tête couronnée d'une tiare arménienne, et de l'autre le buste de Cléopâtre, le chef ceint d'un diadème. Toutes ces bizarreries sont consignées par la plupart des historiens romains :

Bientôt sa folle passion pour Cléopâtre devient de plus en plus ardente ; ses vices qu'alimentent le pouvoir, la licence et l'adulation se développent avec une âpreté irrésistible [...]. Déjà il s'est fait appeler le nouveau Bacchus : on l'a vu dans les rues d'Alexandrie, traîné sur un char, comme ce dieu, paré de guirlandes de lierre, chaussé de cothurnes, une couronne d'or sur la tête et le thyrse à la main[13].

Minutius Plancus, ancien gouverneur de Syrie, qui devait trahir plus tard la cause d'Antoine, « s'était montré le plus vif courtisan de la reine et le plus méprisable de ses esclaves. Sous le titre de secrétaire d'Antoine, il avait été l'instigateur et le ministre de ses plus sales débauches. Vénal en tout et pour tous, on l'avait vu, le corps peint de couleur azur, tout nu, la tête couronnée de roseaux, traînant une queue de poisson et rampant sur les genoux, danser dans un festin la danse de Glaucos [un dieu des Eaux][14] ».

Les débordements d'Antoine et de Cléopâtre sont jugés sans appel par les Romains, scandalisés d'un tel aplomb :

Détestant la guerre, après son expédition contre les Parthes, Antoine s'abandonne à la mollesse ; et, captivé par les attraits de Cléopâtre, il se délasse, comme après un triomphe, dans les bras de cette reine. L'Égyptienne demande, pour prix de ses caresses, l'Empire romain à ce général ivre. Antoine le lui promet, comme s'il était plus facile de subjuguer les Romains que les Parthes. Il prépare ouvertement ses moyens de domination. Il oublie sa patrie, son nom, sa toge, ses faisceaux. Et pour le monstre de luxure qui l'asservit tout entier, il renonce à ses sentiments, à ses principes, à son costume. Il porte un sceptre d'or à la main, des poignards à son côté, une robe de pourpre agrafée avec de grosses pierres précieuses ; il ceint même le diadème afin de jouir comme roi de cette reine[15].

Cependant, Antoine doit s'arracher une nouvelle fois à tous ces délices pour mettre à exécution son projet de repartir en Arménie, au printemps 33 av. J.-C., afin d'y poursuivre des opérations militaires interrompues par l'hiver. Mais Cléopâtre, plus lucide, lui a fait comprendre que César Octave, bouleversé et indigné par les turpitudes de son collègue Antoine, et appuyé par une opinion publique unanime, constitue un danger autrement plus sérieux que les Parthes. Antoine préfère donc les négociations à la guerre, et il se contente de conclure avec le roi Mède Artavasde un traité par lequel ils conviennent de se prêter mutuellement secours contre les Parthes, un autre contre César Octave. Dans cette perspective, ils échangent entre eux des soldats. Le roi des Mèdes reçoit une partie de l'Arménie, récemment reconquise ; Antoine se voit livrer Jotape, fille du roi, pour l'unir à son fils Alexandre, ainsi que les enseignes prises dans le combat livré à Oppius Statianus.

Une autre partie de l'Arménie est offerte à Polémon, roi du Pont. Antoine, une fois ces traités conclus, repart au plus vite pour Alexandrie afin de s'entendre avec Cléopâtre, ses ministres et son état-major sur la stratégie et la tactique à adopter dans l'inévitable conflit qui bientôt l'opposera à César Octave. Antoine a déjà pu mesurer l'irritation que celui-ci nourrit à son égard, lors d'un échange de lettres dont Suétone a conservé quelques fragments instructifs, chacun s'accusant, sur un mode mi-sérieux, mi-ironique, d'inconduite sentimentale, peu compatible avec la morale romaine. Parlant de César Octave, devenu l'empereur Auguste, Suétone écrit : « Ses amis même ne nient point qu'il n'ait commis beaucoup d'adultères ; ils cherchent seulement à l'excuser, que c'était moins par passion que par politique, et afin de connaître par leurs femmes les secrets de ses adversaires. » Et il ajoute : « Antoine, non content de lui reprocher cette précipitation de son mariage avec Livie, prétend que, dans un festin, il fit passer de la salle à manger dans une chambre voisine la femme d'un consulaire, le mari étant présent ; et qu'elle avait, quand il la ramena, les oreilles rouges et les cheveux en désordre[16]. »

Antoine a bien saisi ce que les Romains, travaillés par la propagande de César Octave, lui reprochent le plus : son goût pour les femmes et pour Cléopâtre. Il est donc de bonne guerre qu'il adresse le même blâme à son adversaire politique :

Il ajoute que César Octave ne répudia Scribonia que parce qu'elle n'avait pas pu souffrir la morgue d'une concubine ;

que les amis du futur empereur Auguste lui cherchaient des femmes mariées et des vierges nubiles qui devaient remplir certaines conditions ; qu'ils les faisaient mettre nues devant eux, et les examinaient comme des esclaves en vente au marché de Toranius. À une époque où il n'était pas encore son ennemi déclaré, Antoine lui écrivait familièrement : « Qui vous a donc changé ? Est-ce l'idée que je couche avec une reine ? Mais elle est ma femme ; et ce n'est pas d'hier, car il y a neuf ans. Et vous, ne couchez-vous qu'avec Livie ? Je parie qu'au moment où vous lirez cette lettre, vous aurez joui déjà de Tertulla ou de Térentilla ou de Rufilla ou de Salvia Titiscénia, et peut-être de toutes. Qu'importe, en quel lieu et pour quelle femme vous vous sentez du désir[17].

Autrement dit, Antoine n'acceptera pas d'être désigné à la vindicte populaire par un homme dont les mœurs ne sont pas exemplaires, loin s'en faut.

Il convient de préciser que cette dispute sur un tel sujet entre les deux hommes n'est pas pour eux une question superfétatoire. Ils savent se servir de l'air de la calomnie pour déstabiliser le concurrent ou l'adversaire, surtout dans une Rome où il est de bon ton, en apparence du moins, d'afficher l'austérité de ses mœurs et de renouer ainsi avec les glorieux aïeux qui ont fondé la République et l'État romain. Déjà, Cicéron, en 43, avait ainsi dénoncé Antoine :

Combien de calomnies n'a-t-il pas entassées contre César Octave, inspiré sans doute par les souvenirs de sa propre impudicité et de ses propres infamies ? Quoi de plus impur que ce calomniateur[18] ?

Selon Suétone[19], Antoine reprocha à César Octave d'avoir acheté au prix de son déshonneur l'adoption de son oncle (le grand César), c'est-à-dire d'être devenu son giton. Antoine riposta aussi aux reproches d'avoir épousé une reine étrangère et d'avoir marié sa fille à un étranger en faisant valoir, toujours selon Suétone, que César Octave avait agi pareillement, en destinant sa fille Julie à Cotison, roi des Gètes, à une époque où lui-même demandait la fille de ce roi. Tacite, dans un chapitre de ses *Annales*, cite un certain Cremutius Cordus, accusé d'avoir loué Brutus, un des assassins de César, et qui s'en défend en disant que les lettres d'Antoine et les harangues de Brutus ne sont que des calomnies contre Auguste, assurément injustes, mais sanglantes.

Comme tous les coups bas semblent permis, à l'aube d'une confrontation armée inévitable entre les deux concurrents au pouvoir suprême, on colporte à Rome des bruits divers, à savoir qu'Antoine entend remporter « la palme du buveur » et qu'« il s'est montré très jaloux de ce genre de supériorité ; il a même publié un livre sur son ivrognerie. En osant faire son apologie, il a fait voir pleinement, je pense, combien de maux il a dû causer à l'univers par ce vice. C'est peu de temps avant la bataille d'Actium qu'il a vomi ce volume ; et cette date prouve bien que, ivre déjà du sang des citoyens, il en est encore plus altéré[20] ». Sénèque, en bon moraliste, attaque lui aussi la tendance d'Antoine à se perdre dans l'ivresse :

Quelle autre chose a perdu Antoine, grand personnage d'ailleurs et bel esprit, que l'ivrognerie et l'amour de Cléopâtre, qui n'était pas moins dangereux que l'amour du vin ? Elle lui fit prendre les mœurs et les imperfections étrangères, lui mit les armes à la main contre la République, le rendit inférieur à ses ennemis, et si cruel, que, encore qu'on lui apportât sur la table les têtes des principaux personnages de Rome, et que parmi les viandes qu'on lui servait avec une magnificence royale il reconnût le visage et les mains de ceux qu'il avait proscrits, tout plein de vin qu'il était, il ne laissait pas d'être altéré de ce sang[21].

S'il n'y avait que ces accusations, Antoine aurait pu être absous par les Romains qui pratiquaient aussi l'adultère et l'ivrognerie mais avaient l'hypocrisie de s'en cacher. Mais il y a pire. Antoine a mis une partie de l'Empire romain en coupe réglée et s'est adjugé pour lui, pour Cléopâtre et pour ses enfants des royaumes qui ne lui appartiennent pas, mais constituent le bien commun de Rome, son patrimoine territorial. Il pousse même l'inconscience, la naïveté ou la vanité, devenue pathologique chez lui, jusqu'à se vanter publiquement de ces annexions à titre personnel :

Il écrit à Rome pour y mentionner ces dispositions. Cependant, aucune de ses lettres n'est lue en public ; les consuls Domitius et Sossius, qui se trouvent alors en charge (depuis le premier janvier 32 av. J.-C.) et qui lui sont fort attachés, ne le souhaitent pas, malgré l'insistance de César Octave. Les consuls l'ayant emporté sur ce point, César Octave, à son tour, obtient qu'on ne publiera rien de ce qu'il a écrit touchant l'Arménien, car il a de la sympathie pour ce roi avec qui il traite secrètement contre Antoine et il est jaloux du triomphe de ce dernier. Antoine, cependant, en dépit d'une conduite aussi déplorable, ose écrire au Sénat qu'il a la volonté de renoncer à son commandement et de lui remettre toutes les affaires à lui et au peuple. Son intention est de n'en rien faire, mais, en leur faisant cette proposition, il veut seulement forcer César Octave [...] à se laisser lui aussi désarmer en premier ou, s'il refuse, à voir sa réputation ternie dans l'opinion des Romains[22].

# Cléopâtre et la guerre civile romaine

La guerre, du moins celle des paroles, avant d'en venir aux actes belliqueux, est donc déclarée entre Antoine et César Octave. Les deux consuls, sur l'ordre d'Antoine, forcément conseillés par la très politique Cléopâtre, cessent de se taire et en plein Sénat se font les porte-parole de leur ami en des propos agressifs :

Ses principaux griefs sont : premièrement, que César Octave, ayant dépouillé Sextus Pompée de la Sicile, ne lui a pas donné sa part de conquête ; deuxièmement, qu'il a gardé les vaisseaux qu'il lui avait empruntés [...] ; troisièmement, qu'ayant chassé Lépide de ses gouvernements, et l'ayant réduit à l'état de simple particulier, il a retenu pour son propre profit les provinces et les revenus qui avaient été assignés à Lépide ; quatrièmement, enfin, qu'il a distribué à ses soldats presque toute l'Italie et qu'il n'en a pas laissé à ceux d'Antoine[1].

César Octave répond par une contre-attaque bien argumentée :

Il reproche à Antoine, entre autres griefs, de posséder l'Égypte sans que le sort en ait décidé ; d'avoir fait mettre à mort Sextus Pompée à qui il eût, disait-il, volontiers pardonné ;

d'avoir, en se saisissant de la personne du roi d'Arménie et en le jetant dans les fers, imprimé, par cet acte de perfidie, une tache au peuple romain ; il réclame de lui, à son tour, la moitié des dépouilles, et, par-dessus tout, il lui reproche Cléopâtre, les enfants qu'il a eus d'elle et qu'il élève, les dons qu'il leur a faits, et principalement le nom de Césarion donné au fils de cette femme et son intrusion dans la famille de César[2].

Il ajoute, pour mieux se défendre du quatrième grief :

Les soldats d'Antoine ne doivent pas figurer dans le partage de l'Italie, puisqu'ils possèdent déjà la Médie et le pays des Parthes qu'ils ont conquis pour le bien de l'Empire romain, en combattant vaillamment[3].

La querelle, on le voit, est de taille, et les deux consuls doivent adresser à Antoine un rapport circonstancié sur les propos peu amènes de César Octave, notamment sur Cléopâtre et sur ses bâtards, sans oublier Césarion, dont César Octave affecte de ne point comprendre l'origine paternelle. Un tel concurrent serait en effet redoutable pour lui, s'il était reconnu comme le fils légitime de César.

Aussi César Octave dresse-t-il le tableau des graves motifs qui justifient son hostilité à Antoine :

Il assemble le Sénat, entouré d'une garde de soldats et d'amis portant des poignards cachés, et là, au milieu des consuls, assis sur une chaise curule, sans quitter sa place, il s'exprime en termes modérés sur lui-même, s'étend sur ses griefs contre Sossius et contre Antoine. Comme personne, même pas l'un ou l'autre consul, n'ose élever la voix, il fixe un nouveau jour de réunion, afin de démontrer par des pièces écrites qu'Antoine est dans son tort. Les consuls, n'ayant pas le courage de lui répondre, et ne supportant pas de garder le silence, quittent secrètement la ville avant la réunion, et s'empressent de rejoindre Antoine. Ils sont suivis par un assez grand nombre de sénateurs. César Octave, à cette nouvelle, pour éviter que leur désertion ne paraisse la conséquence de ses accusations, prétend qu'il les aurait laissés librement partir et qu'il permet à quiconque le souhaite de se rendre en toute impunité auprès d'Antoine[4].

Celui-ci se trouve, avec une importante flotte de guerre, à Éphèse avec Cléopâtre, à la fin de l'année 33 av. J.-C., où le couple songe à passer l'hiver. Cléopâtre, comme à son habitude, se comporte dans cette ville comme en pays conquis, et Antoine en satrape impénitent, multipliant les excentricités même les plus coûteuses :

Calvisius, un ami de César Octave, accuse Antoine d'avoir donné à Cléopâtre la bibliothèque de Pergame, composée de deux cent mille volumes ; de s'être levé de table dans un festin, et d'avoir, en présence des convives, qui étaient nombreux, marché sur le pied de Cléopâtre, signal convenu entre eux pour un rendez-vous ; d'avoir souffert que les Éphésiens, lui présent, appelassent Cléopâtre leur souveraine ; d'avoir souvent, étant sur son tribunal, occupé à donner audience aux rois et aux tétrarques, reçu d'elle, dans des tablettes de cristal et de cornaline, des billets d'amour, et de les avoir lus sans pudeur.

Enfin un jour Furnius, homme de grande dignité, et le plus éloquent des Romains de notre temps, plaidant devant lui, Cléopâtre vient à passer sur la place dans une litière ; et Antoine ne l'a pas plus tôt aperçue qu'il quitte l'audience et qu'il l'accompagne en suivant sa litière[5].

Cléopâtre se conduit en occupante rapace et se permet des vols d'œuvres d'art qu'elle fait transporter à Alexandrie. Une statue d'Apollon, sculpté par le célèbre statuaire Myron, est ainsi enlevée d'Éphèse par Antoine pour le compte de Cléopâtre, et un tableau d'Hyacinthe par Nicias. Il est vrai qu'Antoine ne doit pas beaucoup se faire prier pour dérober ces trésors de l'art ; il a déjà fait main basse sur les bronzes de Corinthe, volés par Verrès, ce gouverneur corrompu dont il a été jadis, avec Cicéron, auteur des célèbres *Verrines*, un des contempteurs. Il a même proscrit le sénateur Nonius, propriétaire d'une opale qu'il convoitait depuis longtemps, et dont il s'empare : « Singulière cruauté, singulière passion du luxe chez Antoine qui proscrivait pour une pierre précieuse[6]. »

L'arrivée à Éphèse des deux consuls et des sénateurs fugitifs fait prendre soudain conscience à Antoine et Cléopâtre de l'imminence de la guerre civile dont ils ont allumé bien inconsidérément le feu.

Antoine entend, sur le conseil de ses amis, notamment Domitius Ahenobarbus, demander à Cléopâtre de retourner à Alexandrie et de le laisser seul maître des décisions politiques et militaires à prendre. Il commence à comprendre que la présence de la reine à Éphèse en irrite plus d'un, même parmi ses fidèles, et qu'aux yeux de ses adversaires et de ceux de César Octave, elle incarne une provocation supplémentaire dont il n'avait nul besoin.

Cléopâtre, on peut s'en douter, se défend contre cette volonté de l'éloigner :

Cléopâtre, qui craint qu'Octavie ne réconcilie une fois encore Antoine avec César Octave, prend en Canidius un avocat qu'elle gagne à sa cause avec force argent. Canidius fait valoir à Antoine que ce n'est point juste d'éloigner de cette guerre une femme qui fournit, pour la faire, des secours si considérables ; ni utiles à ses intérêts, parce que le départ de Cléopâtre découragerait les Égyptiens qui constituent la principale force de sa flotte. « Cléopâtre, qui a longtemps gouverné seule un si vaste royaume et qui, depuis qu'elle vit avec toi, a appris à conduire les plus grandes affaires, n'est inférieure à aucun des rois qui combattent sous tes ordres[7]. »

Ces propos retournent totalement Antoine, qui garde Cléopâtre auprès de lui et prend ainsi la lourde responsabilité d'associer son destin à celui de la reine d'Égypte dont la loyauté n'est pas assurée.

Antoine rassemble toutes ses forces navales et terrestres et fait appel aux auxiliaires des rois et roitelets d'Asie qu'il avait protégés pour gonfler son armée de légionnaires :

Puis Cléopâtre et Antoine font voile pour Samos, où ils passent leur temps en plaisirs et en fêtes. Car, comme on a ordonné à tous, roi, princes, tétrarques, nations et villes, depuis la Syrie jusqu'aux Palus-Méotides, et jusqu'à l'Arménie et l'Illyrie, d'apporter ou d'envoyer tout ce dont Antoine a besoin pour la guerre, on n'a pas non plus oublié de convoquer à Samos tous les artistes de Bacchus[8].

Il est à noter que tous les théâtres en Grèce étaient consacrés à Bacchus-Dionysos. Les petits souverains, alliés d'Antoine, étant aussi présents, Antoine et Cléopâtre se doivent d'impressionner ce parterre de rois :

Tandis que la terre entière, non sans irritation, pousse des soupirs et des gémissements, une île seule retentit, durant plusieurs jours, du son des flûtes et des lyres. Ses théâtres sont remplis de chœurs qui disputent les prix de divers genres de poésie. Chaque ville y envoie un bœuf pour les sacrifices ; et les rois rivalisent à l'envi les uns avec les autres à qui donnera les festins les plus magnifiques et les plus riches présents. Aussi se demande-t-on de toutes parts ce que feraient ces rois pour célébrer leurs victoires dans leurs pompes triomphales, puisque, pour des préparatifs de guerre, ils donnent des fêtes aussi splendides[9].

Les fêtes achevées, Antoine assigne, pour lieu de séjour et de propriété aux comédiens qu'il a employés, la ville de Priène dans la province d'Ionie, en Asie Mineure :

Puis il s'embarque pour Athènes où il passe à nouveau son temps en jeux et en spectacles. Cléopâtre, jalouse des honneurs qu'Octavie avait reçus en cette ville où elle avait été comblée par les habitants de témoignages singuliers d'affection, gagne la bienveillance du peuple par ses largesses. Aussi les Athéniens lui décernent-ils de grands honneurs dont ils lui envoient le décret par des députés à la tête desquels se trouve Antoine en personne, en sa qualité de citoyen d'Athènes : c'est même lui qui lit l'édit au nom de la ville[10].

Il ne craint pas ainsi d'humilier le souvenir d'Octavie, de rompre définitivement avec son foyer conjugal et d'attiser un peu plus la haine de César Octave, son beau-frère.

Poussé, on peut le croire, par Cléopâtre qui entend que sa vengeance sur l'épouse légitime soit complète, il envoie, en 32 av. J.-C., des gens pour chasser Octavie de leur maison, pour bien témoigner que son divorce est consommé :

> Octavie sort de la demeure, emmenant, dit-on, avec elle tous les enfants d'Antoine, hormis l'aîné de ceux de Fulvie qui se trouvait alors à Athènes avec son père : elle fond en larmes et elle se désole de pouvoir être soupçonnée d'être une des causes de la guerre civile. Les Romains gémissent sur son sort, mais plus encore sur l'aveuglement d'Antoine, surtout ceux qui ont vu que Cléopâtre ne surpassait nullement Octavie en beauté et en jeunesse[11].

Comprenant qu'Antoine se perd aux yeux de l'opinion romaine par ces actes insensés, ses meilleurs amis l'abandonnent peu à peu, à commencer par Plancus, dont on a vu combien il a pourtant poussé la courtisanerie grotesque jusqu'à se déguiser en dieu Glaucos, avec une queue de poisson, et par Titus, son neveu. Tous les deux rejoignent le parti de César Octave parce qu'ils ont été humiliés par Antoine et maltraités par Cléopâtre pour avoir voulu amoindrir l'influence de la reine d'Égypte, et aussi par vénalité : ils peuvent ainsi s'adonner à des rapines sans nombre. Titus et Plancus forment un duo de traîtres qui vont brûler ce qu'ils ont adoré et révéler ainsi un certain nombre de secrets d'État farouchement gardés par Antoine et Cléopâtre, notamment les dispositions du testament rédigé par le couple en faveur de ses enfants, qui prévoient de dilapider sans vergogne les biens et les terres de Rome :

Ce testament est entre les mains des vestales, auxquelles César Octave le réclame. Mais les vestales refusent de le lui remettre et lui disent que s'il souhaite en prendre connaissance, il est nécessaire qu'il vienne lui-même s'en saisir. César Octave obtempère, et, l'ayant pris, il le lit d'abord en particulier, notant les passages qui lui paraissent les plus répréhensibles. Ensuite, ayant convoqué le Sénat, il en fait publiquement la lecture, acte qui révolte les sénateurs. Il leur paraît étrange et odieux qu'on veuille rendre un homme vivant responsable de dispositions qui ne doivent être examinées qu'après sa mort[12].

César Octave, emporté par son esprit soudain vindicatif, a-t-il manqué de prudence en mettant en effet sur la place publique un document privé et sacré aux yeux des Romains ? En aucun cas. Il est trop sûr de son bon droit et du soutien du peuple, persuadé que celui-ci sera scandalisé en apprenant certaines dispositions de ce testament, telles que la reconnaissance de Césarion comme fils légitime de César ou les dotations que doivent recevoir les trois enfants qu'Antoine a eus de Cléopâtre.

Imperturbable, César Octave poursuit sa lecture :

Il relève principalement les dispositions d'Antoine relatives à sa sépulture. Car Antoine souhaite que son corps, même s'il meurt à Rome, ait droit à une cérémonie en grande pompe à travers le Forum, puis soit transporté à Alexandrie pour y être remis à Cléopâtre[13].

La colère que soulève cette révélation confirme donc bien la vérité des bruits répandus sur le reste de la conduite d'Antoine, bruits d'après lesquels, s'il était vainqueur, il donnerait Rome à Cléopâtre et transporterait en Égypte le siège de l'empire. Ainsi, les partisans de César Octave insistent-ils principalement, pour attiser la haine de la foule, sur les prétentions inacceptables de Cléopâtre à gouverner Rome. Ils se font l'écho d'autres rumeurs qui, dans un contexte hostile au couple égyptien, sont prises aussitôt pour des vérités : ce n'est pas seulement Antoine, mais tous ceux qui ont quelque pouvoir auprès de lui que la reine a « ensorcelés et enchaînés ».

Des écrivains et des poètes romains se sont faits l'écho de cette perspective, abominable à leurs yeux, qu'Antoine autorise par son testament, se vouant lui-même à la malédiction. C'est Virgile qui écrit : « Antoine t'apporte, ô Rome, le lourd esclavage[14]. »

C'est Horace, encore plus vindicatif : « Des Romains (siècles futurs, vous ne le croirez pas !), des Romains vendus à une femme ne rougissent pas de porter pour elle ses bagages et ses armes ! Ils peuvent obéir à des eunuques décrépits[15]. »

C'est Martial, attaquant Antonius Saturninus : « Trop vain d'un nom qui n'est pas le tien, tu rougis, misérable, du nom de Saturninus ! Tu as suscité, dans ces pays situés sous la constellation de l'Ourse, une guerre impie, et pareille à celle que fit contre Rome l'époux de la reine d'Égypte[16]. »

C'est Ovide qui évoque : « Une reine d'Égypte, épouse d'un général romain, qui tombera du trône, après avoir, dans le fol orgueil de son hymen, menacé d'asservir le Capitole au Nil[17]. »

C'est Eutrope enfin qui fulmine contre Antoine : « Il ralluma une épouvantable guerre civile, à l'instigation de son épouse Cléopâtre, reine d'Égypte, qui voulait, avec toute l'ardeur d'une femme, régner aussi à Rome[18]. »

Le comble de la malédiction.

Le nationalisme romain, toujours prêt à s'enraciner dans la xénophobie, trouve dans les prétentions de Cléopâtre un renouveau qu'il a perdu depuis longtemps et que César Octave va pouvoir exploiter pour faire taire toutes les oppositions. Il est prêt à devenir le chef d'une union sacrée, moins contre Antoine, qu'on excuse presque pour avoir forcément bu les philtres de sa sorcière d'épouse, que contre Cléopâtre.

Les amis d'Antoine, il en reste tout de même quelques-uns, sollicitent l'un d'entre eux, Geminius, pour se rendre à Athènes en ambassade, afin de conjurer Antoine de penser à lui et de prendre garde qu'on n'en vienne à le dépouiller de ses pouvoirs et à le déclarer ennemi du peuple romain, c'est-à-dire, dans le langage juridique romain, un hors-la-loi passible de la peine capitale sans jugement.

Mais le malheureux Géminius se heurte aussitôt à Cléopâtre qui le soupçonne d'être venu pour défendre les intérêts d'Octavie, l'épouse légitime, dont elle est toujours furieusement jalouse, parce que la malheureuse ne cesse de lui donner, par son attitude de martyre prête à se sacrifier, des leçons d'austère morale :

Cléopâtre ne cesse de railler Geminius à table où elle lui assigne la moins honorable des places. Geminius souffre patiemment ces humiliations, en attendant l'occasion de parler à Antoine. Enfin, Antoine lui ayant ordonné dans un repas de dire publiquement le sujet qui l'avait conduit jusqu'à Athènes, Geminius répond : « Les choses dont j'ai à t'entretenir ne peuvent se traiter qu'à jeun. » Ce qui, avouons-le, est d'une belle et courageuse insolence, si on songe à l'ivrognerie d'Antoine. « Mais ce que je sais, poursuit Geminius, après avoir bu ou en état de sobriété, c'est que tout irait à merveille si Cléopâtre retournait en Égypte. » Décidément Geminius ose se heurter de front au couple honni par les Romains. À ces paroles, Antoine se met en colère, et Cléopâtre, prenant la parole, dit à Geminius : « Tu as sagement fait de dire ainsi la vérité, avant que la torture ne t'y force[19]. »

Ayant compris qu'il risque au mieux la prison et au pire la mort, Geminius quitte précipitamment Athènes, rentre à Rome, bredouille, et se rallie immédiatement à César Octave. Cette anecdote sur la morgue cruelle de la reine fait une nouvelle fois le tour de Rome, et nombre de partisans de Cléopâtre et d'Antoine, lassés d'être soumis à des vexations et à des sarcasmes de plus en plus grossiers de leur part, finissent par embrasser la cause de César Octave. C'est le cas de Marcus Silanus, et celui de l'historien de la guerre des Parthes, l'ancien mignon d'Antoine, Quintus Dellius. Celui-ci est averti par le médecin Glaucus des machinations de Cléopâtre à son égard pour le perdre. Il a en effet encouru son inimitié pour avoir dit, un soir, à table, qu'on leur donnait du vinaigre à boire, tandis que Sarmentus buvait à Rome du vin de Falerne. Or Sarmentus était un de ces jeunes garçons que César Octave entretenait pour ses divertissements et que les Romains appellent les délices. Oser comparer la table de Cléopâtre à celle de César Octave constitue pour la reine d'Égypte un crime de lèse-majesté !

L'indignation à Rome, après cette nouvelle provocation, est à son comble. Tous, adversaires ou amis, finissent par blâmer la faiblesse d'Antoine à l'égard de Cléopâtre, mais aussi ses indécisions et son manque d'autorité. On retire donc à Antoine le consulat pour lequel il a été désigné, et tous ses autres pouvoirs. On évite, en apparence, de le déclarer ennemi public, par crainte de ceux qui l'entourent encore et qu'il faudrait aussi traiter en ennemis dans le cas où ils lui resteraient fidèles. On décrète l'impunité et des éloges à ceux qui abandonneront son parti et on déclare ouvertement la guerre à Cléopâtre. Enfin, on change de vêtement, comme si la guerre venait de commencer et on se rend au temple de Bellone pour y accomplir, par l'entremise de César Octave, comme par celui du prêtre fécial, toutes les cérémonies prescrites par les lois avant la guerre. Toutes ces mesures sont en apparence dirigées contre Cléopâtre, mais, en réalité, elles le sont également, bien évidemment, contre Antoine.

Dès que César Octave a achevé ses préparatifs, il fait abroger tous les pouvoirs d'Antoine que celui-ci a abdiqués aux mains d'une femme. César Octave ajoute même publiquement qu'Antoine a perdu le sens commun, ensorcelé qu'il est par les philtres que Cléopâtre lui a fait prendre ; et que ce ne sera pas Antoine que les Romains auront à combattre, mais

Mardion, l'eunuque, mais un Photin, une Iras, coiffeuse de Cléopâtre, enfin une Charmium, sa servante, lesquels manient les plus importantes affaires de l'empire[20].

Assurément, César Octave se livre à ces sortes de gesticulations symboliques pour bien préparer l'opinion à la guerre. Même si, à juste titre, il affirme que Cléopâtre est entourée de conseillers méprisables, comme l'a été naguère Ptolémée XIV, son frère, avec l'eunuque Pothin, Achillas et Théodote. Bien qu'il laisse entendre qu'Antoine a perdu la raison, il est clair que le combat qui va s'engager entraînera Rome dans une nouvelle guerre civile dont le peuple romain est bien las depuis que César a franchi le Rubicon, il y a déjà dix-sept ans.

César Octave ne se sent pas encore prêt à engager les hostilités, il lui manque l'argent, le nerf de la guerre, et il doit se retourner vers les propriétaires terriens et les affranchis pour prélever des taxes sur leurs biens. Ces mesures ne sont pas populaires :

Un incendie anéantit, outre un grand nombre d'édifices, une partie considérable du Cirque lui-même, le temple de Cérès, avec un autre consacré à l'Espérance. Les affranchis passent pour avoir fait le coup, parce qu'à tous ceux qui se trouvent en Italie et qui y possèdent une propriété de cinquante mille drachmes ou plus, on a imposé une redevance du huitième. De là des troubles, des meurtres et des incendies en grand nombre dont ils sont les auteurs, désordres qui ne prendront fin que lorsqu'on les aura réprimés par les armes. À la suite d'une telle mesure, les hommes libres qui ont des possessions en Italie se tiennent cois, eux aussi par crainte ; bien qu'on ait exigé d'eux le quart de leur revenu annuel et qu'ils aient eu l'intention de susciter des émeutes à cette occasion. Ils n'osent plus bouger et payent à contrecœur la contribution, sans qu'il soit besoin de les y obliger par la force[21].

De son côté, Antoine ne reste pas inactif. Cléopâtre, qui a toujours souhaité cette guerre pour réaliser son rêve — régner enfin sur Rome —, l'y encourage vivement :

Antoine jure publiquement à ses soldats qu'il fera une guerre à outrance, qu'il se dépouillera de son commandement deux mois après la victoire et remettra l'autorité tout entière entre les mains du Sénat et du peuple [...]. Bien que n'ayant nulle intention de tenir cette promesse, Antoine ne se lasse pas de la faire, comme s'il ne pouvait manquer d'être vainqueur. Il se considère comme le plus fort par le nombre de ses partisans et de ses soldats et il espère affaiblir ses adversaires par la corruption. Aussi s'efforce-t-il, en envoyant partout de l'or en Italie, et jusqu'à Rome, de susciter çà et là des soulèvements et de s'attacher les populations. C'est pour César Octave une raison d'exercer une surveillance plus active et de distribuer de l'argent à ses soldats[22].

César Octave comprend que la religion peut aussi lui apporter son aide afin de préparer les Romains à une guerre souhaitée par les dieux qui, par des prodiges, fort bien venus, expriment leur colère envers Antoine et leur soutien à César Octave. Ces prodiges se produisent à Rome et dans toute l'Italie, et jusqu'en Sicile :

Un singe, entré dans le temple de Cérès au moment du sacrifice, bouleverse tout à l'intérieur, un hibou s'envole d'abord sur le temple de la Concorde, puis sur tous les autres édifices, pour ainsi dire les plus saints, et finit, après avoir été partout chassé, par aller se poser sur le temple du Génie du Peuple, sans qu'on puisse ni le prendre ni le déloger que le soir et fort tard. Au cirque, le brancard de Jupiter se brise lors des jeux Romains ; un flambeau, pendant plusieurs jours, parcourt les airs suspendu au-dessus de la mer de Grèce.

Il y a aussi des accidents tellement nombreux causés par un vent de tempête qu'un trophée, élevé sur l'Aventin, est renversé, qu'une statue de la Victoire tombe de la scène du théâtre et que le Pont de bois est entièrement brisé ; de plus, le feu exerce beaucoup de ravages, il s'élance de l'Etna en abondance et occasionne des dégâts dans les villes et dans les campagnes d'alentour. La vue et la nouvelle de ces prodiges rappellent aux Romains ce qu'un serpent leur a prédit pour le temps présent : peu de temps auparavant, en effet, en Étrurie, un serpent à deux têtes, long de quatre-vingt-cinq pieds, se montre tout à coup et il est, après avoir causé des maux sans nombre, frappé par la foudre. C'étaient là des présages s'adressant au peuple tout entier [...].

Quant à Antoine, les enfants de Rome lui prédisent sa défaite : partagés en deux troupes, sans aucun ordre, et se donnant, les uns, le nom d'antoniens, les autres, celui de césariens, ils se combattent pendant deux jours dans une mêlée, à la suite de laquelle sont vaincus ceux qui portaient le nom d'Antoine ; sa perte même est annoncée par une statue de lui sur le mont Albain, placée auprès de celle de Jupiter, statue qui, bien que faite de pierre, répand du sang en abondance[23].

Deux autres prodiges, et non des moindres, précèdent la guerre inévitable entre César Octave et Antoine :

Un homme atteint de folie s'étant élancé sur le théâtre pendant les jeux prend la couronne du premier César, la pose sur sa tête et il est mis en pièces par les assistants. Un chien tue un autre chien et le dévore. Le fou s'est adjugé une couronne qui n'appartient qu'aux Césars, donc à César Octave, et le premier chien n'est autre que César Octave qui ne fait qu'une bouchée du second chien[24] !

À mesure que croît la fièvre guerrière à Rome, les prodiges se multiplient encore :

Pisaure, colonie fondée par Antoine sur la mer Adriatique, s'abîme dans le sein de la terre qui s'entrouvre : mauvais signe pour l'époux de Cléopâtre. À Albe, une statue de marbre érigée en l'honneur d'Antoine est, durant plusieurs jours, inondée de sueur, sans qu'on pût arrêter cette sueur en l'essuyant. La sueur est le signe de la peur et elle désigne Antoine comme un couard. Comme Antoine se trouve à Patras, la foudre tombe sur le temple d'Hercule et le consume. N'oublions pas qu'Antoine se dit descendant d'Hercule et que cette destruction du temple de son ancêtre a valeur d'avertissement tragique. À Athènes, dans le lieu appelé Gigantomachie, un tourbillon de vent emporte la statue de Bacchus et la transporte dans le théâtre. Or Antoine se pique d'imiter Bacchus dans toute sa conduite, se faisant appeler, comme nous l'avons dit, le nouveau Bacchus. C'est donc un bien mauvais pronostic pour Antoine. La même tempête, fondant sur Athènes, sur les statues colossales d'Eumène et d'Attalus qui portent inscrit le nom d'Antoine, les renverse seules, bien qu'elles se trouvent parmi un grand nombre d'autres. Un signe des plus effrayants se manifeste sur la galère amirale de Cléopâtre que la reine avait nommée Antoniade : des hirondelles avaient fait leur nid sous la poupe, et il en survint d'autres qui chassèrent les premières et qui tuèrent les petits[25].

Comment ne pas y voir la préfiguration sanglante du massacre futur de la postérité de Cléopâtre, si jamais celle-ci est défaite ?

Le couple ne semble pourtant pas s'inquiéter de ces avertissements des dieux auxquels il ne croit guère, consumé qu'il est par l'exclusivité de ses amours. Antoine ne sait pas profiter des difficultés que rencontre son adversaire pour se constituer une armée et une flotte :

> Il s'avance [au cours de l'automne 32 av. J.-C.] en direction de l'Italie ; mais arrivé à Corcyre, et instruit que les vaisseaux envoyés en avant pour le surveiller se trouvent à l'ancre près des monts Cérauniens, il croit que César Octave y est présent avec toute sa flotte, et, au lieu d'aller plus loin, il revient dans le Péloponnèse pour hiverner à Patras et il disperse de tous côtés ses soldats pour garder le pays et pour se procurer plus aisément des vivres[26].

Il est vrai que son armée est forte de deux cent mille légionnaires et de douze mille cavaliers. Il a sous ses ordres plusieurs rois, ses alliés : Bocchus, qui règne en Afrique ; Tarcondémus, dans la Cilicie supérieure ; Archélaüs, en Cappadoce ; Philadelphe, roi de Paphlagonie ; Mithridate, roi de Commagène, et Adallas, roi de Thrace. Les autres souverains qui ne peuvent pas être présents ont envoyé aussi leurs armées, tel Polémon, roi du Pont ; Malchus, roi des Arabes ; Hérode, roi des Juifs ; Amyntas, roi des Lycaoniens ; Dejotarus, roi des Galates ; sans compter le roi des Mèdes.

Les forces en présence sont considérables et donnent le sentiment que va se dérouler une lutte inexpiable entre l'Orient et l'Occident. L'empire d'Antoine s'étend depuis l'Euphrate et l'Arménie jusqu'à la mer Ionienne et à l'Illyrie. Celui de César Octave embrasse tous les pays situés entre l'Illyrie et l'océan occidental, et depuis cet océan jusqu'aux mers d'Étrurie et de Sicile : il comprend en outre la partie de l'Afrique qui fait face à l'Italie, la Gaule, l'Espagne jusqu'aux colonnes d'Hercule, c'est-à-dire Gibraltar ; quant à la partie de l'Afrique qui s'étend de la Cyrénaïque à l'Éthiopie, elle reste sous la souveraineté d'Antoine.

En apparence, ce dernier a la supériorité sur terre et sur mer. Mais il est devenu un bien piètre stratège, et surtout, sous l'influence de Cléopâtre, il commet la faute suprême dans l'art militaire : mésestimer son ennemi. C'est Cléopâtre qui, toute fière de sa flotte, l'engage à vider sur mer sa querelle avec César Octave. Antoine, asservi à cette femme, accepte, tout en connaissant, au printemps 31 av. J.-C., la faiblesse de ses équipages, un ramassis de nations diverses, ayant hiverné loin de lui, qui ne se sont pas exercés et qui ont été décimés par la maladie et les désertions. Constatant que ses triérarques manquent de rameurs, il fait enlever de cette Grèce déjà si malheureuse les voyageurs, les muletiers, les moissonneurs et jusqu'aux jeunes garçons, pour compléter l'équipage des vaisseaux, dont un grand nombre sont dépourvus de matelots et ne naviguent qu'à grand-peine. Mais cette levée en masse obligatoire ne donne pas les résultats escomptés, et la flotte imposante d'Antoine manque toujours d'équipages bien instruits, capables de la faire manœuvrer.

Pendant tout l'hiver, Agrippa, le commandant de la flotte de César Octave, a en effet harcelé les navires dispersés et mal armés d'Antoine. Il a pris d'assaut Méthone, où il a tué Bocchus, le roi qui régnait en Afrique, et il explore sur les côtes de

Grèce les endroits propices pour faire aborder des vaisseaux de transport et des lieux favorables à un débarquement, ce qui finit par inquiéter Antoine.

César Octave continue à concentrer sa flotte dans les ports de Brindes et de Tarente, ses navires étant agiles, propres à toutes manœuvres et abondamment pourvus de tout. En même temps, César Octave essaye de déstabiliser Antoine en lui proposant des tactiques quelque peu insolentes ou provocatrices :

> Il envoie dire à Antoine de ne plus perdre un temps précieux, mais de venir avec toutes ses forces, lui offrant des rades et des ports où il peut aborder sans obstacle, et promettant de s'éloigner de la côte d'Italie, lui et son armée de terre, de tout l'espace qu'un cheval peut fournir dans une course, jusqu'à ce qu'il ait débarqué son armée en sûreté et constitué son camp.
>
> Antoine, pour répondre à cette bravade, le défie, quoique étant le plus vieux, à un combat singulier, ou, s'il s'y refuse, à combattre en bataille rangée dans la plaine de Pharsale, comme l'a fait César jadis avec Pompée. Pendant qu'Antoine se tient à l'ancre près du promontoire d'Actium, César Octave traverse en toute hâte la mer Ionienne et va s'emparer le premier de Toryne, petite ville de l'Épire[27].

En quittant l'Italie, outre ses soldats et ses marins, il a également rassemblé sur le port de Brindes des sénateurs et des chevaliers qui jouissent de quelque influence, les uns afin de s'assurer leur concours, les autres afin de les empêcher de rien tenter contre lui, s'ils restaient seuls. Il entend montrer à l'univers que la partie la plus nombreuse et la meilleure des Romains est avec lui.

Mais c'est la prise de Toryne qui reste pour Antoine un sujet bien plus grave que les quelques sénateurs ralliés à César Octave :

> Comme Antoine paraît fort troublé de cette nouvelle et par ce que son armée de terre n'est pas encore arrivée, Cléopâtre lui dit, en jouant sur le mot : « Eh bien, qu'y a-t-il là de si fâcheux, que César Octave soit assis à Toryne[28] ? »

Ce jeu de mots est intraduisible, le mot Toryne en grec signifie aussi une cuillère à pot : Cléopâtre dit qu'il ne faut pas s'effrayer de voir César Octave assis à fouiller le pot avec la cuillère. Peut-être s'agit-il d'une grasse plaisanterie mais son humour aujourd'hui nous échappe !

# La bataille d'Actium

Pendant ce temps, César Octave, après avoir pris Corcyre, mène ses troupes à Actium où se trouve ancrée la plus grande partie de la flotte de son adversaire et vient stationner dans le port Le Doux*. Puis il fait voile pour se rendre à Actium. Il attend en vain que quelques plénipotentiaires d'Antoine viennent à sa rencontre pour entrer en pourparlers. Il a proposé à ses adversaires l'alternative suivante : se réunir en une conférence regroupant tous les belligérants pour trouver une solution pacifique, ou engager le combat. Mais les partisans d'Antoine refusent ces suggestions. Pensant que s'il choisit la première César Octave le fera prisonnier, et que s'il penche pour la seconde, faute de préparation, il perdra la bataille, il opte donc pour une troisième : essayer de gagner du temps. César Octave, lui, n'en perd pas, s'empare de Nicopolis et établit son camp sur une hauteur d'où la vue plonge également sur toute l'étendue

* Le nom donné à ce port vient de ce que le fleuve, en s'y jetant, en adoucit les eaux.

de la mer, du côté de Paso et du côté d'Embrasse, ainsi que sur les ports avoisinant Nicopolis. Il fortifie cette position, y fait construire des murailles assez longues pour rejoindre le port extérieur, appelé Gommeras, et de là peut observer Actium en toute tranquillité puisqu'il vient du même coup de l'assiéger par terre et par mer.

Antoine, on l'a vu, s'est en effet installé à Actium où s'élève un temple d'Apollon en avant de la passe du détroit formé par le golfe d'Ambracie :

> Le détroit, d'une largeur uniforme, s'étend fort loin à travers cet espace resserré : il offre ainsi que toute la partie qui le précède un lieu propice pour le mouillage et pour le stationnement des vaisseaux. Les gens d'Antoine, s'étant donc à l'avance emparés de la position, élèvent des tours des deux côtés de la passe et en occupent le milieu avec leur flotte, en sorte qu'ils peuvent sortir et entrer sans danger[1].

Mais une fois la flotte et l'armée de César Octave présentes, Antoine se retrouve avec ses vaisseaux coincés dans le détroit et ses armées encerclées sur terre. César Octave se fait un plaisir de capturer les transports de troupe. De son côté, Antoine, prudent, livre quelques escarmouches, profite de ces diversions pour transporter son camp non loin de celui de César Octave et demande à sa cavalerie d'entourer le golfe. César Octave, pendant ce temps, envoie en Grèce et en Macédoine des émissaires pour tenter d'attirer Antoine dans ces parages. Au même moment, Agrippa, faisant voile vers l'île de Leucade, l'investit sans coup férir et s'empare des vaisseaux d'Antoine qui s'y trouvent au repos. Puis il se rend maître de Corinthe. Statilius Taurus, chef de l'armée de César Octave, ordonne à Marcus Titius de faire une sortie impromptue contre la cavalerie d'Antoine. Ce fait d'armes est un franc succès, puisque Titius revient avec Dejotarus Philadelphe, le roi de Paphlagonie qui vient de déserter le camp d'Antoine, et se met au service d'Octave avec sa troupe.

Des personnages importants imitent l'exemple de Dejotarus, comme Domitius Ahenobarbus, incapable de souffrir plus longtemps les sarcasmes et les propos antiromains de Cléopâtre, même s'il avait été le seul des partisans d'Antoine qui n'eût jamais salué Cléopâtre du nom de reine. Il faut dire qu'Antoine est assez naïf pour protéger, sans le vouloir, la fuite de son fidèle compagnon, contre l'avis de Cléopâtre :

> Domitius, ayant la fièvre, ce qu'il avait réellement puisqu'il mourut peu de temps après, s'installe dans une chaloupe, comme pour prendre l'air, et gagne ainsi le camp de César Octave. Antoine, quoique affligé de cette désertion, lui renvoie ses équipages, ses amis et ses domestiques[2].

Ce qui de sa part est d'une indulgence coupable. Dans son *Néron*, Suétone évoque cette affaire, car Néron avait pour ancêtre Domitius Ahenobarbus. Antoine, comprenant qu'il s'est fait duper, tente de justifier cette désertion et d'en détourner le sens en prétendant que Domitius Ahenobarbus ne l'a abandonné que pour revoir sa maîtresse Servila Naïs, et finit par croire à ses propres mensonges.

Agrippa, le grand amiral de la flotte de César Octave, poursuit sa course et, revenant vers Actium, engage contre Sossius, un des marins experts d'Antoine qui veut profiter du brouillard pour détruire des vaisseaux césariens, un combat naval, et le met en déroute. Le roi de Cilicie, Tarcondimotos, est tué au cours de cet engagement.

Les désertions dans le camp d'Antoine se multiplient malgré les mesures répressives prises par lui, notamment contre le dynaste thrace Rhoémétalcès, Médios et ses Mysiens, et Julius Sinalus, qui ont changé quatre fois de camp au cours des différentes guerres civiles, ainsi que contre le roi des Lycaoniens. Tous ces traîtres sont mis à mort. Antoine, craignant une défection générale de ses partisans, entend faire d'autres exemples. Il fait exécuter Jamblique, roi d'Arabie, non sans l'avoir soumis auparavant à d'effroyables supplices, ainsi que le sénateur Quintus Postumius.

Comme tout homme dévoré par le pouvoir et incapable de se rendre compte des réalités, et comme tout dictateur proche de la défaite, Antoine commence à se méfier de tout et de tous, y compris de Cléopâtre, sachant que tous les transfuges vers le camp de César Octave se répandent en propos venimeux contre la reine qui, par ses injures et ses caprices souvent criminels, et son amour du poison pour éliminer ses adversaires, a eu raison de leur patience, même au prix de l'amitié qu'ils éprouvent pour Antoine. Ce dernier finit par penser que Cléopâtre conspire peut-être à l'éliminer, soit pour devenir le maître de l'univers, soit pour s'entendre avec César Octave en en faisant son nouvel amant :

Parmi les Grecs, les médecins Mnésithée et Callimaque ont écrit des traités spéciaux sur les couronnes [de fleurs] et indiqué celles qui faisaient mal à la tête. En effet, la santé peut être mise en cause par ces couronnes : c'est surtout pendant qu'on boit et qu'on se livre à la gaieté que les odeurs actives s'insinuent traîtreusement ; et l'on connaît l'adresse scélérate de Cléopâtre. Lors des préliminaires de la bataille d'Actium, Antoine redoutait jusqu'aux présents de cette reine et ne prenait d'aliments qu'après les avoir fait déguster : on rapporte que Cléopâtre, voulant se moquer de ses craintes, enduisit de poison l'extrémité des fleurs d'une couronne ; ayant cette couronne sur la tête et la gaieté étant générale, elle invita Antoine à boire les couronnes. Qui, en cette circonstance, aurait redouté un piège ? La couronne est effeuillée, jetée dans une coupe... Antoine s'apprête à boire ; elle l'arrête de la main : « C'est donc, dit-elle, Antoine, contre moi que vous prenez la précaution nouvelle des dégustateurs ? Et voyez, si je pouvais vivre sans vous, comme les occasions et les moyens ne manqueraient pas ! » Elle fit venir de prison un homme qui but et expira aussitôt[3].

La bataille suprême est sur le point d'être engagée. Canidius, commandant l'armée de terre d'Antoine, pousse ce dernier à lutter sur terre du côté de la Thrace et de la Macédoine, et non sur mer, ses vaisseaux ne disposant pas, à ses yeux, de marins assez compétents. Comme Cléopâtre est d'un avis contraire, il lui conseille de la renvoyer en Égypte pour ne pas subir son influence.

Il a constaté en effet que la plupart des navires sont égyptiens et que Cléopâtre entend bien les utiliser pour une victoire dont, imprudemment, elle ne doute pas, et pour sa gloire, dont elle espère tirer bénéfice, en faisant pression sur son amant. Canidius précise à Antoine :

> Il ne peut y avoir de honte pour toi, à céder la mer à César Octave, qui s'est exercé aux combats maritimes dans la guerre de Sicile [contre Sextus Pompée], mais ce serait chose fort étrange, si, avec une expérience consommée dans les combats de terre, tu rendais inutile la valeur de tes légions, en les dispersant sur des vaisseaux pour y consumer sans résultat toute leur force[4].

C'est une solution de bon sens et le gage d'une victoire plus que probable. Antoine prend des avis divers auprès de son état-major, mais il a l'imprudence de demander conseil à Cléopâtre qui emporte la décision et fait connaître, comme si elle était chef de guerre, la stratégie qu'elle préconise :

> On établira des garnisons dans les places plus exposées, tandis que le reste de l'armée se rendra en Égypte avec elle et avec Antoine. Des prodiges alarmants lui ont suggéré cette proposition. Des hirondelles ont fait leur nid aux alentours de sa tente et sur le vaisseau prétorien qui la portait ; du lait et du sang ont jailli d'un morceau de cire. Les statues que les Athéniens lui ont élevées ainsi qu'à Antoine dans leur citadelle avec les attributs divins ont été précipitées sur le théâtre par la foudre. Ces prodiges et le découragement qui s'est ensuivi parmi l'armée, joints à l'épidémie qui décime ses rangs, ont effrayé le cœur de Cléopâtre. Celle-ci a fait partager ses craintes à Antoine.
>
> Cependant, pour ne point affoler leurs alliés, ils prennent la résolution de ne partir ni en cachette ni ouvertement comme s'ils prenaient la fuite, mais comme des gens disposés à combattre et aussi à forcer le passage, si on mettait un obstacle à leur sortie. Choisissant donc, à la suite de cette décision, leurs

meilleurs vaisseaux, attendu que la désertion et la maladie ont diminué le nombre des matelots, ils mettent le feu au reste, puis, nuitamment, ils transportent à la dérobée sur les vaisseaux intacts tous leurs objets précieux[5].

Une fois de plus des prodiges, fort bien amenés au moment opportun, sont invoqués par Cléopâtre pour signifier l'imminence du péril et la perspicacité de sa décision. Nulle hésitation à avoir : c'est sur mer qu'il faut se battre. Cléopâtre, et tous les témoignages concordent, n'est pas sûre de vaincre et ne songe, selon Plutarque, qu'à fuir, ayant pris ainsi toutes ses dispositions pour se ménager une retraite facile lorsqu'elle constatera que tout est perdu. Il est vrai que, dans son plan, elle n'abandonne pas Antoine et l'entraîne avec elle jusqu'à Alexandrie.

La stratégie de Cléopâtre est mise à exécution avec d'autant plus de célérité que l'ennemi est proche, comme en témoigne cette anecdote rapportée par Plutarque :

Une longue chaussée mène du camp d'Antoine à la rade où ses vaisseaux sont ancrés. C'est le chemin qu'Antoine suit en toute sécurité pour aller visiter sa flotte. Un des serviteurs de César Octave s'en aperçoit ; et, comme il dit à son maître qu'il sera aisé d'enlever Antoine quand il passera par là, César Octave y place des soldats en embuscade. Il s'en faut de peu qu'ils ne s'emparent de sa personne. Ils se saisissent de celui qui marchait devant lui ; mais ils se sont découverts trop tôt, ce qui a permis à Antoine de se sauver, quoique à grand-peine, à toutes jambes[6].

Il est donc urgent de fuir et de faire monter les soldats, soit vingt mille légionnaires et deux mille archers, sur les plus grandes et les meilleures galères, depuis trois rangs jusqu'à dix rangs de rames. Les soldats d'infanterie qui se sont couverts de gloire sur les champs de bataille renâclent à jouer le rôle de marins improvisés :

Un tribun d'infanterie qui s'était trouvé à plusieurs rencontres sous les ordres d'Antoine, et dont le corps était criblé des cicatrices de nombreuses blessures, le voyant passer, s'écria d'une voix douloureuse : « Eh, général, pourquoi te défier de ces blessures et de cette épée, et mettre tes espérances dans un bois pourri ? Laisse aux Égyptiens et aux Phéniciens les combats de mer ; et donne-nous la terre, à nous qui sommes accoutumés à y combattre de pied ferme et à vaincre ou à mourir. Antoine ne répond pas ; il fait seulement en passant un signe de la tête et de la main comme pour encourager cet homme, et pour lui donner une espérance qu'il n'éprouve même plus lui-même ; car ses pilotes ayant voulu laisser là les voiles, il les oblige à les prendre et à les charger sur les vaisseaux, afin, dit-il, qu'aucun des ennemis ne puisse échapper à leur poursuite[7].

On voit dans quel climat de défaitisme vit Antoine.

Un autre prodige alerte Antoine et Cléopâtre et les confirme dans leur décision à la fois de fuir et, si nécessaire, de combattre. Un petit poisson, appelé échénéis, en est la cause :

On dit qu'avant la bataille d'Actium l'échénéis retient la galère prétorienne d'Antoine, pressé de parcourir la ligne et d'exhorter les siens, et le force à passer sur un autre bâtiment.

La flotte césarienne, profitant de ces délais, a l'avantage dans l'impétuosité de l'attaque[8].

La dernière phrase est peut-être hasardeuse, mais l'échénéis était une épine symbolique supplémentaire dans la tactique de Cléopâtre et d'Antoine, donc un mauvais présage.

En revanche, dans le camp de César Octave, les prodiges lui sont tous favorables :

Comme il sort de sa tente avant le jour pour aller visiter sa flotte, il rencontre, dit-on, un homme qui conduit un âne. Il lui demande son nom ; et cet homme, qui l'a reconnu, répond : « Je m'appelle Eutychus [mot qui signifie heureux] et mon âne, Nicon [terme qui signifie victorieux]. » C'est pourquoi lorsque, par la suite, César Octave fit orner ce lieu avec les éperons des galères qu'il avait conquises, il y plaça deux statues de bronze, dont l'une représentait l'homme et l'autre son âne[9].

Sur terre, Canidius commande les armées d'Antoine, et Taurus, celles de César Octave. Elles sont toutes deux rangées en ordre de bataille sur le rivage et restent immobiles. Il a été convenu définitivement que la confrontation aura lieu sur mer, comme l'a décidé Cléopâtre malgré les insuffisances en hommes de sa flotte et les piètres qualités des marins d'Antoine.

Pendant plusieurs jours, la mer est si agitée qu'on doit différer la bataille, mais le cinquième jour, le vent étant tombé et le calme s'étant rétabli sur les eaux, les deux flottes s'avancent l'une contre l'autre, Antoine conduisant son aile droite avec

Publicola, et Célius la gauche ; Marcus Octavius et Marcus Insteius occupant le centre. César Octave a donné le commandement de son aile gauche à Agrippa et s'est réservé celui de droite.

Au moment où va s'engager une bataille décisive pour le sort du monde antique, Antoine et César Octave, chacun de son côté, passent en revue leurs forces terrestres et navales et prononcent un discours. Sans doute ces proclamations ont-elles été en partie inventées. Mais il est possible aussi qu'elles correspondent partiellement à la vérité, faisant écho à des témoignages et à des documents qui ne nous sont pas parvenus. Il est sûr en tout cas qu'elles expriment fort justement la psychologie et l'idéologie de chacun des adversaires :

> Soldats, s'écrie Antoine, insistant sur le cosmopolitisme de son armée, vous formez une multitude, l'élite et la fleur, pour ainsi dire, tant des peuples sujets que des peuples alliés de Rome. Toutes les manières de combattre, celles du moins qui sont en usage chez nous, ont parmi vous des troupes qui les représentent [...]. Vous voyez vous-mêmes le nombre et la force de nos vaisseaux, le nombre et la force de nos soldats légionnaires, de nos cavaliers, de nos frondeurs, de nos vélites, de nos archers à pied et à cheval : armes dont la plupart font complètement défaut à vos adversaires [...][10].

Puis Antoine trace son autoportrait :

> Je suis parvenu à un âge où l'homme a toute la vigueur du corps et de l'esprit, où il est également à l'abri et de la témérité de la jeunesse et de l'épuisement de la vieillesse [...]. J'ai eu des succès, j'ai eu des revers, ils m'ont appris à ne désespérer de rien, à ne rien mépriser[11].

Il en vient ensuite à son choix, dicté par Cléopâtre, de préférer une bataille navale à un combat terrestre. Évoquant les adversaires, il s'écrie :

Si donc ils ont une force quelconque, c'est dans leurs légions et dans leurs troupes qu'on peut la trouver ; car, pour leurs vaisseaux, il leur sera tout à fait impossible de marcher à notre rencontre. Vous voyez vous-mêmes la grandeur et la hauteur de nos bâtiments, en sorte que, même en supposant les vaisseaux de nos adversaires capables de soutenir la lutte, les nôtres n'auraient, qu'ils soient heurtés par l'éperon ou attaqués de flanc, aucune avarie à redouter de leur part. [...] Je n'ai pas voulu engager d'abord l'action sur terre où nos ennemis semblent avoir quelque force [...] j'ai préféré l'engager sur la mer où est notre supériorité et où le nombre immense de nos vaisseaux nous assure l'avantage, afin que, victorieux sur cet élément, nous puissions mépriser jusqu'à leurs troupes de terre[12].

Puis il attaque César Octave et sa perfidie :

Quant à moi, sans m'avoir fait aucune déclaration de guerre, il ne laisse pas néanmoins de me faire la guerre et de se conduire à mon égard, non seulement comme s'il m'avait vaincu, mais même comme s'il m'avait tué. [...] Entre moi et César Octave, il y a cette différence que lui, il aspire à régner sur vous, tandis que moi je veux affranchir même ceux de son parti, comme je l'ai affirmé par serment. Ainsi donc, soldats, pleins de cette conviction que nous lutterons également dans l'intérêt les uns des autres et que nous conquerrons des avantages communs à tous, efforçons-nous de vaincre en ce moment et d'assurer notre bonheur pour l'avenir[13].

On remarquera que, nulle part dans son discours, Antoine n'évoque Cléopâtre, comme s'il était le seul maître et que son épouse égyptienne, dans la décision capitale et périlleuse de combattre sur mer, n'avait joué qu'un rôle négligeable. Il ne veut pas, à l'évidence, apparaître aux yeux de ses soldats comme un homme susceptible d'être influencé par une femme, fût-elle reine.

César Octave, pour sa part, ne se lasse pas d'évoquer Cléopâtre dans un discours xénophobe à ses soldats et bien plus politique que celui d'Antoine, un discours qui fait l'historique et la synthèse de tous les événements notables qui ont conduit à cette guerre :

Romains, s'écrie-t-il, maîtres de la plus grande et de la meilleure partie de l'univers, vous êtes méprisés et foulés aux pieds par une femme, par une Égyptienne, c'est chose indigne de nos pères qui ont vaincu et Pyrrhus, et Philippe, et Persée, et Antiochus ; de nos pères qui ont renversé Numance et Carthage, qui ont taillé en pièces les Cimbres et les Ambrons ; indigne de nous-mêmes enfin qui avons soumis les Gaulois et dompté les Pannoniens [...]. Comment, nous aussi, ne nous couvririons-nous pas de honte, si après nous être montrés partout supérieurs à tous en courage, nous allions supporter avec calme les insultes de ces hommes qui, par Hercule ! nés à Alexandrie en Égypte (que dire de pire et de plus vrai ?), vénérant comme des dieux les reptiles et les autres animaux, embaumant les cadavres pour faire croire en leur immortalité, prompts à l'arrogance, faibles quand il faut montrer du courage, et, ce qu'il y a de plus triste, esclaves d'une femme, Cléopâtre, au lieu de l'être d'un homme, ces hommes, dis-je, qui ont osé prétendre les conquérir avec notre aide, comme si nous étions disposés à leur céder le bonheur dont nous jouissons.

Qui ne s'affligerait, en effet, à la vue de soldats romains escortant la reine ? Qui ne gémirait à la nouvelle que des chevaliers et des sénateurs romains se font ses flatteurs comme de vils eunuques ? Qui ne pleurerait à voir de ses yeux qu'Antoine lui-même, Antoine deux fois consul, souvent imperator, Antoine à qui avait été confiée avec moi la direction des affaires de l'État, entre les mains de qui avaient été remises tant de villes et tant d'armées, abandonne aujourd'hui les coutumes de sa patrie pour adopter des mœurs étrangères et barbares, et sans respect ni pour nous, ni pour les lois, ni pour les dieux de nos ancêtres, se prosterne devant cette femme comme si elle était Isis ou la Lune ? donne aux enfants qu'il a d'elle les noms de Soleil et de Lune, se donne à lui-même ceux d'Osiris et de Dionysos ? distribue, par la suite, comme s'il était maître de toute la terre et toute la mer, des îles entières et des portions de continents [...].

Et pourtant, au début, j'ai poussé la complaisance pour cet homme jusqu'à lui donner une part de notre souveraineté, jusqu'à lui faire épouser ma propre sœur, jusqu'à lui prêter des légions. De plus, ma bienveillance et mon amitié pour lui ont été assez fortes pour que ni l'outrage fait à ma sœur, ni l'abandon des enfants qu'il avait eus d'elle, ni la préférence accordée à l'Égyptienne, ni le don fait aux enfants de cette femme de presque tout ce qui vous appartient, ni aucun motif ne m'a pu décider à le considérer comme ennemi de l'État. La cause de cette conduite, c'est d'abord que je ne me croyais pas autorisé par les lois à traiter de la même manière Cléopâtre et Antoine : étrangère, Cléopâtre devait être immédiatement, en raison de ses actes, reconnue comme ennemie. Citoyen de Rome, Antoine pouvait venir à résipiscence.

Ensuite, j'avais l'espoir que, lors même qu'il ne le voudrait pas, les décrets rendus au sujet de cette femme l'amèneraient, sinon de son plein gré, du moins malgré lui, à changer de sentiments. Voilà pourquoi je ne lui ai pas déclaré la guerre. Mais puisque, dédaignant et méprisant notre indulgence, il ne veut ni, malgré notre pardon, être pardonné, ni, malgré notre pitié, accepter la pitié, et que, soit sottise, soit démence (je crois, en effet, à ce qui m'a été dit, qu'il est ensorcelé par cette abominable créature), loin de tenir compte de nos bienfaits et de notre compassion, il ne recule pas, esclave de cette femme, devant la guerre et devant les dangers auxquels il s'expose volontairement pour elle contre nous et contre la patrie, quel parti nous reste-t-il, que de le combattre en même temps que nous combattons Cléopâtre[14] ?

On pourrait croire que César Octave est à court d'arguments quand il s'agit d'évoquer la trahison d'Antoine à l'égard de Rome, car, à ses yeux, c'en est une. Mais non, il poursuit avec la même véhémence et développe le thème d'un adversaire qui ne mérite même plus le nom de Romain :

Qu'on se garde bien d'ailleurs de le considérer comme Romain, il est égyptien ; qu'on se garde de lui donner le nom d'Antoine, il est Sérapion ; qu'on se garde de croire qu'il ait jamais été consul ni imperator, il est gymnasiarque. Lui-même, il a volontairement pris ces titres en place des autres : il a renoncé à tout ce qu'avaient de respectable les usages de la patrie, pour se mettre dans les rangs de ceux qui font résonner les cymbales de Canope [...]. Il est impossible, en effet, lorsqu'on s'abandonne au luxe comme les rois et à la mollesse comme les femmes, de penser et d'agir comme un homme[15].

César Octave raille son ennemi d'une manière implacable, témoignant qu'il est parfaitement renseigné sur ses turpitudes, ses fantaisies et ses débauches. Il a même cessé d'être un combattant valeureux, dit en substance César Octave, ajoutant :

Ah ! s'il fallait danser ridiculement ou conduire une cordax, aucun de nous ne remporterait le prix, mais quand il s'agit d'armes et de combats, que redouter en lui ? Sa force physique ? Il a dépassé l'âge et il s'est épuisé. La vigueur de son esprit ? Il est devenu femme, il est ruiné par la débauche. Sa piété envers nos dieux ? Il leur fait la guerre, à eux et à la patrie[16].

La péroraison de César Octave fait appel au patriotisme… et à la misogynie de ses soldats :

Je n'ai pas à vous proposer de raison plus décisive que de maintenir la dignité de vos ancêtres, de rester fidèles à vos généreux sentiments, de punir ceux qui se sont séparés de vous, de repousser l'injure qui vous est faite, de commander à l'univers vaincu, de ne souffrir qu'aucune femme s'égale à un homme[17].

Évoquant toutes leurs victoires sur les peuples barbares, il leur impose en quelque sorte un défi :

Lorsque vous vous trouverez aux prises avec une femme qui veut votre malheur à tous, avec son mari qui livre vos biens aux enfants de cette femme, avec ses illustres amis et compagnons de table qu'ils appellent eux-mêmes des athées, vous déploierez moins de courage[18] ?

Quant aux vaisseaux de la flotte de Cléopâtre qui ont une réputation d'invincibilité, César Octave minimise leur importance et leur impact dans le combat naval qui se prépare, sous-entendant qu'un Romain ne saurait avoir peur des navires d'une femme scélérate :

N'allez pas non plus penser que la grandeur des navires, l'épaisseur de leurs murailles, puissent mettre un frein à votre valeur […]. Si leurs vaisseaux restent comme cloués à la même place, il nous sera facile de les enfoncer avec nos éperons. Il nous sera aisé de les briser, de les démâter de loin avec nos machines, il nous sera facile de les brûler en lançant sur eux le feu et les traits enflammés[19].

Et de conclure, bien renseigné par ses espions et ses transfuges sur la tactique de fuite envisagée par Cléopâtre :

> Sur notre terre, notre supériorité est tellement incontestable [...] et Antoine et Cléopâtre le savent si bien eux-mêmes qu'ils sont (je ne vous cacherai pas ce j'ai entendu dire) dans le découragement au sujet de ce qui s'est passé, et qu'ils désespèrent de trouver leur salut en gardant leurs positions ; que, pour ce motif, ils cherchent à s'échapper, et que, s'ils sortent du détroit, ce n'est pas dans le dessein de combattre, mais pour prendre la fuite. Ils ont, du moins, embarqué sur leurs vaisseaux ce qu'ils possèdent de meilleur et de plus précieux, afin, s'ils le peuvent, de le conserver en nous échappant. Puisque Antoine et Cléopâtre s'avouent eux-mêmes plus faibles que nous et qu'ils portent sur leurs vaisseaux le prix de la victoire, ne souffrons pas qu'ils fassent voile quelque autre part, arrachons-leur tous ces biens en les battant ici même[20].

Le 2 septembre 31 av. J.-C. débute la bataille d'Actium, une des plus importantes de l'histoire ancienne parce que, quel qu'en soit le vainqueur, le monde va en être bouleversé. Si importante même que l'historien d'aujourd'hui en trouve le récit chez Virgile, Velleius Paterculus, Plutarque, Horace, Dion Cassius, Eutrope, Florus et qu'il est difficile de faire un choix entre toutes ces narrations. Nous allons toutes les utiliser, car elles n'ont jamais le même ton et nous donnent souvent des renseignements complémentaires. C'est à Virgile, le poète épique, l'ami de César Octave, le futur empereur

Auguste, dont il fut en quelque sorte le poète officiel, auquel il convient de faire appel en premier, en raison de son exorde lyrique et poétique où il saisit bien l'enjeu de ce qui se prépare et en comprend la grandeur :

On découvrait en pleine mer deux flottes aux proues d'airain et le combat d'Actium ; vous eussiez vu toute la côte de Leucade bouillonner sous le formidable appareil de Mars, et les flots resplendir au loin des reflets de l'or. D'un côté, c'est Auguste César entraînant au combat des Italiens, le Sénat, le peuple, les dieux de la patrie et les grands dieux de l'Olympe. Il est debout sur la poupe de son vaisseau ; de ses tempes rayonnantes jaillissent deux flammes et sur son front reluit l'astre paternel. Plus loin Agrippa, favorisé des vents et des dieux, s'avance d'un air de triomphe, à la tête de ses galères : sur son front brille, superbe trophée de guerre, la couronne rostrale. De l'autre côté, c'est Antoine, vainqueur des peuples de l'aurore et de ceux des bords de la mer Rouge ; il traîne avec lui ses alliés barbares, mille étendards divers, l'Égypte, les forces de l'Orient, les Bactriens relégués aux confins de la terre ; une Égyptienne, ô honte, son épouse, le suit.

Tous s'élancent ensemble ; la mer, que soulèvent vingt mille bras ramenés en arrière, écume sous l'airain des proues à la triple pointe. Ils cinglent au large ; on croirait voir les Cyclades, arrachées du fond des mers, nager sur les eaux, ou des monts se heurter contre des monts : tant se poussent d'un lourd effort les masses de ces tours flottantes[21] !

On doit le récit de la bataille d'Actium aux deux historiens grecs, Plutarque et Dion Cassius, sans compter des précisions capitales d'autres historiens latins comme Florus ou Velleius Paterculus.

Les uns comme les autres se complètent, et il est aisé d'avoir un panorama complet et chronologique de cette rencontre cruciale.

Après que César Octave a bien examiné l'ordonnance de sa flotte, il se fait conduire sur une chaloupe à l'aile droite, d'où il constate avec surprise que les ennemis se tiennent dans le détroit sans faire aucun mouvement : on peut même dire, à les voir, qu'ils sont à l'ancre. César Octave en est un instant presque persuadé : c'est pourquoi il tient ses vaisseaux éloignés de la flotte ennemie de huit stades*.

C'est la sixième heure du jour. Un vent léger s'étant élevé de la mer, les soldats d'Antoine, qui souffrent de ces temps morts avec impatience et qui sont confiants en la grandeur et la hauteur de leurs vaisseaux, en profitent pour faire faire mouvement à l'aile gauche. À cette vue, César Octave est ravi et fait reculer sa droite, afin d'attirer davantage encore les ennemis hors du détroit, et de pouvoir lui-même, avec ses vaisseaux légers et agiles, envelopper et charger à l'aise les galères d'Antoine, que leur grande masse et le défaut de rameurs rendent pesantes et difficiles à mouvoir. Les soldats de César Octave ne disposent pas moins de quatre cents vaisseaux, ceux d'Antoine n'en ont pas plus de deux cents ; mais l'infériorité de leur nombre est compensée par leur grandeur. Ils sont tous de six à neuf rangs de rames et surmontés en outre de tours à plusieurs étages ;

* C'est-à-dire un peu moins de deux kilomètres.

on peut les prendre pour des citadelles ou des villes flottantes ; la mer gémit sous leur poids, et les vents épuisent leurs efforts à les mouvoir.

Après s'être ainsi rapprochés, ils engagent le combat, au milieu des exhortations à se montrer les plus habiles et les plus ardents, encouragés par les cris des soldats restés à terre. La manière de combattre n'est pas la même : les soldats de César Octave, dont les vaisseaux sont plus petits et plus rapides, se servent de leurs rames et fondent sur un adversaire contre les coups duquel ils sont protégés de toutes parts : qu'ils coulent ou non leur ennemi, ils commencent par le heurter de leur éperon avant d'en venir aux mains, ou bien ils se livrent tout à coup à une nouvelle charge sur le même vaisseau, ou bien encore ils l'abandonnent pour se tourner contre d'autres ; puis, après avoir causé à ceux-là quelques avaries en proportion avec le peu de durée de l'engagement, ils voguent vers d'autres et d'autres encore, afin de les attaquer au moment où ils s'y attendent le moins. Car, craignant les traits qui leur sont lancés de loin et redoutant aussi le combat de près, ils ne s'attardent ni à l'abordage ni à l'attaque, mais, se glissant le long de leurs adversaires, de façon à ne pas être atteints par leurs armes de jet, et se contentant de les désemparer ou seulement de les mettre en désordre, de manière à ne pas être saisis par eux, ils se retirent hors de la portée du trait.

On imagine très bien cette tactique du harcèlement de la part des petits navires de César Octave face aux grands vaisseaux difficiles à manœuvrer de Cléopâtre et d'Antoine. Les navires de César Octave n'ont tout au plus que six rangs de rames. Ils attaquent, se retirent, se détournent avec facilité, et, s'attachant plusieurs à une seule de ces lourdes masses inhabiles à toute manœuvre, les accablent sans peine sous les coups réitérés de leurs traits, de leurs éperons et des machines enflammées qu'ils lancent contre eux. Comme une nuée de moustiques, de moucherons ou de guêpes attaquant un groupe de personne ou d'animaux, insaisissables en raison de leur rapidité, et pouvant rompre très vite, avant de revenir à la charge, ils s'élancent contre leurs adversaires.

Les bateaux d'Antoine, trop lourds, ne peuvent fondre sur les navires ennemis avec cette impétuosité qui donne au choc toute sa vaillance et qui seule permet de faire une brèche. D'un autre côté, ceux de César Octave non seulement évitent de donner leur proue contre les proues ennemies, armées chacune d'un fort éperon d'airain, mais ils n'osent pas non plus les charger sur le flanc, parce que leurs pointes se briseraient aisément en quelque endroit qu'ils heurtent ces vaisseaux constitués de fortes poutres carrées, liées les unes aux autres par de grosses barres de fer.

Contre cet ennemi trop mobile, les matelots d'Antoine accablent les vaisseaux ennemis d'une grêle de pierres et de traits, et lancent des crampons de fer sur ceux qui s'approchent. Dès lors qu'ils réussissent à les atteindre, ils ont l'avantage ; mais quand ils échouent, les avaries causées à leurs bâtiments les font couler rapidement, à moins que le temps passé à chercher un moyen de se soustraire à ce danger donne à d'autres ennemis plus de facilité encore pour une nouvelle attaque.

Mais cette tactique ne peut aboutir à faire la décision, moins encore à remporter la victoire. La souffrance et la fatigue tombent chez les uns, sur les pilotes et les rameurs, et chez les autres, sur les équipages. Les césariens ressemblent à une cavalerie qui, libre d'avancer ou de reculer, tantôt pousse en avant, tantôt tourne bride ; les antoniens, à des soldats légionnaires en garde contre les approches de l'ennemi et mettant toute leur énergie à tenter de le saisir.

Cléopâtre a-t-elle compris que la flotte d'Antoine est piégée et que si la victoire est incertaine et le combat encore douteux, le temps joue de plus en plus en faveur de César Octave ? Elle agit en conséquence et suscite alors à la fois la surprise, puis la stupéfaction, et enfin le désespoir :

Cléopâtre, dont le vaisseau, mouillé derrière les combattants, était battu par les vagues, ne supporta pas l'attente d'un événement qui tardait tant à se décider. Dévorée par une impatience féminine et digne d'une Égyptienne, ainsi que par l'inquiétude, et par une anxiété qui se renouvelait sans cesse dans l'un ou l'autre sens, Cléopâtre prit elle-même la fuite et en donna le signal à ses sujets. À cet ordre, les Égyptiens, ayant incontinent déployé leurs voiles et pris le large, favorisés par une brise qui vint à souffler, Antoine, persuadé que ce n'était pas sur l'ordre de Cléopâtre, mais dans la crainte d'une défaite que les Égyptiens avaient pris l'initiative de fuir, courut alors à leur suite[22].

En cette occasion, Antoine fait alors preuve non de la prudence d'un général, ni de courage, ni même du bon sens le plus commun, mais donne raison à Caton d'Utique qui, sur un ton badin, avait dit que chez Antoine : « L'âme d'un amant vivait dans un corps étranger. » Entraîné par une femme, comme s'il était collé à elle, et obligé de suivre tous ses mouvements, il ne voit pas plus tôt le vaisseau de Cléopâtre déployer ses voiles, qu'oubliant, abandonnant et trahissant ceux qui combattent et meurent pour lui, il monte sur une galère à cinq rangs de rames, accompagné seulement d'Alexandre le Syrien et de Scellais, et suit celle qui se perd et qui devait bientôt le perdre lui-même.

Il aime mieux suivre la reine fugitive que de rester avec les siens qui combattent ; et le général, qui aurait dû punir sévèrement les déserteurs, déserte lui-même. Virgile, en poète, raconte aussi cet épisode, et la présence de la reine dans la bataille, comme sa fuite. Il fait intervenir les dieux et la fatalité, ainsi que la lutte entre les divinités romaines et les divinités égyptiennes, une sorte de guerre des dieux, dont Antoine et Cléopâtre seraient aussi les victimes, les dédouanant ainsi en quelque sorte de leur lâcheté et de leur trahison :

La reine, au milieu de sa flotte, anime ses soldats du son du sistre égyptien et ne voit pas derrière elle les deux serpents qui l'attendent. Tous les dieux monstrueux de sa patrie, et à leur tête l'aboyant Anubis, se sont armés pour lutter contre Neptune, Vénus et Minerve : au plus fort de la mêlée, Mars, gravé sur le fer, paraît déchaînant ses fureurs ; des cieux descendent les cruelles Furies ; et la Discorde étalant en triomphe sa robe déchirée marche à grands pas. Bellone la suit d'un fouet ensanglanté[23].

Que peuvent faire en effet le malheureux Antoine et la terrible Cléopâtre si, comme à la guerre de Troie, les dieux s'en mêlent ?

Apollon, des hauteurs d'Actium, regarde le combat et bande son arc : frappés de terreur, l'Égyptien, l'Indien, l'Arabe, le Sabéen, tous ont tourné le dos. On voit la reine elle-même implorer les vents, fuir à toutes voiles et déployer sur les eaux ses ancres abandonnées. Le dieu du Feu l'avait représentée au milieu du carnage, déjà pâle de la mort qui l'attendait et emportée par les flots et l'Iapyx [un vent ouest-nord-ouest qui souffle de la côte d'Iapygie en Apulie][24].

Le récit de cette fuite est particulièrement dramatique :

Cléopâtre, qui reconnaît le vaisseau d'Antoine, répond à son signal par le sien : Antoine approche du navire et y est reçu ; puis, sans voir la reine et sans être vu d'elle, il va s'asseoir seul à la proue, gardant un profond silence, et tenant sa tête entre ses mains. Cependant, les vaisseaux légers de César Octave, qui se sont mis à sa poursuite, ne tardent pas à paraître. Alors Antoine commande à son pilote de tourner la proue de sa galère contre ces bâtiments qu'il a vite fait d'écarter. Il y eut pourtant un certain Euryclès de Lacédémone, qui, s'attachant avec acharnement à le poursuivre, agitait de dessus le tillac une longue javeline qu'il cherchait à lancer contre lui. À cette vue, Antoine s'avance sur la proue et dit : « Quel est celui qui s'obstine ainsi à poursuivre Antoine ? — C'est moi, répond le Lacédémonien ; c'est Euryclès, fils de Lacharès, qui profite de la fortune de César Octave pour venger, s'il le peut, la mort de son père. » Or ce Lacharès, accusé de quelque vol, avait été décapité sur ordre d'Antoine. Toutefois, Euryclès ne peut parvenir à rejoindre d'assez près la galère d'Antoine ; mais il se dirige contre l'autre galère amirale, car il y en a deux, et il la heurte si rudement qu'il la fait tournoyer et que, l'ayant jetée à la côte, il la prend et avec elle un autre vaisseau, chargé d'une magnifique vaisselle de table.

Dès qu'Euryclès s'est retiré, Antoine retourne s'asseoir à la proue, dans la même attitude et dans le même silence qu'auparavant[25].

## Pendant ce temps que sont devenus les combattants qu'Antoine et Cléopâtre ont abandonnés ?

Le découragement et le trouble s'emparent du reste des soldats ; pleins du désir de s'échapper, eux aussi, de n'importe quelle façon, les uns serrent les voiles, les autres précipitent dans la mer les tours et les machines afin de s'alléger dans leur fuite. Les voyant dans ces dispositions, l'ennemi, César Octave, attaque avec sa flotte de loin et de près un seul vaisseau avec deux ou trois à la fois ; en sorte que, d'un côté comme de l'autre, la lutte présente des chances aussi variées que rapides. Les uns, en effet, ravagent les parties inférieures des vaisseaux, brisent les rames et arrachent les gouvernails ; puis, montant à l'abordage, ils entraînent ceux-ci en les saisissant corps à corps, repoussent ceux-là et engagent la lutte avec eux, égaux désormais en nombre ; les autres, de leur côté, refoulent les assaillants avec des crocs, les tuent à coups de hache, en viennent aux mains et se portent contre l'ennemi. À la vue de ce qui se passe, on dirait, pour comparer les petites choses aux grandes, des murailles ou des îles nombreuses et serrées les unes près des autres, assiégées par mer, tant les uns font d'efforts pour monter à bord de l'ennemi, comme sur une citadelle sur la terre ferme, et mettent beaucoup d'ardeur à se servir de tout ce qui peut faciliter leurs desseins, tant les autres font usage de tous les moyens qu'on a coutume d'employer en pareilles circonstances.

Les chances étant à peu près égales pour l'un et l'autre combattant, César Octave, dans l'incertitude, envoie chercher du feu à son camp. N'espérant plus conserver les trésors enfermés dans les navires d'Antoine et voyant qu'il n'y a pas d'autre moyen d'assurer la victoire, il recourt à l'expédient de l'incendie. À partir de ce moment, le sort du combat change. Les marins de César Octave, en effet, marchant de toutes parts à la fois contre leurs adversaires, font pleuvoir sur eux des traits enflammés, leur jettent de près des torches embrasées, leur lancent de loin des marmites remplies de charbons ardents et de poix ; les autres [les matelots d'Antoine] repoussent ces attaques et lorsque quelques-uns de ces projectiles, tombant sur eux, s'attachent au bois des vaisseaux et y développent une grande flamme, comme il est naturel, ils se servent d'abord de l'eau potable qu'ils ont apportée et éteignent par ce moyen l'incendie sur quelques points ; puis, cette eau tarie, ils puisent dans l'eau de mer.

Si encore ils l'avaient versée en grande abondance, ils auraient peut-être arrêté la violence du feu ; mais, se trouvant dans l'impossibilité de le faire partout — les seaux qu'ils utilisent pour puiser sont peu nombreux et dans leur trouble ils les remontent à moitié pleins —, cette eau, loin de leur être utile, ne fait qu'animer davantage le feu, car l'eau de mer, répandue en petites quantités sur la flamme, en augmente la force. Vaincus de ce côté, ils entassent leurs vêtements les plus épais et les cadavres sur le feu : cet expédient arrête un instant l'incendie et pendant quelques instants on peut croire à un répit dans la cruauté du combat. Mais ensuite, attisé surtout par un vent qui vient à souffler avec violence, le feu éclate avec une intensité accrue. Tant qu'une partie seulement de leur vaisseau est dévorée par l'incendie, quelques hommes cherchent à y faire obstacle et sautent au milieu des flammes : ils coupent ceci, transportent ailleurs cela, lancent des objets à la mer ou contre l'ennemi, dans l'espoir de lui causer des dommages. D'autres, retirés sur la partie demeurée intacte de leur navire, font plus que jamais usage des crocs de fer et des longues javelines, pour essayer d'accrocher à eux quelque vaisseau ennemi, afin de sauter à son bord ou, s'ils n'y peuvent réussir, de l'embraser avec le leur[26].

La fin de la flotte d'Antoine et de ses équipages, laissés sans chef et qui pourtant résistent jusqu'au bout, est atroce :

Comme les soldats pour se dérober à ce danger, n'approchent pas, et que le feu, s'attachant tout à l'entour aux parois des vaisseaux, les dévore jusqu'en bas, il arrive quelque chose d'horrible aux soldats d'Antoine. Ils périssent, les matelots surtout, étouffés par la fumée avant d'être atteints par les flammes : ceux-là y sont grillés comme dans des fournaises ; d'autres sont lentement consumés par leurs armes rougies ; d'autres, avant d'éprouver cette souffrance ou même à demi brûlés, en jetant leurs armes, sont blessés par des traits lancés de loin, ceux-là, en se précipitant dans la mer, sont suffoqués ou engloutis dans les flots sous les coups de leurs adversaires ou bien encore déchirés par les monstres marins. Seuls, comme il arrive en pareilles circonstances, ceux-là ont un trépas supportable qui périssent avant d'avoir subi aucun de ces tourments ou se donnent la mort, soit mutuellement, soit eux-mêmes. Car ils n'auront à supporter aucune torture et leurs cadavres seront brûlés avec leurs vaisseaux comme sur un bûcher.

Aussi, à cette vue, les césariens, qui, auparavant, tant qu'ils sentaient l'ennemi capable d'opposer encore quelque résistance, évitaient une mêlée, lorsque les vaisseaux ont tous pris feu et que leurs adversaires sont désormais dans l'impossibilité de se défendre et de rendre coup pour coup, les césariens donc s'empressent de marcher sur la flotte d'Antoine, afin de s'emparer de l'argent, s'il était possible, et d'éteindre le feu qu'ils ont eux-mêmes allumé. Mais cette action fait que plusieurs d'entre eux périssent corps et biens, avec leurs vaisseaux, dans les étreintes de la flamme et des grappins[27].

# Défaite de Cléopâtre et d'Antoine

Ainsi s'achève la bataille d'Actium où périssent cinq mille hommes et où César Octave s'empare de trois cents vaisseaux. Le gros de la flotte ne s'étant pas aperçu de la fuite d'Antoine, elle continue à se battre. Mais comme l'armée de terre est restée intacte, Antoine envoie sur-le-champ une dépêche à Canidius, lui ordonnant de se retirer promptement en Asie, par la route de Macédoine. Les légionnaires, ayant appris qu'Antoine les a abandonnés, ne parviennent pas à y croire, ni à se persuader qu'un général, à la tête de dix-neuf légions et douze mille cavaliers qui n'ont jamais encore été battus, a pu abandonner son armée. Ils pensent assurément à un repli stratégique. Les armées qui croient en son retour, et qui s'attendent à chaque instant à le voir reparaître, lui témoignent, en cette occasion, tant de fidélité, même après avoir acquis la certitude d'une fuite sans retour, qu'elles continuent à se battre sept jours entiers sans se séparer, n'écoutant même pas les députés que César Octave leur envoie en ambassade pour les attirer vers lui. Mais, à la fin, Canidius, leur général, s'étant enfui du camp pendant la nuit, et comprenant qu'elles ont été abandonnées et trahies par leurs chefs, les armées d'Antoine se rendent à leur vainqueur.

Pendant ce temps, Antoine souhaite gagner le cap Ténare en Libye sur un vaisseau de charge, sur lequel se trouvent des sommes considérables, une grande quantité de vaisselles d'or et d'argent, et d'autres meubles précieux qui ont été utilisés pour ses alliés, les rois. Mu par un élan de générosité qui n'est pas incompatible avec son esprit de lucre, il donne toutes ses richesses à ses amis, leur recommandant de les répartir entre eux et de pourvoir ensuite à leur retraite. Tous fondent en larmes et refusent ses présents ; mais il les console avec beaucoup de douceur et d'amitié, et finit par les renvoyer chargés de lettres pour Théophile, son homme d'affaires à Corinthe, auquel il recommande de veiller à la sûreté de ses amis si compromis et de les tenir au secret, avant qu'ils aient fait la paix avec César Octave.

Cléopâtre et Antoine font donc escale au cap Ténare et se réconcilient dans le malheur commun. Comme tant de généraux vaincus, Antoine, ignorant encore que les armées commandées par Canidius, à bout de patience, ont fini par se rendre, échafaude des plans militaires avec des troupes fantômes. Puis il repart seul, pour Parétonium où se trouvent Pinarius Scarpus et l'armée de secours réunie autour de ce chef afin de protéger l'Égypte. Mais Pinarius refuse de les recevoir, ayant fait égorger les députés qu'il lui a envoyés, et ayant puni de mort plusieurs de ses soldats sous ses ordres pour s'être indignés de ce meurtre. Antoine comprend alors qu'il n'a plus la maîtrise de ses troupes et que la défaite est totale. Par son attitude lâche, il a trahi ses légions, celles-ci, en retour, l'abandonnent définitivement.

Commence alors pour Antoine une longue épreuve de désespoir et de dépression, loin de Cléopâtre qui a regagné l'Égypte. Il se retire dans une vaste solitude où il erre sur la plage comme un simple vagabond, n'ayant pour toute compagnie que deux amis, l'un Grec et l'autre Romain. Le premier est le rhéteur Aristocratès, et l'autre ce même Lucilius qui, à la bataille de Philippes, pour donner à Brutus le temps de s'enfuir, se fit prendre par ceux qui le poursuivaient, prétendant être Brutus. Antoine, si reconnaissant envers lui, le sauva et lui garda une fidélité inébranlable au point que Lucilius lui resta attaché en ces heures tragiques jusqu'à la fin de sa vie.

La défection de Pinarius, chef de l'armée d'Afrique, lorsqu'elle lui est confirmée, provoque chez Antoine un tel désespoir qu'il veut se donner la mort, mais ses rares amis présents l'en empêchent. Lassé de tout, incapable de prendre des décisions, il se fait conduire à Alexandrie, où il retrouve Cléopâtre échafaudant des plans aussi hardis qu'extravagants.

En effet, celle-ci, qui l'a précédé dans la capitale d'Égypte pour mieux étouffer d'éventuelles rumeurs sur sa défaite qui auraient pu provoquer de nouvelles émeutes des Alexandrins, fait couronner les proues de ses navires, comme si elle venait de remporter la victoire, et chanter au son des flûtes des hymnes de triomphe. Elle reste toujours, on le voit, fort douée pour jouer la comédie et pour duper son peuple ! Mais les nouvelles vont vite, même à cette époque, et il est probable que les sujets de la reine apprennent rapidement sa forfaiture et menacent de se révolter. Elle organise alors une répression impitoyable :

> Elle ordonne l'exécution d'un grand nombre de ses concitoyens parmi les plus importants pour ne pas avoir cessé d'être dans l'opposition et qui tentent de relever la tête, forts de la défaite de leur reine honnie. Elle se procure ainsi beaucoup de leurs biens et de leurs propriétés tant profanes que sacrées et ne respecte donc pas même les temples les plus inviolables : elle lève des armées et cherche des alliés autour d'elle : elle fait mettre à mort le roi d'Arménie, Artavasde [dans ses geôles depuis six ans], dont elle envoie la tête au roi des Mèdes, comme si, par ce présent, elle espérait en obtenir un secours[1].

Naturellement elle se trompe : les roitelets d'Asie préfèrent se rallier au plus fort, c'est-à-dire à César Octave.

Parmi d'autres projets tout aussi utopiques, Cléopâtre entend combattre en Égypte avec ses vaisseaux et avec des troupes de terre, et invoque à cet effet l'aide des peuples limitrophes et des rois amis. Elle songe aussi à se réfugier avec Antoine en Espagne, si le besoin s'en fait sentir, afin de gagner à sa cause les populations de ce pays en les corrompant avec de fortes sommes d'argent. Toujours aussi imaginative, cette femme, angoissée par l'imminence des périls, a conçu un plan totalement farfelu pour se trouver des raisons de ne pas s'avouer vaincue :

Il y a, entre la mer Rouge et la mer d'Égypte, un isthme qui sépare l'Asie de l'Afrique, lequel, dans sa partie la plus resserrée par les deux mers, n'a pas plus de trois cents stades de largeur [environ soixante kilomètres]. Cléopâtre a entrepris de faire transporter tous ses vaisseaux par cet isthme, puis de les rassembler dans le golfe Arabique, avec toutes ses richesses et des forces puissantes, afin de s'établir sur quelque terre éloignée, où elle serait à l'abri et de la guerre et de la servitude[2].

L'échec de ce projet mirifique et insensé est patent :

Ces vaisseaux sont brûlés par les Arabes sur l'ordre de Quintus Didius, gouverneur de Syrie ; de plus, des peuples et des princes lui refusent tout secours [...]. Des gladiateurs qu'on exerce à Cyzique en vue des jeux pour le triomphe qu'on se flatte de remporter sur César Octave ne sont pas plus tôt instruits de ces événements qu'ils partent pour l'Égypte dans l'intention de porter secours à Antoine et Cléopâtre. Dans leur fuite armée, ils guerroient contre Amyntas en Galatie, contre les fils de Tarcondimotus en Cilicie, anciens et grands amis d'Antoine, qui viennent de le trahir et sont passés dans l'autre camp, et contre Quintus Didius qui leur a fermé le passage en Syrie. Néanmoins, ils peuvent pénétrer en Égypte. Après avoir, bien que cernés, repoussé toute proposition de négociation, malgré les promesses sans nombre de Didius et avoir, au contraire, appelé Antoine à leur secours, dans l'espoir de combattre sous ses ordres avec plus de chance en Syrie, ils s'aperçoivent que non seulement Antoine ne répond pas à leur demande mais encore ne leur envoie aucun message. Ils sont alors convaincus qu'il est mort et ils consentent à traiter, bien qu'à regret, à la condition de ne plus jamais être gladiateurs. Daphné, faubourg d'Antioche, leur est accordé pour résidence par Didius jusqu'à ce que César Octave en soit informé. Dans la suite, trompés par Messala, ils sont dispersés dans divers endroits sous prétexte d'être incorporés dans les légions et on profite de la première occasion favorable pour les mettre à mort[3].

Cet épisode est raconté non sans perfidie pour bien montrer que seuls des gladiateurs, sous-hommes méprisés par les Romains, cette lie à peine humaine qui n'a même pas de nom, sont prêts à mourir pour Cléopâtre et pour Antoine. Même dans l'état de déréliction où ils se trouvent, Antoine et Cléopâtre ne peuvent accepter cette offre, qui aurait ajouté l'abjection au déshonneur.

Cléopâtre commence à payer le prix de ses erreurs politiques et de ses crimes, et ne cesse d'apprendre de mauvaises nouvelles. Elle qui a voulu faire main basse sur le royaume de Judée et, en attendant, s'est fait verser par Hérode des impôts prélevés sur une partie des territoires donnés par Antoine, apprend la défection prévisible du souverain des juifs qu'elle a humilié. Il a pourtant loyalement tenté de prêter secours à Cléopâtre et à Antoine en attaquant les Arabes avec sa cavalerie et son infanterie, mais il a été trahi par le stratège Athénion qui, au nom de Cléopâtre, commande l'Arabie. Ce dernier a pour ordre d'attendre qu'Hérode et son armée soient épuisés pour fondre sur eux et massacrer un grand nombre de juifs. Un tremblement de terre qui se produit alors en Judée fait beaucoup de victimes, et permet au roi Hérode de reprendre la main et d'apparaître soudain comme l'ennemi juré d'Antoine et de Cléopâtre. Il a tout loisir de faire un bilan de son règne et de ses relations avec le couple qui a prétendu régner sur l'Égypte, au cours d'un discours dont ses conseillers ont la primeur.

Hérode évoque tout d'abord la perfidie des Arabes qui ont failli perdre leur indépendance et passer sous la domination de Cléopâtre. Il les a alors aidés :

> C'est l'amitié, dit-il, qui me lie à Antoine, ce sont les bonnes dispositions de celui-ci à notre égard, qui leur ont épargné un malheur irrémédiable, Antoine mettant tous ses soins à ne rien faire qui pût éveiller notre défiance. Comme il voulait cependant donner à Cléopâtre quelques parties des deux royaumes, c'est encore moi qui négociai cette affaire, et qui, par de nombreux présents, pris sur mes propres biens, réussis à garantir à tous deux la sécurité ; je me chargeai des dépenses, donnant deux cents talents, me portant garant pour deux cents autres, qui ont été touchés par Cléopâtre [...][4].

Mais la nouvelle de la victoire de César Octave à Actium vient de changer la donne :

> La situation paraît alors désespérée à Hérode lui-même, comme aux ennemis et aux amis qui l'entouraient : il semblait vraisemblable, en effet, que le roi de Judée échappe à la colère de César Octave, étant donné l'amitié très étroite qui l'unissait à Antoine. Prenant pour prétexte une trahison d'Hyrcan, de sang royal, qui négocie secrètement avec les Arabes, et des lettres qu'il a interceptées entre Hyrcan, dangereux concurrent pour le trône de Judée, et ses ennemis héréditaires, il fait mettre celui-ci à mort[5].

Ainsi, Hérode entame la première étape de son ralliement à César Octave.

Avertie de tous ces retournements, de toutes ces défaites, de tous ces abandons, Cléopâtre, soudain lucide, oublie tous ses projets guerriers et utopiques, et se borne à faire garder les passages qui pourraient donner accès à ses États. La situation est donc désespérée, mais seule Cléopâtre semble en prendre conscience. Antoine, peu troublé par ces nouvelles, et paraissant même soulagé de renoncer à ses ambitions, quitte sa retraite maritime qu'il appelait un Timonion, sorte de cabane située sur une des jetées du port d'Alexandrie où il joue depuis quelques semaines à l'ermite contemplatif, pauvre et revenu de tout :

Il retourne donc au palais d'Alexandrie, y retrouve Cléopâtre avec le même plaisir que si elle ne l'eût jamais trahi et recommence à festoyer et à se débaucher tout en reprenant ses proverbiales prodigalités. Mais Cléopâtre veille, qui entend au moins assurer le pouvoir et la sécurité pour ses enfants. Sur son ordre, il inscrit parmi les éphèbes, c'est-à-dire ceux qui peuvent porter la toge virile, une longue robe sans bordure de pourpre, Césarion, fils de Cléopâtre et de César, et Antyllus, aîné des fils qu'il avait eus de Fulvie, afin que les Égyptiens reconnaissent en Antoine un souverain, et se sentent soutenus à l'idée que les deux autres fils, s'il arrive malheur à l'Égypte, sont en mesure de la défendre.

Pendant les jours que dure la cérémonie, ce n'est dans toute la ville d'Alexandrie que jeux, banquets et divertissements afin de donner le change et transformer le récent désastre de la bataille d'Actium sinon en une victoire du moins en un événement de peu d'importance. Cléopâtre et Antoine avaient fondé une société qu'ils avaient appelée « les Amimétobies », les Inimitables. Ils suppriment celle-ci et en créent une autre sous le nom de Synapothanumènes, ce qui signifie « les Associés de la mort » qui ne le cède à la première ni en mollesse, ni en luxe, ni en magnificence.

Leurs amis entrent dans cette association dont la première devise est de mourir ensemble ; ils passent leurs jours à faire bonne chère et à s'inviter tour à tour[6].

Ce qui démontre bien à quel point, en dépit des apparences, Cléopâtre et Antoine jugent leur situation désespérée et entendent profiter au mieux des quelques semaines d'existence qui leur restent.

Cléopâtre, fort experte dans la fabrication des potions, est chargée en particulier de préparer les poisons et d'en posséder une bonne provision en cas de nécessité, comme celle d'un suicide collectif :

Pour les éprouver, elle en fait l'essai sur des prisonniers condamnés à la peine capitale. Mais quand elle voit que ceux dont l'effet est prompt provoquent la mort dans d'atroces souffrances, et que ceux qui au contraire sont doux ne font leur effet que fort lentement, elle essaye alors la morsure des serpents, et elle en fait appliquer, en sa présence, de plusieurs espèces sur diverses personnes. Comme elle fait quotidiennement ces essais, elle reconnaît que la morsure de l'aspic est la seule qui ne cause ni convulsions ni tourments ; elle produit seulement une impression de lourdeur et d'assoupissement accompagnés d'une certaine moiteur au visage, et conduit par un affaissement successif de tous les sens à une mort si douce que ceux qui se trouvent en cet état, de même que les personnes profondément endormies, se fâchent quand on les réveille ou qu'on les force à se lever[7].

Pendant qu'Antoine et Cléopâtre vivent cloîtrés dans Alexandrie, entourés de courtisans qui les rassurent et sans doute de traîtres qui leur cachent à quel point leur situation est désespérée, César Octave occupe peu à peu l'Asie pour y faire régner son ordre, non sans cruauté parfois, et s'installe à Samos. La répression du nouveau maître de Rome est non seulement militaire mais aussi financière. Il tient à faire connaître sa détermination et sa puissance à tous ceux qui seraient tentés de porter secours à Cléopâtre, afin de laisser derrière lui, avant de gagner Alexandrie, des contrées pacifiées, c'est-à-dire terrorisées et ruinées :

> Il frappe les villes d'une contribution et les punit en enlevant à leurs assemblées ce qui leur reste d'autorité sur les citoyens. Quant aux princes et aux rois, tous, à l'exception d'Amyntas et d'Archaeläus, sont dépouillés des territoires qu'ils ont reçus d'Antoine : Philipotar, fils de Tarcodimotus, Lycomède, qui régnait sur une partie de la Cappadoce, Alexandre, frère de Jamblique, sont destitués ; ce dernier, qui a reçu ce gouvernement comme récompense pour avoir accusé son frère, est mis à mort après avoir figuré dans un triomphe[8].

Ce triomphe, César Octave l'a célébré aussitôt afin d'impressionner les foules et leur interdire ainsi toute velléité de révolte :

> La place de Lycomède est donnée à un certain Médéus, parce que, avant le combat naval d'Actium, il a privé Antoine du secours des Mysiens d'Asie et a combattu avec eux contre ceux qui restaient fidèles à Cléopâtre. Il accorde la liberté aux Cydoniens et aux Lappéens, dont il a reçu quelque secours. Il rebâtit même la ville des Lappéens qui avait été détruite. Parmi les sénateurs, chevaliers et autres citoyens marquants qui avaient soutenu Antoine, il prélève une amende à plusieurs, en exécute de nombreux et fait grâce à quelques-uns.

Au nombre de ces favorisés se trouve Sossius. Bien qu'ayant fait la guerre contre César, bien qu'en fuite et caché, puis découvert longtemps après, il a néanmoins la vie sauve. De même qu'un certain M. Scaurus, frère maternel de Sextus [Pompée], après avoir été condamné à mort, est gracié à cause de Mucia, sa mère. Au nombre de ceux qui sont punis, on cite les noms des Aquilius Florus et de Curion. Ce dernier, parce qu'il était le fils de ce Curion qui avait rendu de nombreux services au premier César ; les Florus, parce que, malgré l'ordre de tirer au sort lequel serait tué, ils périrent tous les deux. C'étaient le père et le fils : l'un, avant le tirage au sort, se livre volontairement au meurtrier ; l'autre est frappé d'une telle douleur qu'il se tue de sa propre main sur le corps de son père[9].

Par ces actes parfois cruels, on voit que César Octave est bien décidé à faire des exemples, à montrer de temps en temps sa clémence, mais surtout une intransigeance féroce qu'on ne lui connaissait guère jusqu'alors.

Il n'oublie pas pour autant les soldats perdus qui ont embrassé la cause d'Antoine. Il sait les intégrer à ses propres légions, mais en renvoie aussi en Italie pour les éloigner du théâtre des opérations, et même congédie tous ceux qui sont trop âgés. Les légionnaires maintenus en activité ne bronchent pas, ayant l'espoir de participer à la campagne d'Égypte contre Cléopâtre pour faire main basse sur ses trésors. Mais ceux qui avaient été remerciés sont mécontents et s'apprêtent à se révolter. César Octave place à la tête de ces éventuels récalcitrants, non plus Mécène qui n'était que chevalier, mais Agrippa, homme à poigne qui sait se faire respecter.

Une fois les cartes militaires et stratégiques redistribuées à son avantage en Asie, César Octave se rend à Athènes où il se fait initier aux mystères, comme il est d'usage chez les Romains de la noblesse. Puis il repart pour l'Asie, séjourne un temps encore en Syrie, car il ignore toujours, s'étant trop investi dans la réorganisation des provinces d'Asie, ce qu'est réellement devenu Antoine après sa fuite en compagnie de Cléopâtre et où il se trouve. De plus, il ne peut abandonner plus longtemps l'Italie, centre du pouvoir, et confie donc à certains de ses lieutenants le soin de rechercher Antoine.

Il fait alors voile vers le port de Brindes au milieu de l'hiver 30 av. J.-C. Des sénateurs et des légionnaires viennent dans cette ville lui faire part de leur mécontentement. César Octave leur donne de l'argent et distribue des terres à ses vétérans, en pratiquant une politique d'épuration sauvage et en chassant de leurs villes et de leurs campagnes les peuples d'Italie qui ont eu le malheur de rallier la cause d'Antoine et de Cléopâtre. Il a épuisé son trésor de guerre, mais il entend bien le remplir à nouveau en pillant l'Égypte. Il repart au bout d'une trentaine de jours vers l'Asie, franchit l'isthme du Péloponnèse, et fait escale à Rhodes au printemps 30 av. J.-C., où il reçoit le roi Hérode.

Ce dernier a en effet débarqué à Rhodes, quelques jours auparavant, pour y rencontrer César Octave :

Il se présente devant César Octave, sans diadème, dans le vêtement et l'attitude d'un simple particulier, mais gardant la fierté d'un roi : car, sans rien altérer de la vérité, il lui dit en face : « Fait roi par Antoine, César Octave, j'avoue qu'en toute occasion j'ai cherché à le servir : je ne te cacherai même pas que ma reconnaissance l'aurait suivi jusque sur les champs de bataille, si les Arabes ne m'en avaient empêché : cependant, je lui ai envoyé des troupes dans la mesure de mes forces et des milliers de boisseaux de blé. Même après sa défaite d'Actium, je n'ai point abandonné mon bienfaiteur ; ne pouvant plus être un allié utile, je fus pour lui le meilleur des conseillers. Je lui représentai qu'il n'y avait qu'un seul remède à ses désastres : la mort de Cléopâtre ; elle tuée, je lui promettais mes richesses, mes remparts pour sa sûreté, mes troupes et moi-même, pour l'aider dans la guerre qu'il te faisait. Mais les charmes de Cléopâtre et Dieu qui t'accorde l'empire ont bouché ses oreilles. J'ai été vaincu avec Antoine, et quand tomba sa fortune, j'ai déposé le diadème. Je suis venu vers toi, mettant dans mon innocence l'espérance de mon salut, et présumant qu'on examinera quel ami je fus et non pas de qui je l'ai été[10].

Discours extrêmement intelligent du roi Hérode qui connaît le caractère de César Octave et qui sait combien le nouvel homme fort de Rome est sensible à deux sentiments, celui de l'amitié et celui de la clémence. Avec cette supplique, Hérode fait appel chez César Octave à l'une et à l'autre. Ce dernier, quelque peu flatté, lui répond en termes aimables :

Eh bien ! sois donc pardonné et règne désormais plus sûrement qu'autrefois. Car tu es digne de régner sur beaucoup d'hommes, toi qui respectes l'amitié à ce point. Tâche de garder la même fidélité à ceux qui sont plus heureux ; de mon côté, ta grandeur d'âme me fait concevoir les plus brillantes espérances. Antoine a bien fait d'écouter les conseils de Cléopâtre plutôt que les tiens : c'est à sa folie que je dois le gain de ton alliance. Tu inaugures déjà tes services, puisque, si j'en crois une lettre de Quintus Didius, tu lui as envoyé des secours contre les gladiateurs. Maintenant, je veux par un décret public confirmer ta royauté et je m'efforcerai à l'avenir de te faire encore du bien pour que tu ne regrettes pas Antoine.

Ayant ainsi témoigné de sa bienveillance au roi et placé le diadème sur sa tête, il confirme ce don par un décret où il fait longuement son éloge en termes magnifiques. Hérode, après l'avoir adouci par des présents, cherche à obtenir la grâce d'Alexas, un des amis d'Antoine, venu en suppliant : mais le ressentiment de César Octave est le plus fort. Les nombreux et graves griefs qu'il a contre Alexas lui font repousser cette supplique[11].

De Rhodes, enfin averti qu'Antoine et Cléopâtre se trouvent bien à Alexandrie, feignant l'insouciance et banquetant sans cesse, César Octave se décide à partir pour s'emparer de ses deux ennemis les plus coriaces :

Il se dirige vers l'Égypte à travers la Syrie. Hérode l'a précédé et le reçoit en déployant pour la première fois un faste royal : il l'accompagne à cheval dans la revue que César Octave passe de ses troupes près de Ptolémaïs ; il lui offre un festin ainsi qu'à tous ses amis ; au reste de l'armée, il fait faire bonne chère de toutes les manières. Puis, quand les troupes s'avancent jusqu'à Péluse à travers une région aride, Hérode prend soin de leur fournir de l'eau en abondance, et de même au retour. Par lui, en un mot, l'armée de César Octave ne manque jamais de nécessaire[12].

Instruit de sa présence non loin de son royaume, Cléopâtre tente de négocier avec César Octave en lui envoyant des messagers, dont un certain Euphronios, le précepteur de ses enfants, porteur de sommes considérables et de propositions de paix. Elle espère ainsi gagner du temps, car son projet final est de faire assassiner César Octave. De même, elle ne fait pas mystère du fait qu'elle est prête à signer avec César Octave une paix séparée et à abandonner Antoine à son misérable sort. Celui-ci, toujours candide, ignore en effet ce qui se trame derrière son dos. Cléopâtre va même jusqu'à charger un de ses négociateurs d'un cadeau pour César Octave :

> Elle lui fait remettre un sceptre d'or, une couronne d'or et le siège royal, comme si, en lui livrant ces insignes, elle lui livrait l'autorité suprême, afin que, s'il nourrissait contre Antoine une haine implacable, il ait du moins pitié d'elle. César Octave reçoit ses présents qu'il regarde comme un bon présage et fait répondre durement à la reine que si elle quitte les armes et la royauté, il avisera de son attitude à son égard. Mais secrètement, il lui fait aussi savoir que si elle tue Antoine, il lui accordera et l'impunité et son royaume intact[13].

Antoine, pendant ces tractations secrètes, en mène également de son côté, enfin réveillé de sa torpeur et de son ivrognerie, et soudain inquiet sur le sort qui l'attend. Par l'intermédiaire d'un de ses ambassadeurs secrets, il prie César Octave de le laisser vivre à Athènes en simple particulier, s'il ne souhaite pas l'autoriser à demeurer en Égypte. Mais il ne reçoit aucune réponse du vainqueur. Devant cette attitude inquiétante de César Octave, Cléopâtre et Antoine semblent comprendre qu'ils ne doivent pas essayer de jouer leur partition à titre personnel et l'un contre l'autre, et, en conséquence, ne pas se séparer. Pourtant, ils tentent encore leur chance et cherchent à apitoyer leur adversaire en lui promettant, par l'intermédiaire de leurs émissaires, beaucoup d'argent, et en lui déclarant que leur amour leur semble indestructible.

On voit qu'Antoine et Cléopâtre ont abandonné toute dignité, tout sens de l'honneur, en venant se prosterner par ambassadeurs interposés devant César Octave, qui ne les en méprise que davantage. Antoine accomplit enfin un acte particulièrement lâche en livrant à César Octave le sénateur Turullius, le dernier survivant des meurtriers de César, dont il trahit ainsi l'amitié, pour prix de sa soumission.

César Octave se fait un premier plaisir en faisant exécuter Turullius et un second en ne répondant pas à Antoine. Acharné, ce dernier dépêche une troisième ambassade à César Octave, et lui expédie son fils Antyllus en otage et une grand quantité d'or. César Octave prend l'argent et renvoie Antyllus à Alexandrie, sans aucun message, ni remerciement, ni promesse. Certain d'être désormais le seul maître de Rome et de son empire méditerranéen, il cultive ainsi le cynisme et l'insolence face à des adversaires aussi pleutres.

Cléopâtre décide alors de jouer au chantage et s'ouvre à César Octave de son intention de se suicider dans le tombeau qu'elle est en train de se faire construire. Ce tombeau se trouve près du temple d'Isis :

Cléopâtre y fait porter ce qu'elle a de plus précieux, tant en or qu'en argent, émeraudes, perles, ébène, ivoire et cinnamome. Après quoi, elle fait remplir ces monuments de torches et d'étoupes. César Octave, qui craint que cette femme, dans un moment de désespoir, ne mette le feu à ces trésors, lui envoie chaque jour de nouveaux émissaires qui lui promettent de sa part un traitement des plus doux[14].

Il s'est en effet donné pour but de s'emparer de tous ces trésors. Il tient aussi absolument à montrer la reine captive à tous ses sujets lors de son prochain triomphe à Rome. Il redoute également que Cléopâtre ne s'enfuie d'Égypte et ne gagne l'Espagne ou la Gaule. Très inquiet, il lui dépêche un de ses conseillers et affranchis les plus proches, Thyrsus :

Celui-ci est un homme qui ne manque pas d'intelligence, et qui, ainsi député par un jeune chef à une femme naturellement fière et qui compte fort sur sa beauté, est bien capable de la convaincre de se ranger aux volontés de son maître César Octave. Thyrsus a avec la reine des entretiens beaucoup plus longs que ceux qu'elle accorde ordinairement aux autres personnes et reçoit d'elle de grandes marques de courtoisie[15].

Thyrsus est chargé également de faire état de l'amour que César Octave porte à Cléopâtre, elle qui croit, dans son orgueil insensé et encore trop assurée de sa séduction, avoir droit à l'amour de tous les hommes. Le maître de Rome lui recommande donc d'assassiner Antoine. Toutes ces tractations dont il a vent, sans en connaître les détails, mécontentent Antoine qui devine que Cléopâtre tente de comploter dans son dos. Aussi, après avoir fait battre Thyrsus de verges, il le renvoie à César Octave, auquel il écrit que Thyrsus l'avait irrité par son insolence et sa fierté, dans un temps où il est facile à aigrir, en raison de son infortune :

Si tu trouves mauvais ce que j'ai fait, ajoute-t-il, tu as auprès de toi Hipparque, un de mes affranchis : tu peux à ton aise le faire suspendre et battre de verges, afin que nous n'ayons rien à nous reprocher[16].

Cléopâtre comprend que la violence d'Antoine cache également des soupçons à son égard :

Elle lui témoigne alors plus d'affection encore qu'auparavant. Elle célèbre, avec une simplicité conforme à sa fortune, le jour anniversaire de sa naissance ; mais elle surpasse, pour celui d'Antoine, l'éclat et la magnificence qu'elle a mis dans toutes les fêtes précédentes. À tel point que plusieurs des convives, venus pauvres au banquet, s'en retournent riches[17].

Mais Cléopâtre n'a pas renoncé à l'illusion d'être aimée de César Octave et de le charmer, se rappelant qu'elle a mis sans difficulté dans son lit deux autres maîtres du monde, le père adoptif de César Octave et Antoine. Elle se flatte d'obtenir par ce moyen non seulement l'impunité et son royaume d'Égypte, mais encore l'Empire romain. Elle ne se doute pas que César Octave est plus ambitieux qu'amoureux, plus avide de pouvoir que de femmes.

# Derniers jours d'Antoine et de Cléopâtre

Octave, à la tête de ses légions, s'apprête donc à envahir l'Égypte. Il a ordonné aux armées de Cornélius Gallus de quitter la Libye pour envahir le royaume de Cléopâtre, afin de prendre le pays du Nil en tenailles. Celui-ci incorpore à ses troupes celles de Scarpus, et s'empare de Parétonium :

Antoine marche contre Gallus, dans l'espoir, avant tout, d'attirer sans peine à lui les soldats de celui-ci [ils éprouvent pour lui quelque sympathie en raison des campagnes faites sous son commandement] ou, s'il n'y parvient pas, d'en venir à bout par la force avec sa nombreuse armée de mer et de terre. Néanmoins, il ne peut réussir à leur adresser une seule parole, bien que s'étant avancé jusqu'au pied des remparts et les ayant appelés à grands cris. Car Gallus, en donnant aux trompettes l'ordre de sonner, empêche qu'on puisse entendre Antoine. Celui-ci est battu lors d'une foudroyante sortie des assiégés et ses vaisseaux sont anéantis : Gallus, en effet, ayant nuitamment tendu des chaînes sous l'eau à l'entrée du port, a feint de ne s'inquiéter en rien de sa protection et a laissé à l'ennemi toute sécurité pour entrer avec assurance, puis, quand il les a vus engagés, alors, au moyen de machines, il a élevé brusquement les chaînes, et, entourant les vaisseaux de tous les côtés à la fois, et du côté de la terre, et du côté des maisons, et du côté de la mer, il a incendiés les uns et coulé les autres[1].

Puis les légions de César Octave occupent l'importante place de Péluse, lieu stratégique sur les bouches du Nil qui avait été souvent disputé dans les guerres antiques, notamment lorsque Cléopâtre s'était opposée à sa sœur Arsinoé quelques mois avant l'arrivée de César en 48 av. J.-C. Péluse est en fait livrée par Séleucos, le roi lagide, sur l'ordre de Cléopâtre qui veut par ce geste tenter une nouvelle fois de se concilier César Octave. Elle joue même une comédie cruelle pour ne pas apparaître comme félonne aux yeux d'Antoine, et livre à celui-ci la femme et les enfants de Séleucos afin qu'ils soient mis à mort pour haute trahison. Mais il ne semble pas qu'Antoine ait accédé à cette demande et ait fait exécuter ces otages. Il a d'autres soucis. La bataille d'Alexandrie est imminente.

César Octave s'approche d'Alexandrie avec son armée. Quand il parvient devant la ville et qu'il installe son camp près de l'hippodrome, Antoine fait une sortie contre lui, profitant de l'épuisement des légionnaires de son adversaire :

Il met en fuite sa cavalerie et la poursuit dans ses retranchements. Fier de ce succès, Antoine rentre au palais, embrasse Cléopâtre, tout armé, et lui présente celui de ses soldats qui a donné au cours de ce combat les plus grandes preuves de courage. La reine pour récompenser cet homme lui fait présent d'une cuirasse et d'un casque d'or. Mais le soldat, après avoir reçu ces présents, déserte la nuit suivante et passe dans le camp de César Octave[2].

Une preuve particulièrement exemplaire de la démoralisation des troupes d'Antoine qui ont compris que l'avenir appartient désormais à César Octave et qu'Antoine et Cléopâtre sont tous les deux promis à la défaite !

Quelque peu troublé par cette forfaiture, Antoine lance des billets dans le camp ennemi à l'aide de flèches. Sur ces billets, il promet mille cinq cents drachmes à tous les soldats de César Octave qui voudront bien le rejoindre. Puis, croyant que sa supplique sera suivie d'effets, il attaque le camp ennemi avec son infanterie, mais il est défait :

César Octave lit lui-même de son plein gré les billets à ses soldats, non sans honnir Antoine, leur inspirant ainsi la honte d'une trahison : de telle sorte que ce motif, je veux dire l'indignation d'avoir été mis à cette épreuve et le désir de montrer qu'ils sont résolus à ne pas se conduire volontairement en lâches, les pousse à faire du zèle[3].

Antoine, acculé, espère encore remporter la victoire en proposant à César Octave un combat singulier. Celui-ci lui répond, non sans insolence, qu'il a toute liberté de choisir d'autres voies pour se suicider. Sur ces entrefaites, Antoine, ébranlé, pense que la mort la plus honorable qu'il peut choisir est celle qu'il trouvera sur le champ de bataille. Il envisage donc d'attaquer César Octave par terre et par mer :

Le soir, au souper, il commande, dit-on, à ses gens de le servir de leur mieux, parce qu'il ne sait pas si le lendemain il sera encore temps de le faire ou s'ils n'auront pas alors d'autres maîtres, ou bien s'il ne sera pas réduit lui-même à n'être plus qu'un cadavre. Comme il constate que ses amis fondent en larmes en l'écoutant, il ajoute qu'il ne souffrira point qu'ils l'accompagnent à un combat où il va chercher une mort glorieuse plutôt que la victoire ou la vie.

On prétend qu'au milieu de cette nuit-là même, tandis que la ville est plongée dans le silence et la consternation à cause de la frayeur où la jette l'attente des événements, on entend tout à coup dans le lointain un concert de toutes sortes d'instruments, auxquels se mêlent des cris bruyants, des danses de satyres et des chants de réjouissance, semblables à ceux qui accompagnent ordinairement les fêtes de Bacchus : on dirait une procession bachique menant grand bruit, traversant la ville et s'avançant vers la porte qui garde le camp de César Octave. Cette troupe, dont le bruit s'accentue à mesure qu'elle avance, s'éloigne enfin de la ville par cette porte. Ceux qui raisonnent sur ce prodige en déduisent que c'est le dieu [Dionysos], qu'Antoine s'est toujours montré jaloux d'imiter, qui l'abandonne.

Le lendemain, à la pointe du jour, Antoine range en bataille son armée de terre sur les hauteurs qui dominent la ville ; et de là il aperçoit ses vaisseaux qui s'avancent en pleine mer contre ceux de César Octave. Il attend, sans faire aucun mouvement, pour voir quelle sera l'issue de l'attaque ; mais, dès que ses gens se sont approchés de ceux de César Octave, ils les saluent de leurs rames. Puis, comme les autres leur ont rendu leur salut, ils passent de leur côté ; et les deux flottes, n'en faisant plus qu'une, voguent ensemble la proue tournée contre la ville. Antoine, venant de constater cette désertion, est abandonné aussitôt par sa cavalerie et son infanterie est défaite[4].

Pendant ce temps, Cléopâtre, cherchant toujours à protéger l'intégrité de sa flotte, ne la lance pas dans la bataille mais la fait entrer au port et court s'enfermer dans son tombeau, feignant de craindre César Octave, et voulant le précéder par son trépas. En réalité, elle ne cherche qu'à y attirer Antoine. Celui-ci soupçonne la trahison, c'est du moins ce qu'il crie lorsqu'il rentre dans Alexandrie, en assurant que Cléopâtre a voulu le livrer à ceux contre lesquels il combat par amour pour elle :

Cléopâtre, après avoir abattu la herse fortifiée de bons leviers de fer et de grosses pièces de bois et avoir emmené avec elle deux servantes fidèles et un eunuque, envoie un messager à Antoine afin de lui annoncer qu'elle vient de mourir. Antoine, ajoutant foi à cette nouvelle, se dit à lui-même : « Qu'attends-tu donc encore, Antoine, quand la Fortune t'a ravi l'unique bien qui t'attachait à la vie ? » En disant ces mots, il entre dans sa chambre et il délace sa cuirasse. Puis, l'ayant entrouverte, il s'écrie : « Cléopâtre, je ne me plains point d'être privé de toi, car je vais te rejoindre dans un instant. Ce qui m'afflige, c'est qu'ayant été un commandant en chef si puissant, je sois vaincu, à travers l'exemple de son courage et de sa magnanimité, par une femme. »

Il a auprès de lui un esclave fidèle, nommé Éros, à qui il a fait promettre, longtemps auparavant, de le tuer sitôt qu'il lui en donnerait l'ordre : il le somme alors de tenir sa promesse. Le serviteur tire son épée, et se lève pour le frapper. Mais détournant la tête, il se la passe lui-même au travers du corps et il tombe mort aux pieds de son maître. « Généreux Éros ! s'écrie alors Antoine, tu m'apprends, par ton exemple, à faire moi-même ce que tu n'as pas eu la force de faire sur moi. » En disant ces mots, il se plonge l'épée dans le sein et se laisse tomber sur un lit. Mais le coup n'est pas de nature à lui donner une mort immédiate : le sang s'arrête quand il est couché. Ayant repris ses sens, il prie ceux qui sont présents de l'achever. Mais tous s'enfuient de la chambre et le laissent crier et se débattre[5].

Voici la version de Don Cassius, dans son *Histoire romaine* :

Un certain tumulte s'étant élevé à la suite de cet événement, Cléopâtre s'en aperçoit et regarde du haut du monument, car, les portes une fois fermées, on ne peut les ouvrir que par un mécanisme et les parties hautes vers le toit ne sont pas encore achevées. En la voyant regarder de là, quelques-unes poussent des cris tels qu'Antoine les entend. Instruit qu'elle vit encore, il se lève comme s'il était capable de vivre encore, mais, ayant perdu beaucoup de sang, il désespère de son salut[6].

Antoine demande alors avec instance à ses esclaves de le porter auprès de Cléopâtre ; ceux-ci le prennent dans leurs bras et le conduisent jusqu'à l'entrée de la sépulture :

Cléopâtre n'ouvre point les portes ; mais elle paraît à une fenêtre d'où elle fait descendre des chaînes et des cordes avec lesquelles on attache Antoine. Puis aidée de deux de ses femmes, les seules à qui elle ait permis de la suivre en ces lieux, elle le tire à elle. Jamais, au dire de ceux qui en furent témoins, on ne vit spectacle plus digne de pitié. Antoine, tout souillé de sang et n'ayant plus qu'un souffle de vie, est donc tiré en haut, tendant vers Cléopâtre ses mains défaillantes et se soulevant lui-même autant que sa faiblesse le lui permet. Ce n'est pas chose aisée pour des femmes que de le monter ainsi : Cléopâtre, les bras raidis et le visage tendu, tire les cordes avec peine, tandis que ceux restés en bas l'encouragent de la voix et l'aident de cette manière de toute la force de la persuasion.

Après qu'elle l'a ainsi introduit dans le tombeau et fait étendre sur une couche, elle déchire ses voiles en pleurant sur lui ; puis se frappant le sein et se meurtrissant le corps, elle essuie le sang qui souille le visage d'Antoine en y collant le sien. Elle l'appelle son maître, son époux, son chef suprême : sa compassion pour les maux d'Antoine lui fait presque oublier les siens propres.

Antoine, après avoir calmé les lamentations de Cléopâtre, demande du vin, soit qu'il ait réellement soif ou qu'il espère que cette boisson hâtera sa fin. Quand il a bu, il exhorte Cléopâtre à prendre des mesures pour son salut, sans concession au déshonneur, et à se fier à Proculeius, plus qu'à tous les autres amis de César Octave. Il la conjure de ne pas s'affliger sur lui pour ce dernier revers, mais plutôt de le féliciter des biens dont il a joui durant toute sa vie, ayant eu le bonheur d'être le plus illustre et le plus puissant des hommes et surtout se pouvant glorifier à la fin de sa carrière de n'avoir été vaincu, lui Romain, que par un Romain. En achevant ces mots, il expire[7].

Cléopâtre est douloureusement frappée par la mort d'Antoine dont la passion constante et sincère qu'il a éprouvée pour elle a fini par l'émouvoir. Mais ce décès tragique lui laisse le champ libre pour une entente éventuelle avec César Octave qui vient d'entrer à Alexandrie, le jour même de la mort de son rival. Decerteios, un des gardes du corps d'Antoine, s'empare de l'épée fatale apportée à Cléopâtre et la cache sous sa tunique ; puis, sortant secrètement du palais, il court chez César Octave et lui apprend la mort d'Antoine, en lui montrant l'arme encore teinte de son sang. À cette nouvelle, César Octave se retire au fond de sa tente et se met à pleurer sur la mort de celui qui a été son allié, son collègue à l'empire et qui a partagé avec lui les périls de tant de combats et parcouru les labyrinthes de tant d'affaires politiques.

Ce genre de scène n'est pas nouveau dans l'histoire romaine. Déjà, César, sur la plage d'Alexandrie quelque dix-huit ans auparavant, avait pleuré en voyant la tête de Pompée qu'il aurait préféré gracier, comme il était d'usage chez les grands Romains qui pratiquaient souvent la vertu très politique de la clémence. César Octave a dû éprouver la même frustration.

Mais il sait très vite se reprendre et montrer que, dans toute cette affaire, il a été au-dessus de tout soupçon et que c'est lui seul qui a fait preuve de loyauté. Il appelle donc ses amis et leur fait lecture des lettres qu'il a écrites à Antoine, et des réponses qu'il en a reçues. Il leur fait remarquer comment, à des propositions toujours justes et raisonnables, Antoine n'a jamais répondu que par l'arrogance et la fierté.

Cléopâtre tente alors de négocier avec César Octave. Elle lui envoie son secrétaire Diomède, pour lui faire part officiellement de la mort d'Antoine, puis pour lui faire comprendre à nouveau qu'elle demeure enfermée dans son tombeau :

Elle espère ainsi acheter César Octave, à défaut d'autres moyens de salut, craignant de perdre ses trésors et l'impunité, et le trône. Au milieu de tant de malheurs, Cléopâtre songe encore au pouvoir et préfère mourir avec le titre et les ornements de reine, plutôt que de vivre dans une condition privée. Aussi entretient-elle du feu pour ses trésors, afin de les brûler en cas de nécessité, et pour elle-même des aspics et autres reptiles dont elle a auparavant éprouvé sur des hommes la mortelle action. César Octave désire vivement se rendre maître des trésors et s'emparer de la personne de Cléopâtre vivante pour triompher d'elle. Néanmoins, il ne veut pas, en lui faisant une promesse, passer pour avoir été lui-même un fourbe afin de pouvoir se conduire à son égard comme à l'égard d'une captive ou d'une femme soumise malgré elle[8].

## César Octave envoie à Cléopâtre Proculeius, un chevalier romain, et Épaphrodite. Mais Cléopâtre n'entend pas se remettre entre les mains de Proculeius.

Toutefois, ils ont ensemble un long entretien à la porte du tombeau, en dehors duquel se tient Proculeius. Car bien que la porte ait été fortement barricadée au-dedans, elle peut néanmoins donner passage à la voix. Là, Cléopâtre demande le royaume d'Égypte pour ses enfants ; et Proculeius l'exhorte à se confier à César Octave et à s'en remettre à lui de tous ses intérêts.

Proculeius, après avoir bien observé les dispositions du lieu, vient faire son rapport à César Octave, lequel envoie aussitôt Gallus pour parler encore à Cléopâtre. Gallus s'entretient avec elle à travers la porte, mais il prolonge à dessein la conversation. Et, pendant ce temps, Proculeius, ayant approché une échelle de la muraille, entre à l'intérieur du tombeau par la même fenêtre qui a servi aux femmes de Cléopâtre à introduire Antoine : puis, suivi de deux de ses serviteurs qui étaient montés avec lui, il descend à la porte où Cléopâtre se tient, tout attentive à ce que lui dit Gallus.

Une de ses femmes qui étaient enfermées avec elle, les apercevant, s'écrie : « Infortunée Cléopâtre, te voilà prise vivante ! » À ces mots, la reine se retourne et voit Proculeius : elle veut se frapper d'un coup du poignard qu'elle portait toujours à sa ceinture. Mais Proculeius court à elle et la saisit dans ses bras. « Cléopâtre, lui dit-il, tu te fais tort à toi-même et tu es injuste envers César Octave en voulant lui ôter la plus belle occasion de manifester sa douceur, et en faisant en sorte de calomnier le plus clément des chefs d'empire, comme si c'était un homme sans pitié et implacable dans son ressentiment. »

En disant ces mots, il lui ôte le poignard de la main et il secoue sa robe pour s'assurer qu'elle n'y cache pas quelque poison. César Octave envoie ensuite auprès d'elle un de ses affranchis, avec ordre de la garder soigneusement et de veiller à ce qu'elle n'attente point à ses jours, mais de lui accorder tout ce qu'elle peut désirer[9].

Cléopâtre se retrouve en résidence surveillée sous la garde romaine d'Octave qui lui accorde quelques jours de délai pour embaumer le corps d'Antoine.

César Octave a compris qu'il doit se hâter et entrer au plus vite dans Alexandrie afin de contrer toutes velléités de Cléopâtre, soit pour reprendre le pouvoir, soit pour susciter des émeutes chez les Alexandrins qui, on le sait, ont le sang chaud et le nationalisme exacerbé. Il est accompagné du philosophe grec Aréios, pour bien montrer dans la capitale prestigieuse de l'hellénisme qu'il n'est pas opposé aux Grecs mais seulement à la reine d'Égypte. D'autres philosophes, sans doute de l'école d'Alexandrie, suivent le cortège triomphal :

Il monte sur un tribunal qu'on avait dressé pour lui. Là, tout le peuple d'Alexandrie, saisi de frayeur, se jette à ses pieds. Mais César Octave les fait lever : « Je pardonne, dit-il, aux Alexandrins toutes les fautes qu'ils ont commises : premièrement par respect pour Alexandre, le fondateur de leur ville ; en second lieu, par admiration pour la grandeur et la beauté de la ville ; troisièmement, enfin, pour faire plaisir au philosophe Aréios, mon ami. » Aréios demande grâce à César Octave pour plusieurs citoyens de la ville, et en particulier pour Philostrate, le plus habile des philosophes de son temps à parler en improvisant, mais qui se disait faussement le disciple de l'Académie. César Octave, qui déteste les mœurs de cet homme, rejette toutes les prières d'Aréios. Mais Philostrate, couvert d'un manteau noir, et laissant croître à dessein sa barbe blanche, suit Aréios partout, lui répétant sans cesse ce vers : « Les sages, s'ils sont vraiment sages, sauvent les sages. »

Informé de cette circonstance [...], César Octave lui accorde sa grâce[10].

En revanche, il est impitoyable envers Antyllus, le fils aîné d'Antoine et de Fulvie, livré à Théodore, son précepteur. Quoique fiancé à la fille de César Octave (Julie) et réfugié dans la chapelle élevée à son père par Cléopâtre, il est immédiatement égorgé :

Les soldats, lui ayant coupé la tête, le précepteur s'empare d'une pierre précieuse que le jeune homme porte au cou et la coud à sa ceinture. Il niait le fait, mais quand on eut trouvé la pierre sur lui, il fut mis en croix[11].

César Octave ne fait preuve d'aucune clémence à l'égard de Publius Canidius Crassus qui a servi Cléopâtre. Arrêté, il meurt lâchement, laissant voir, en trépassant, une faiblesse indigne d'un homme de guerre, vieilli dans les camps :

En revanche, Octave se montre magnanime envers les légionnaires d'Antoine et leur promet la vie sauve et le pardon. On déclare unanimement que chacun de ces soldats s'est conduit en bon général, et le général [Antoine] en soldat lâche et sans cœur.

> Jamais vainqueur ne fut plus clément ; personne ne perdit la vie, à l'exception d'un petit nombre qui refusa de la demander. Jugez par là de la modération avec laquelle César Octave, s'il eût été libre, aurait usé de la victoire au commencement de son triumvirat [Lépide, César Octave et Antoine] ou dans les champs de Philippes[12].

Pendant ces journées d'épuration, Cléopâtre fait embaumer le corps d'Antoine, comme elle en a reçu la permission. César Octave lui rend-il hommage, en allant le voir mort, comme le prétend Suétone ? Rien n'est moins sûr :

> Plusieurs rois et plusieurs capitaines demandent le corps d'Antoine pour lui rendre les honneurs de la sépulture. Mais César Octave ne veut point en priver Cléopâtre, à laquelle il permet même de prendre pour les funérailles toutes les dispositions qu'elle souhaite. Elle l'ensevelit de ses propres mains avec une magnificence royale[13].

Elle fait placer son corps dans le tombeau même où Antoine s'est suicidé pour lui prouver son amour et sa fidélité.

Puis ses gardes du corps, qui ne sont autres que des geôliers, la conduisent dans sa demeure royale, où elle peut disposer comme auparavant de sa suite et de son service habituel, afin de ne pas sombrer dans le désespoir et de ne pas se suicider

La suite est pathétique, entre une Cléopâtre désespérée et une Cléopâtre toujours séductrice et charmeuse. Elle espère sans doute négocier avec César Octave le sort de ses enfants qui lui restent, et celui de Césarion en fuite :

L'excès de son affliction, joint aux douleurs qu'elle ressent, car elle a la poitrine meurtrie et enflammée des coups qu'elle s'est donnés, finit par lui causer une forte fièvre. Elle saisit avec empressement ce prétexte pour refuser toute nourriture, espérant pouvoir ainsi se laisser mourir, sans qu'on y mette obstacle. Elle communique cette intention à Olympus, son médecin ordinaire. Et Olympus, comme il l'a consigné lui-même dans l'histoire qu'il a laissée de ces événements, lui donne conseil et secours pour l'aider à quitter la vie. Mais César Octave, qui soupçonne les intentions de Cléopâtre, emploie les menaces pour l'en détourner : il lui fait tout craindre pour ses enfants. Ces menaces anéantissent sa résistance et depuis lors elle se laisse traiter sans protester et selon la volonté de son vainqueur[14].

Peu de jours après, César Octave va lui rendre visite pour s'entretenir avec elle et la consoler :

Ayant donc orné sa chambre, avec magnificence et son lit avec somptuosité, parée elle-même négligemment (ses habits de deuil rehaussent l'éclat de sa beauté), elle s'assoit sur le lit avec toute sorte de portraits du père de César Octave — le grand César dont Octave est le fils adoptif — près d'elle et portant sur son sein toutes les lettres qu'elle lui a adressées. Puis, quand César Octave entre, elle s'élance vers lui en rougissant[15].

Un historien grec prétend, dernier geste de séduction, qu'elle porte pour vêtement une simple tunique dont on peut se douter que son tissu est fort léger, voire transparent :

Elle court se jeter aux genoux de César Octave, les cheveux en désordre, les traits altérés, la voix tremblante, les yeux fatigués à force d'avoir versé des larmes et le sein meurtri des coups qu'elle s'est donnés[16].

Comprenant que le vainqueur de la bataille d'Actium reste parfaitement de marbre devant ses démonstrations de coquetterie, elle pense le séduire par la parole, dont on sait qu'elle en a une maîtrise parfaite, et elle lui tient le discours suivant :

« Salut, ô maître. Un dieu t'a donné ce titre qu'il m'a ravi à moi. Tu vois ton père tel qu'il est venu souvent vers moi ; tu as entendu dire comment, entre autres honneurs qu'il m'accorda, il me fit reine d'Égypte. Si tu veux savoir de lui en quelle estime il me tenait, prends et lis ces lettres qu'il m'a écrites de sa main. » Elle prononce ces paroles et en même temps elle lui lit maintes phrases d'amour adressées par son père. Tantôt elle pleure et couvre les lettres de baisers, tantôt elle se prosterne devant ses images et les adore. Puis elle détourne ses paupières vers César Octave, et gémissant d'une manière fort bien calculée, elle prononce des paroles langoureuses, s'écriant parfois : « Que me servent, ô César, ces lettres de toi ? », parfois : « Mais pour moi tu vis dans celui-ci. »

Elle doit alors désigner César Octave avec la courtisanerie voulue.

Puis encore : « Oh que ne suis-je morte avant toi ! », puis une autre fois : « Mais en possédant celui-ci, je te possède. » Elle se servait ainsi de divers propos et divers gestes, jetant sur César Octave de doux regards et lui adressant de suaves paroles.

César comprend bien qu'elle cherche à exciter sa compassion, mais il feint de ne pas s'en apercevoir, et, tenant les yeux baissés vers la terre, il se contente de lui dire : « Prends confiance, ô femme, aie bon courage, il ne te sera fait aucun mal. » Mais elle, au comble de la douleur de ce qu'il n'a pas jeté un regard sur elle et ne lui a parlé ni de royauté ni d'amour, tombe à ses genoux et s'écrie, fondant en larmes : « La vie, César Octave, je ne veux ni ne puis la supporter ; mais j'ai une grâce à te demander en souvenir de ton père, c'est, puisque, après avoir été à lui, le sort m'a livrée à Antoine, de me laisser mourir avec lui. Oh ! que ne suis-je morte alors aussitôt après César ! Puis-qu'il était dans ma destinée d'éprouver aussi ce malheur, envoie-moi vers Antoine, ne m'envie pas de partager son tombeau, afin que, en mourant à cause de lui, j'habite à côté de lui dans les Enfers[17]. »

Cette scène, digne du théâtre, ne bouleverse pas outre mesure César Octave. Mais après cette première prise de contact, il semble que chacun des deux protagonistes ait compris qu'il n'est pas de leur intérêt de se jouer ainsi la comédie et qu'il est temps de parler politique et finance :

César Octave oblige Cléopâtre à se remettre au lit et s'assoit auprès d'elle. Alors, elle entreprend de se justifier, en rejetant tout ce qui s'est accompli sur les aléas de l'histoire et sur la crainte que lui inspirait Antoine. Mais comme elle se voit contredite très vite sur chaque point par les faits eux-mêmes, elle ne songe plus qu'à exciter la compassion de César Octave, et elle a recours aux prières, afin de lui laisser croire qu'elle désire ardemment vivre.

Elle finit par lui remettre un état de toutes ses richesses. Séleucos, un de ses trésoriers, lui reproche d'en dissimuler et d'en soustraire une partie : elle se lève aussitôt, le saisit par les cheveux et lui donne plusieurs coups au visage. César Octave se prend à rire de cet emportement et veut la calmer : « N'est-ce pas chose horrible, César Octave, lui dit-elle, que, quand tu n'as pas dédaigné de venir me voir et me parler dans l'état déplorable où je suis, mes propres domestiques osent me faire crime d'avoir mis en réserve quelques bijoux de femme que j'ai détournés, non pour m'en parer, infortunée que je suis, mais pour en faire quelques légers présents à ta sœur Octavie et à Livie, ton épouse, afin que leur protection te rende plus clément et plus doux envers moi[18]. »

Changeant d'attitude et faisant mine de ne point souhaiter sa propre mort, Cléopâtre a promis également à César Octave, au cours de cet entretien, de s'embarquer avec lui. Si bien que ses gardiens et Épaphrodite à qui elle a été confiée, persuadés que ces sentiments sont vrais, relâchent la sévérité de leur surveillance. D'autres personnes, émues par la déchéance de la reine, peuvent entrer ainsi en relation avec elle et lui donner des renseignements sur ce qui se passe en dehors de la chambre de son palais :

Il y avait parmi les amis de César Octave un nommé Cornélius Dolabella, lequel, touché des malheurs de Cléopâtre, s'est engagé, à sa prière, à lui donner avis de tout ce qui se passerait. Il lui fait savoir secrètement que César Octave se dispose à s'en retourner en Syrie et qu'il a résolu de la faire partir dans trois jours avec ses enfants[19].

Cléopâtre n'est pas dupe. César Octave entend la faire figurer avec les siens dans son triomphe à Rome, et elle se sent incapable de supporter cette humiliation suprême. Aussi son plan est-il désormais arrêté. Elle demande à César Octave la permission d'aller faire des libations funèbres sur le tombeau d'Antoine, ce qu'il lui accorde sans aucune méfiance :

Elle se fait porter au lieu de la sépulture ; et là, se jetant sur le tombeau, en présence de ses femmes, elle s'écrie : « Antoine, mon bien-aimé, naguère je t'ai déposé dans ce dernier asile, étant encore libre ; et maintenant je verse ces libations sur tes tristes restes, captive et gardée à vue, car on craint que je ne défigure par mes coups et par mes gémissements ce corps réduit à l'esclavage et réservé pour cette pompe où on va triompher de toi. N'attends plus de Cléopâtre d'autres honneurs que ces libations funèbres : ce sont les dernières qu'elle t'offrira, puisqu'on veut l'arracher d'auprès de toi. Tant que nous avons vécu, rien n'a pu nous séparer l'un de l'autre ; et maintenant la mort va nous éloigner tous les deux des lieux de notre naissance. Romain, tu demeureras sous cette terre d'Égypte ; et moi, malheureuse que je suis, je serai enterrée en Italie ; encore serait-ce un grand bien pour moi d'être ensevelie dans les lieux où tu es né. Si les dieux de ton pays ont quelque force et quelque puissance, car les nôtres nous ont trahis, n'abandonne pas ta femme vivante ; ne souffre pas qu'on triomphe de toi en la menant elle-même en triomphe ; cache-moi ici avec toi ; laisse-moi partager ta tombe ; car entre les maux infinis qui m'accablent, aucun n'a été ni plus grand ni plus affreux pour moi que ce peu de temps qu'il m'a fallu vivre sans toi. » Après avoir ainsi exhalé ses plaintes, elle couronne le tombeau de fleurs et l'embrasse[20].

Puis elle regagne son palais, comme si elle continuait à gouverner l'Égypte, et se prête aux coutumes auxquels une reine a droit :

Elle demande qu'on lui prépare un bain. Le bain pris, elle se met à table et on lui sert un repas magnifique. Pendant qu'elle dîne arrive un paysan de la campagne, portant un panier : les gardes lui demandent ce qu'il porte ; et cet homme découvre le panier, écarte les feuilles et leur fait voir qu'il est plein de figues. Comme ceux-ci admirent la grosseur et la beauté des fruits, le paysan, souriant, les invite à en prendre : cet air de franchise écarte tout soupçon et on le laisse entrer. Après que Cléopâtre eut dîné, elle prend ses tablettes où elle a écrit une lettre, puis elle les cachette et les envoie à César Octave par l'intermédiaire d'Épaphrodite, qu'ainsi elle éloigne.

Ensuite, elle fait sortir tous ceux qui se trouvent dans son appartement, excepté ses deux femmes, et elle ferme la porte sur elle. Dès que César Octave a ouvert la lettre, les prières vives et touchantes que Cléopâtre lui adresse pour lui demander d'être enterrée auprès d'Antoine lui apprennent ainsi la résolution de la reine de se suicider. Il veut d'abord voler lui-même à son secours ; mais ensuite il se contente d'y envoyer en toute hâte quelques amis pour voir ce qui s'est passé. La mort de Cléopâtre est prompte, car les gens de César, malgré leur diligence, trouvent les gardes à leur poste, ignorant complètement ce qui s'est passé. Ils ouvrent les portes et ils aperçoivent la reine sans vie, couchée sur un lit d'or et revêtue de ses habits royaux. Iras, l'une des femmes, gît morte à ses pieds ; et l'autre, Charmium, déjà appesantie par les approches de la mort et pouvant à peine se soutenir, lui arrange encore le diadème autour de la tête. Un des amis de César Octave lui dit avec colère : « Voilà qui est beau, Charmium ! — Très beau en effet, répond-elle, et digne d'une femme issue de tant de rois. » Elle n'en dit pas davantage et tombe morte au pied du lit[21].

La mort de Cléopâtre, en dépit de nombreuses explications données par les historiens de l'Antiquité, reste malgré tout d'origine mystérieuse. À ce sujet, nombre d'hypothèses ont été émises :

On avait apporté, dit-on, à Cléopâtre, un aspic caché sous ces figues couvertes de feuilles : elle l'avait ainsi ordonné, afin qu'en prenant les fruits le serpent la mordît sans qu'elle l'aperçût. Mais quand elle découvrit les figues, elle vit le reptile : « Le voilà donc ! » s'écria-t-elle ; et elle présenta son bras nu à la morsure. D'autres prétendent qu'elle gardait cet aspic caché dans un vase et que, l'ayant provoqué en le taquinant avec un fuseau d'or, l'animal irrité s'élança sur elle et la mordit au bras. Mais on ne sait en réalité rien de certain sur les causes de sa mort[22].

D'autres hypothèses sont avancées. Certains rapportent que l'aspic se trouvait soit dans une aiguière, soit parmi des fleurs. Il en est quelques-uns pour affirmer qu'elle avait une aiguille, avec laquelle elle relevait ses cheveux, enduite d'un venin, dont la subtilité était telle que, sans faire aucun mal au corps, si peu qu'il fût en contact avec le sang, il causait une mort prompte et exempte de douleur, aiguille qu'elle portait constamment à sa tête, suivant la coutume. Alors, après s'être préalablement fait une piqûre, elle l'enfonça jusqu'au sang :

Telle est la vérité, ou du moins ce qui en approche le plus, sur la manière dont elle périt avec ses deux femmes : car l'eunuque [Épaphrodite], dès que sa maîtresse est découverte, s'est livré lui-même volontairement aux reptiles et, mordu par eux, s'est lancé dans un cercueil qu'il s'était préparé[23].

Pourtant, il en est pour prétendre que sur le corps de Cléopâtre on ne trouva ni tache, ni aucune trace de poison, ni même de serpent dans sa chambre. Selon quelques autres, au contraire, on aperçut au bras de Cléopâtre la marque, à peine sensible, de deux piqûres. Ce qui permit à César Octave de diffuser une version officielle : la reine était morte d'une morsure d'aspic.

César Octave est courroucé de s'être ainsi laissé berner par Cléopâtre. Aussi fait-il tous ses efforts pour la réanimer :

Il fait venir des remèdes et des Psylles [...]. Ces Psylles sont des hommes [il ne naît aucune femme Psylle] ; ils peuvent, sur le moment, avant qu'une personne soit morte, faire sortir par la succion tout venin de reptile, sans eux-mêmes se mettre en danger, attendu qu'aucun de ces animaux ne les mord. Ils naissent les uns des autres et, pour éprouver la légitimité de leurs enfants, ils les lancent, aussitôt nés, au milieu des serpents ou bien ils jettent leurs langes sur les serpents. Les reptiles ne font aucun mal à l'enfant et s'engourdissent au contact de ses vêtements[24].

Les Psylles, des écrivains romains et grecs en parlent assez longuement et nous introduisent dans le mystère de pratiques superstitieuses et de légendes extraordinaires dont les Romains se défendaient et que pourtant César Octave, bouleversé de voir disparaître dans la mort le plus beau fleuron de son triomphe prochain, appelle à son secours, sans chercher même à s'en cacher, alors qu'il avait lui-même accusé si souvent la reine d'être une sorcière :

Il y a parmi les Marmarides un peuple qu'on nomme les Psylles. C'est le seul dans toute la Libye pour qui les serpents ne soient point à craindre. Il joint contre eux la vertu des herbes et la force des enchantements, et il semble avoir fait un pacte avec la mort. Ce peuple est persuadé que son sang est incorruptible au venin, qu'aussitôt que ses enfants viennent au jour, il les expose à la morsure de l'aspic, pour éprouver si en eux ce sang n'a point souffert le mélange adultère. Ainsi l'oiseau de Jupiter, dès qu'il fait éclore ses petits au tendre duvet, les présente au soleil levant ; et ceux dont l'œil fixe a la force de soutenir l'éclat de ses rayons sont réservés pour être des ministres de l'Olympe : mais ceux que la lumière blesse sont abandonnés. L'épreuve de la naissance est la même parmi les Psylles, ils ne reconnaissent pour leur enfant que celui qui, sans être effrayé, joue avec les serpents qu'on lui met dans les mains.

Le don que ce peuple a de les enchanter ne lui est pas seulement utile à lui-même, il l'emploie encore au salut de ses hôtes, il veille à leur défense ; et sa pitié est l'unique refuge de l'étranger dans ces climats. Ce fut elle qui sauva l'armée de Caton. Ce peuple suivait sa marche, et lorsque le chef ordonnait de dresser les tentes, les Psylles prenaient soin de purifier le camp par des chants magiques qui mettent en fuite les serpents. Ils brûlent à l'entour des herbes odorantes. Dans cette flamme pétille l'hybèble, suinte le galbanum exotique, le tamarin au triste feuillage, le costus oriental, la souveraine panacée, la centaurée thessalienne, le peucedanum, le thapson d'Erix, le mélèze et l'abrotonum, dont la fumée tue le reptile, et la corne du cerf né loin d'ici[25].

Mais en dépit de cette pratique, digne des chaudrons de sorcière, que pourtant les Romains avaient en horreur, César Octave ne réussit pas à ramener Cléopâtre à la vie. Saisi d'admiration et de pitié pour elle, il ordonne qu'on l'enterre auprès d'Antoine, avec une magnificence digne de son rang. Il fait faire aussi à ses deux suivantes des obsèques honorables.

Malgré leur haine envers la reine d'Égypte, les Romains, qui n'éprouvent pas pour le suicide de répulsion et le considèrent souvent comme une vertu suprême, ne peuvent qu'admirer cette mort digne des stoïciens :

C'est maintenant qu'il faut boire, amis, maintenant qu'il faut d'un pied joyeux frapper la terre, maintenant qu'il faut couvrir de mets splendides les tables consacrées aux dieux. Naguère on n'osait tirer le vieux Cécube du cellier paternel, quand une reine, dans le délire de ses espérances et l'enivrement de sa fortune, avec une infâme troupe d'esclaves flétris et mutilés, rêvait follement la chute du Capitole et les funérailles de l'empire. Rêve détruit avec sa flotte ! Elle voit à peine un seul de ses vaisseaux échapper aux flammes. Son âme, exaltée par le vin, retombe dans une réalité pleine de terreurs ; elle fuit, elle vole loin de l'Italie, et César Octave la presse sur les mers comme l'épervier une faible colombe ou comme le rapide chasseur un lièvre à travers les neiges de la Thessalie : César Octave veut enchaîner ce monstre fatal.

Mais, jalouse d'une plus noble fin, elle voit le glaive sans pâlir ; elle ne gagne point à force de voiles un rivage inconnu ; le front serein, elle ose visiter son palais en deuil ; elle ose manier d'affreux reptiles et en faire couler le noir poison dans ses veines ; plus fière que jamais de mourir libre, reine détrônée et toujours superbe, elle défie nos vaisseaux de l'emmener pour l'orgueilleux triomphe qui se prépare[26].

Cléopâtre meurt à l'âge de trente-neuf ans à la fin du 30 août 30 av. J.-C., selon le calendrier julien, après avoir régné vingt-deux ans, et gouverné avec Antoine plus de quatorze. Antoine avait à sa mort cinquante-trois ans suivant les uns et, selon les autres, cinquante-six. Tel est le sobre bulletin de décès écrit par Plutarque dans son *Antoine*.

# La postérité de Cléopâtre

Cléopâtre, morte, reste toujours présente à travers non seulement sa réputation de femme d'exception dont tout le monde parle à Rome et qui déjà fascine les historiens et les poètes de son temps, mais encore à travers ses enfants, qui sont de son sang et qui peuvent un jour revendiquer les droits héréditaires d'un pouvoir qu'ils estimeraient légitime. César Octave ne l'ignore pas et s'en soucie fort. Il a appris la fuite de Césarion, intronisé souverain officiel de l'Égypte par Antoine, trois années auparavant. Son précepteur Rhodon qui l'accompagne reçoit un ordre de César Octave de revenir immédiatement à Alexandrie avec son pupille. Rhodon ne peut ignorer que cet ordre sera suivi immanquablement de l'exécution sommaire du jeune prince que Cléopâtre l'a chargé de protéger :

Rhodon, digne émule de Théodore [qui a livré son élève Antyllus aux couteaux des tueurs d'Octave], persuade le malheureux Césarion de retourner à Alexandrie où César Octave le rappelle, lui dit-il avec fourberie, pour lui donner le royaume d'Égypte. César Octave délibère sur le sort à réserver au jeune homme ; et l'on prétend qu'Aréios [le philosophe qui a fait son entrée avec César Octave dans la capitale de l'Égypte] lui dit : « Il n'est pas bon qu'il y ait plusieurs César ! » Ce vers était une parodie de celui d'Homère, dans l'*Iliade*, au livre II : « Avoir trop de chefs ne vaut rien ; qu'un seul soit chef, qu'un seul soit roi...[1] »

Il ne déplaît sans doute pas à César Octave d'avoir l'appui d'un philosophe pour décider alors de faire égorger Césarion sans plus tarder, éliminant ainsi le fils légitime de César, alors que lui, Octave, n'en est que le fils adoptif.

D'autres crimes de ce genre n'allaient-ils pas suivre, puisque vivaient encore les deux jumeaux d'Antoine et de Cléopâtre, Alexandre Hélios et Cléopâtre Séléné, âgés d'à peine dix ans ? Il semble que leur jeune âge les ait sauvés, César Octave jugeant que des enfants n'étaient certainement pas redoutables. Mais, pour bien montrer que leurs parents appartiennent déjà à un passé honni, il fait abattre les statues d'Antoine. Celles de Cléopâtre restent toutefois debout : Archidamos, qui a été son ami, ayant donné mille talents à César Octave afin qu'elles ne subissent pas le même sort que celles d'Antoine. Reste aussi la question des otages, de tous ces rois et de quelques hauts personnages romains qui ont fait cause commune avec Antoine. César Octave se montre plutôt clément et les renvoie dans leurs foyers, marie tel ou tel et en retient certains prisonniers :

Il livre volontairement Jopata au roi de Médie, qui, après sa défaite, s'est réfugié auprès de lui. Toutefois il refuse de remettre à Atarxès ses frères, bien qu'il les ait réclamés, parce qu'il avait tué les Romains restés en Arménie. Aux Égyptiens et aux Alexandrins il accorde un pardon si complet que personne n'est exécuté. Il est vrai qu'il n'a pas cru convenable, attendu leur nombre et les services rendus par eux aux Romains en maintes circonstances, de prendre à leur égard aucune mesure de rigueur[2].

Les statues et œuvres d'art qu'Antoine et Cléopâtre ont pillées dans les villes conquises du Proche-Orient pour en orner Alexandrie sont restituées en partie aux cités ainsi spoliées mais quelques-unes prennent aussi le chemin de Rome, du Capitole ou du Forum. César Octave, futur empereur Auguste, n'est point à l'évidence comparable à Antoine, si attaché aux biens de ce monde. Il paraît avoir eu moins qu'on ne le prétend la passion du luxe, puisque, après la prise d'Alexandrie, il ne se réserve, de toutes les richesses des rois, qu'une coupe murrhine et fond toute la vaisselle d'or utilisée par Cléopâtre pour un usage banal et quotidien. César Octave, qui doit payer ses troupes et ses vétérans qui l'ont servi depuis plusieurs années dans ces campagnes militaires lointaines, a pourtant un urgent besoin d'argent. Même s'il est personnellement plus désintéressé qu'Antoine, il est heureux de trouver le trésor intact des Lagides :

Il fait main basse sur l'argent en grande quantité dans la demeure royale, car Cléopâtre, en enlevant toutes les offrandes, même celles des temples les plus saints, a accumulé des butins pour les Romains en leur épargnant la souillure de la profanation. Une grande quantité aussi est réquisitionnée aux dépens de chacun de ceux qui sont accusés d'un délit. De plus, tous ceux auxquels on ne peut adresser aucun reproche particulier doivent donner deux douzièmes de leurs biens[3].

Autrement dit, les Alexandrins sont lourdement taxés pour alimenter les caisses de l'État romain :

Le produit de ces impôts sert à payer à tous les soldats les sommes qui leur sont dues : ceux qui se trouvent aux côtés de César Octave reçurent en outre deux cent cinquante drachmes par tête pour ne pas piller la ville. Ceux qui ont des dettes sont absous de toutes, et ceux des sénateurs et des chevaliers qui ont pris part à la guerre obtiennent de fortes gratifications : en un mot, les butins de la reine servent à enrichir l'Empire romain et à orner ses temples[4].

Les trésors de l'Égypte, venus par voie maritime et bien vite distribués dans tous les ports d'Italie, auront un effet pervers et seront à l'origine d'une sorte de crise économique qui aurait certes bien réjoui Cléopâtre si elle l'avait appris. Il circule en effet dans toutes les parties de la ville de Rome une telle quantité d'argent que les propriétés augmentent de prix et que les intérêts, qu'on payait volontiers une drachme, descendent désormais au tiers de ce dernier :

Le trésor royal, transporté à Rome d'Alexandrie, y répandit une telle abondance de numéraire que l'intérêt de l'argent y fut aussitôt diminué et les prix des terres augmentés[5].

Mais César Octave, certainement fort bien conseillé par des économistes, prête alors gratuitement, et pour un temps déterminé, de l'argent à ceux qui peuvent répondre de celui-ci pour le double, sans doute au moyen d'hypothèques. Malgré ces mesures, il y eut certainement des Romains ruinés par l'or de la reine d'Égypte qui empoisonna quelque temps encore les finances romaines...

César Octave, ayant bien compris qu'il ne doit pas heurter de front la susceptibilité nationaliste des Égyptiens, entreprend une tournée en Égypte pour se faire reconnaître pacifiquement comme le nouveau maître. Tous les historiens de l'Antiquité remarquent qu'il a la finesse de laisser intactes, du moins en apparence, les institutions des Lagides mises en place par Alexandre le Grand. Il souhaite montrer qu'entre lui et les Ptolémées qui l'ont précédé, il existe une continuité non seulement dynastique, institutionnelle, mais encore religieuse. Il accepte d'être divinisé selon les coutumes des pharaons et sa titulature officielle à cet égard est exemplaire. Il est « le bel enfant, chéri pour son amabilité, prince des princes, roi de la Haute et Basse-Égypte, souverain des deux pays, autocrate, fils du Soleil, maître des diadèmes, César, éternellement vivant et chéri de Pthah et d'Isis ». Quand on songe qu'Antoine avait été honni par les Romains pour s'être fait diviniser sous l'influence de Cléopâtre, elle-même parèdre d'Isis, on reste quelque peu pantois face à ce retournement du nouveau César, mais admiratif devant sa manière de ménager les Égyptiens par cette concession faite aux traditions des monarchies hellénistiques.

Le culte de César Auguste en Égypte — on peut à présent lui donner cette titulature par laquelle il est entré définitivement dans l'histoire — prend une grande importance, comme en témoignent des découvertes et des inscriptions archéologiques. Sur la stèle funéraire d'un certain Pscamon est indiqué que celui-ci fut nommé « prophète de César, la première année de l'empereur César, dieu fils de dieu, du grand dieu des étrangers ». On raconte même qu'un temple que Cléopâtre avait commencé à faire bâtir pour le culte d'Antoine fut annexé pour celui de César Octave.

L'Égypte devenue une province romaine, César Octave en confie le gouvernement à Cornélius Gallus. Il définit un certain nombre de règles drastiques à l'encontre de ce pays qu'il sait remuant et dont le règne de Cléopâtre lui a prouvé qu'il était peu maniable. Il n'ose certes pas, vu la nombreuse population de ses villes et de ses territoires, la facilité et la légèreté des mœurs de ses habitants, son commerce de blé et sa richesse, non seulement le confier à un sénateur mais même accorder la permission d'y voyager sans une autorisation nominative de lui-même. Il craint en effet que les sénateurs romains, qui ont si souvent donné l'exemple de la prévarication et du pillage, n'éprouvent trop de tentations au contact de cette province particulièrement opulente.

Tacite, dans ses *Annales*, va même jusqu'à affirmer que César Octave craint que si des sénateurs s'installent en Égypte, ils ne deviennent de nouveaux Antoine, et ne fassent sécession. Ils risqueraient alors d'affamer l'Italie en s'emparant de cette province au moyen de quelques places qui sont les clefs de la terre et de la mer et que des troupes réduites pourraient défendre contre de grandes armées. C'est pourquoi Cornélius Gallus n'est pas un sénateur, mais appartient à la classe beaucoup moins dangereuse des chevaliers. Toujours selon Tacite, mais cette fois-ci dans son *Histoire*, cette règle édictée par César Auguste demeurera, et l'Égypte sera confiée à de simples chevaliers romains qui feront office de souverains.

Pourtant César Auguste se méfie tout autant des Égyptiens : « Il n'accorde pas à ceux-ci la faculté de devenir sénateurs à Rome. Il ordonne que les peuples de ces contrées se gouverneraient chacun séparément, et les Alexandrins sans l'assistance de sénateurs, tant il condamne leur excessive inconstance [...]. L'Égypte est asservie[6]. » Un historien latin dit mieux : « Elle est séquestrée par César Auguste[7]. »

Comme à l'accoutumée, cette soumission de l'Égypte par les Romains, alors que la reine Cléopâtre a refusé de s'y prêter avec une persévérance à laquelle on peut rendre hommage, est confirmée par des prodiges initiés par les dieux, prodiges dont les Romains raffolent, parce qu'ils justifient toujours leur politique, même la moins avouable, et leur permettent de se prévaloir de l'autorisation suprême des divinités célestes :

Il plut non pas de l'eau seulement dans une contrée où jamais on n'en sentit une goutte, mais même du sang. Ces pluies tombèrent des nues et en même temps on y vit paraître des armes. On entendit de part et d'autre des tambours et des cymbales ainsi que des éclats de flûtes et de trompettes ; un serpent d'une grandeur extraordinaire, qui se montra tout à coup, poussa des sifflements indicibles. Dans le même temps, on vit apparaître des comètes et des fantômes ; les statues des dieux prirent un air triste. Apis poussa des mugissements plaintifs et répandit des larmes[8].

Ayant pacifié l'Égypte, sans susciter de révoltes majeures, César Auguste, avant de quitter ce pays, visite le corps d'Alexandre et le touche de manière, dit-on, à lui briser une partie du nez. Quant aux corps des Ptolémées que les Alexandrins, dans leur empressement, veulent lui montrer, il refuse de les voir : « J'ai désiré voir, dit-il, un roi et non des morts. » Marquant bien ainsi la rupture. « C'est pour le même motif qu'il ne souhaite pas se rendre auprès d'Apis, disant "qu'il a coutume d'adorer des dieux et non des bœufs"[9]. »

Une fois achevé la réorganisation de l'ancien royaume de Cléopâtre, César Auguste quitte Alexandrie pour la Syrie afin d'y établir ses quartiers au cours de l'hiver 30-29 av. J.-C. et de pacifier ou d'apaiser s'il en était besoin un Proche-Orient qui a vécu longtemps sous la férule de Cléopâtre et les pressions politiques d'Antoine. Lors de cette tournée, il est accompagné par le roi Hérode, qui jouit d'un certain prestige :

César Auguste lui-même et les soldats estiment que le royaume d'Hérode est bien étroit, en proportion des sacrifices qu'il a faits pour eux. Aussi, lorsque César Auguste parvient en Égypte après la mort de Cléopâtre et d'Antoine, non seulement il amplifie le nombre des honneurs dus à Hérode, mais il agrandit encore son royaume en lui rendant les territoires que Cléopâtre s'était appropriés : il y ajoute Gadara, Hippos et Samarie : en outre, sur le littoral, Gaza, Anthédon, Joppé et la tour de Straton. Il lui donne, enfin, pour la garde de sa personne, quatre cents Gaulois qui ont d'abord été au service de Cléopâtre[10].

Quelle revanche pour Hérode, qui participe avec son ennemi d'hier au démembrement de l'empire que Cléopâtre s'était octroyé à son détriment !

César Auguste continue sa tournée en Asie, s'installe un moment à Samos et négocie avec les Parthes. Rome est tellement soulagée par l'armistice qui résulte de ces pourparlers qu'elle éprouve pour César Octave une immense reconnaissance :

On décide que celui-ci sera inscrit dans les hymnes à côté des dieux, qu'une tribu sera, de son nom, appelée Julia, que, dans tous les jeux, il fera usage de la couronne triomphale, que les sénateurs qui ont vaincu avec lui l'accompagneront en laticlave pour former son cortège, que le jour de son entrée dans Rome sera célébré par des sacrifices du peuple entier et à jamais regardé comme sacré, enfin qu'il élira des prêtres hors nombre tant et toutes les fois qu'il lui plaira[11].

Il apporte enfin une solution aux problèmes de l'Arménie, pays limitrophe de celui des Parthes et stratégiquement capital.

Où qu'il se rende, César Auguste est considéré désormais sans contestation comme le maître absolu, et tout le monde se loue que Cléopâtre, dont on a craint pendant des années la rapacité, ait été éliminée. Les Romains se félicitent que le centre du pouvoir, qui a failli basculer de l'Occident vers l'Orient, de Rome vers Alexandrie, revienne à nouveau à la capitale de longue date de l'ensemble du monde méditerranéen.

C'est en 29 av. J.-C., au cours du mois qui devait prendre le nom d'août en l'honneur d'Auguste, nouveau titre de César Octave, que ce dernier fait son entrée triomphale à Rome :

César Auguste, trois fois triomphant, entre porté sur son char dans les murs de Rome, et, payant aux dieux de l'Italie, l'immortel tribut de ses vœux, consacre dans la ville trois cents des plus vastes temples. Rome entière retentit des cris de joie, du bruit des jeux, des applaudissements de la foule. Dans tous les temples ce ne sont qu'autels dressés, chœurs des matrones romaines ; partout devant les autels des taureaux immolés jonchent le sol de leurs dépouilles sanglantes. Sur le seuil éblouissant de marbre et d'albâtre du temple d'Apollon, César Auguste, du haut de son trône, recueille les présents des peuples et en décore les superbes portiques du dieu. On voit s'avancer la longue file des nations vaincues, aussi diverses par leur langage que par leurs vêtements et leurs armes[12].

La procession triomphale des peuples soumis qui se traînent derrière le char de César Auguste n'est point non plus oubliée :

Celui-ci, le premier jour, fête ses victoires sur les Pannoniens et les Dalmates, sur la Iapydie et les peuplades voisines, sur des peuplades celtes et gauloises. C. Carinas, en effet, a dompté les Morins et quelques autres qui ont pris part à leur soulèvement, et a repoussé les Suèves qui ont passé le Rhin à main armée : ces exploits lui valent le triomphe, bien que son père, ayant été mis à mort par Sylla, il ait été, avec ses pareils, déclaré interdit d'exercer jamais aucune charge. César Auguste prend part au même triomphe, parce que l'honneur de la victoire remonte de droit à son autorité suprême. Tel est donc, le premier jour, l'objet de la fête ; le second, c'est la victoire navale d'Actium, et le troisième, la soumission de l'Égypte. La pompe des autres triomphes est rehaussée par les butins de ce pays (on en avait assez ramassé pour suffire à tous).

Mais le plus somptueux et le plus remarquable est le triomphe sur l'Égypte. On y porte, entre autres objets, une Cléopâtre sur un lit, dans une attitude qui imite celle de sa mort, en sorte qu'elle aussi on la voie, avec les autres captifs, avec Alexandre Hélios et Cléopâtre Séléné, ses enfants, figurer pour ainsi dire dans cette pompe. Ensuite César Auguste, s'étant avancé sur son char à la suite de ces divers objets, s'acquitte des cérémonies prescrites par la loi, mais il laisse de côté le consul son collègue et le reste des magistrats qui, contrairement à l'usage établi, le suivent avec les autres sénateurs, compagnons de sa victoire : la coutume voulait, en effet, que les premiers marchassent en tête et les seconds à la suite du cortège[13].

Aux deux enfants que Cléopâtre a eus d'Antoine, il convient d'en ajouter un troisième, le tout jeune Ptolémée Philadelphe, âgé de sept ans, qui figure également au triomphe de César Auguste.

Certes, on peut se douter que le triomphateur de ces journées entre le 13 et le 15 août 29 av. J.-C. aurait préféré traîner derrière lui la reine vivante, quitte à exercer ensuite sa clémence. Quelle revanche alors pour Rome, humiliée par l'Égyptienne pendant tant d'années ! À cette fête s'ajoute le spectacle du Nil, le symbole de l'Égypte défaite et de Cléopâtre déchue et morte, « Nil dont les eaux captives coulent languissamment dans leurs sept canaux au milieu des murs de Rome[14] ».

Ce triomphe est une fête joyeuse et libre de tout un peuple qui a saisi qu'il tient désormais les rênes de l'ensemble du monde connu. Des anecdotes fourmillent qui témoignent du climat festif qui règne à Rome après tant d'années de guerres civiles ininterrompues :

Lorsque César Auguste revient triomphant, après la victoire d'Actium, parmi ceux qui viennent le féliciter, se présente un individu qui lui offre un corbeau qu'il a dressé à dire ces mots : « Salut, César, victorieux empereur. » Auguste, agréablement surpris, achète l'ingénieux oiseau vingt mille sesterces. Un camarade du précepteur de l'oiseau, auquel il n'est rien revenu de cette libéralité, dit à l'empereur qu'il a encore un corbeau semblable à celui-là. Auguste demande qu'on le lui amène. Quand l'oiseau est mis en sa présence, il récite les mots qu'on lui a appris : « Salut, Antoine, victorieux empereur[15]. »

C'est la « gaffe », mais il paraît qu'elle fit sourire César Auguste !

César Auguste, qui a fait égorger Césarion et Antyllus, se trouve, au lendemain de son triomphe sur Cléopâtre, confronté aux problèmes politiques posés par les enfants qu'Antoine a eus de Fulvie, d'Octavie et de la reine d'Égypte, après l'extinction de la dynastie des Lagides et la transformation de l'Égypte en province romaine. La sœur de César Auguste a en effet pris en charge toute cette progéniture avec cette abnégation et ce dévouement gratuits dont elle est capable et qui avaient irrité si fort Antoine autant qu'ils avaient suscité de jalousie chez Cléopâtre.

La descendance d'Antoine est en effet imposante et elle comptera dans l'histoire. Sait-on qu'Antonia, l'aînée des deux filles qu'Antoine a eues de Fulvie, en épousant un jour Domitius Ahenobarbus, devait devenir la grand-mère de Néron ? Sait-on aussi qu'Antonia, la cadette, épousera Drusus, frère de Tibère, et deviendra la mère de Germanicus, tant aimé des Romains, promis aux plus hautes destinées avant de périr prématurément lors de sa lutte contre les Germains ? De son précédent mariage avec sa cousine Antonia, Antoine a eu également une autre Antonia qui a épousé, du vivant de son père, Pythodore de Tralles. De ce mariage est né Pythodoris, épouse de Polémon, roi du Pont, puis de Archélaos Sisinès, roi de Cappadoce, par la volonté de son beau-père en personne. Enfin, il y a Julius Antonius, fils cadet de Fulvie et d'Antoine, qui entre aussi dans l'histoire, mais d'une manière tragique : époux de Marcella, fille de Marcellus, premier mari d'Octavie, il devait devenir l'amant de Julie, fille d'Auguste, et périr en 2 av. J.-C. pour avoir ainsi compromis la famille impériale.

Restent les jumeaux d'Antoine et de Cléopâtre, Cléopâtre Séléné et Alexandre Hélios, ainsi que le petit dernier, Ptolémée. Ces deux garçons devaient mourir fort jeunes, apparemment de mort naturelle, ce qui sans doute soulagea fort César Auguste.

La dernière survivante du couple Cléopâtre-Antoine, la jumelle désormais seule, est aussi élevée par Octavie. La fillette est tout de même de sang royal et descendante d'un des diadoques d'Alexandre le Grand. Elle peut être assurée qu'il ne lui sera fait aucun mal et qu'elle ne court aucun danger. Lorsqu'elle atteint l'âge de douze ans et sans doute d'une nubilité précoce, comme tant de femmes orientales, Octavie, à l'instigation de son frère, songe à la marier. On pense donc à lui faire épouser Juba, fils du roi de Numidie, petit domaine du centre de l'Afrique du Nord. Ce roi de Numidie, qui porte bien entendu aussi le nom de Juba, allié de Pompée et de ses fils, a en effet été vaincu à Thapsus par César en 46 av. J.-C. et il s'est suicidé, tout comme Antoine et Cléopâtre, pour échapper à l'humiliation du triomphe de César. C'est donc son jeune fils Juba qui, tout comme Cléopâtre Séléné et son frère Alexandre Hélios quinze années plus tard environ, figure, à la place de son père, dans le cortège des vaincus de César. Juba, resté à Rome, a été éduqué et élevé comme un Romain pour lui faire perdre toute trace de « barbarie » et l'assimiler. Il est devenu, encore tout jeune homme, un grand érudit. Devant un homme aussi policé, mais de souche africaine, Auguste songe qu'il y aurait avantage à replacer sur le trône de Numidie un prince aussi parfaitement assimilé à la civilisation romaine et de le marier avec la dernière descendante des Lagides et des Ptolémées. Ce qui est fait en 28 av. J.-C. Le couple traverse la Méditerranée et s'installe à Cirta, capitale de la Numidie, qui deviendra Constantine.

Quelques années plus tard, le 22 août 25 av. J.-C., l'empereur Auguste constate que le royaume de Maurétanie n'est plus gouverné depuis longtemps. En effet Bocchus, qui en a pris les rênes, est mort en 33 av. J.-C. après avoir embrassé la cause de

César Octave. Bogud, son successeur, mort deux ans plus tard, a choisi le parti d'Antoine. Aussi Auguste, pour clarifier la situation, décide-t-il d'unir la Numidie à la Maurétanie, qui restait sous protectorat romain, et d'en confier l'entière souveraineté à Juba, qui prend alors le titre de Juba II, et à Cléopâtre Séléné.

Le couple quitte donc sa résidence de Cirta pour s'installer au-delà de Saldae, limite orientale de leur nouveau domaine. Les époux choisissent pour capitale un vieux port phénicien, Iol, à quatre-vingt-dix kilomètres à l'ouest de l'actuelle Alger. Ce port est protégé par une petite île qui rappelle à la fille de Cléopâtre l'île de Pharos et son immense phare.

En une vingtaine d'années, ils font de cette petite bourgade de pêcheurs, certes sans ménager les dépenses d'apparat, mais avec leur bon goût formé à la civilisation gréco-romaine, en y ajoutant une dimension orientale et africaine originale, une magnifique métropole, peuplée de quelque cent mille habitants, chiffre énorme à l'époque. Il donne à cette cité grandiose le nom de Julia Césarée, en l'honneur de leur protecteur César Auguste, qui, par le jeu de l'étymologie arabisée, devait prendre plus tard le nom de Cherchell (Késaré, Kerkell). Comme l'écrit un annotateur de *Description de la Terre* de Pomponius Mela, au XIX^e^ siècle, « il existe encore à Cherchell d'importantes ruines : les murailles, les citernes, les portes, les aqueducs et les restes du port antique, restes qui ne peuvent avoir appartenu qu'à une ville importante, telle que devait être la capitale du roi Juba ».

Comme Juba est un érudit et un homme de culture, il fait doter la capitale du royaume de Maurétanie, sous l'influence évidente de son épouse, d'un musée qui prend le nom gréco-égyptien d'Isaeon. Juba y expose, pendant tout son règne, et au cours de ses longues années de chercheur, des curiosités archéologiques, naturelles et humaines sur l'Arabie dont il est devenu le spécialiste :

> Juba, qui le premier régna sur l'une et l'autre Maurétanie et qui est encore plus célèbre pour ses travaux littéraires que pour sa royauté collabore à un immense Atlas. Il y avait une herbe, appelée euphorbe, du nom de son médecin qui en fit la découverte. Il fait l'éloge du suc laiteux de cette plante comme propre à éclairer la vue et à combattre la morsure des serpents et toute espèce de venin. Il a consacré un volume particulier à ce sujet[16].

On peut se demander si l'intérêt de Juba sur la manière de soigner les venins de serpent ne lui a pas été dicté par son épouse, assez âgée en l'année 30 pour savoir comment est morte sa mère. Cléopâtre fut très intéressée, comme l'a raconté Plutarque, par le poison des serpents, et, on l'a vu, particulièrement par ceux qui entraînent vers le trépas sans souffrance. Bon sang ne saurait mentir…

Juba se préoccupe aussi de rechercher, et ce n'est pas innocent, étant donné les origines de Cléopâtre Séléné, les sources du Nil, comme le rapporte également Pline l'Ancien. De même qu'il étudie le périple de Néarque, le commandant de la marine d'Alexandre le Grand auquel, à l'évidence, sa femme voue un véritable culte, et se penche sur la géographie de l'Arabie, sur celle de l'Éthiopie et sur celle de toute la côte africaine de la Méditerranée, sans oublier la flore et la faune de cette région. Toujours selon Pline, il fait venir du Nil un crocodile qui est consacré dans le temple d'Isis à Césarée. Pour ses travaux et pour le prestige de sa ville, Juba fait également construire une bibliothèque, qui a l'ambition d'être tout aussi importante que celle d'Alexandrie, mise à mal et à demi incendiée, du temps des Ptolémées, au cours de la guerre civile qui a opposé César et Cléopâtre aux Alexandrins. Mais les mauvaises langues prétendent que ce haut lieu de la culture en Afrique du Nord contenait certes des livres rares, mais pour beaucoup fabriqués par des faussaires.

Le plan de la cité a été conçu selon les principes de l'urbanisme hellénistique. La ville est entourée d'une enceinte, la plus vaste du monde à l'époque, avec un mur continu de plus quatre kilomètres. Cette cité monumentale a une superficie de trois cent soixante-dix hectares et un front de mer dominé par un rempart. Mais Juba a su mettre une touche d'urbanisme proprement romain en faisant bâtir un théâtre qui, avec celui d'Utique, est le plus ancien d'Afrique du Nord et un des plus anciens de la Méditerranée occidentale, contemporain même du théâtre de Marcellus à Rome. Juba fait également édifier un amphithéâtre, assez vaste pour donner des spectacles de combats de fauves et de gladiateurs.

Si Cléopâtre Séléné, comme on l'a vu, a imprimé déjà la marque de ses origines gréco-égyptiennes sur quelques monuments de Césarée, il apparaît, à travers plusieurs indices fort éloquents, qu'elle n'a point oublié la gloire de sa mère et celle de son pays natal pour lesquels elle éprouve toujours regrets et nostalgie.

Déjà, les monnaies qu'elle a fait frapper en Numidie la représentent, intentionnellement, c'est-à-dire sur son ordre, avec le titre de reine Cléopâtre, titre que portait sa mère. Sur les monnaies du royaume de Maurétanie, elle est entourée des symboles si chers aux Égyptiens, aux Lagides et à sa mère, le crocodile, la vache Hathor, l'oiseau ibis. Sur certaines pièces, on y voit gravée la lune pour bien rappeler que la fille de la grande Cléopâtre porte le nom de Séléné, la déesse grecque de la Lune, et qu'elle peut être considérée par cette filiation céleste comme d'essence divine et sacrée, elle qui aurait dû être, selon la tradition pharaonique, l'épouse de son frère Alexandre Hélios, c'est-à-dire Soleil, si ce dernier n'était pas mort prématurément.

Il est tout à fait étrange que Cléopâtre Séléné ait eu le droit et le privilège de battre monnaie pour son seul compte, comme l'avait fait jadis sa mère. Un droit, on peut en être sûr, qu'Auguste, en bon prince indulgent et clément, lui a accordé et que son époux, plongé dans ses études, ne lui conteste pas.

D'autres pièces de monnaie sont encore plus parlantes, puisque les époux sont représentés ensemble, mais Juba a droit à une inscription latine et Cléopâtre Séléné à une inscription grecque, la langue officielle de la dynastie de sa mère, ne serait-ce que pour bien montrer la différence entre les deux membres du couple, différence à l'avantage de la fille de Cléopâtre. Il est sûr que celle-ci a dû éprouver quelque fureur à partager le lit d'un homme qu'elle devait considérer comme un Barbare. Cette double inscription révèle donc certainement une discorde intestine que perpétuait le couple royal, avec cette obstination de la fille de Cléopâtre à raviver ses souvenirs d'enfance et ceux de sa mère, montrant ainsi qu'elle se considérait comme reine par droit de naissance et non par son mariage ou par la grâce de l'empereur Auguste qu'elle ne tint jamais pour son bienfaiteur, mais certainement, intérieurement, pour son ennemi, étant celui qui avait poussé sa mère au suicide et l'avait elle-même humiliée, en la faisant figurer à l'âge de onze ans dans son triomphe sous les huées de Rome.

Il y a quelque chose de pathétique dans cet acharnement et dans cette nostalgie de la fille de Cléopâtre à reconstituer un royaume dont elle se dit souveraine, avec une capitale célébrée dans toute l'Antiquité comme une petite Alexandrie. En Afrique du Nord, Cléopâtre Séléné a trouvé une façon et une raison de se délivrer et de se délier, autant que faire se peut, de ses relations avec Rome, l'ennemie, et de retrouver ses racines orientales et africaines.

Autre signe qui montre bien que Cléopâtre Séléné est décidée à perpétuer le souvenir de sa mère et celui de ses origines, ce sont les deux enfants qu'elle aura de Juba II. Au fils elle donne le nom égyptien, ou du moins hellénistique, de Ptolémée et à la fille celui, romain, de Drusilla, le même que celui de Livie, épouse de l'empereur Auguste. Tacite, Suétone et Flavius Josèphe ont chacun pour leur part tenté de signaler quelle fut la destinée de cette petite fille de Cléopâtre. Tacite affirme, dans ses *Histoires*, qu'un certain Antonius Felix, affranchi d'Antonia, la mère de Claude, devenu procurateur de Judée, vers l'an 52, avait épousé Drusilla, petite-fille de Cléopâtre et d'Antoine, en sorte qu'Antoine se trouvait être à la fois et l'arrière-beau-père de ce Felix et l'aïeul de Claude. Elle aurait péri dans l'éruption du Vésuve en 79, fort âgée certainement. Peu importent les généalogies hypothétiques sur cette femme qui n'eut pas de postérité connue. Elles se contredisent. Mais, en même temps, elles montrent que, devenue un sujet de débat, Cléopâtre est en train d'accéder à une dimension mythique, grâce à la volonté et à la résolution de sa fille Cléopâtre Séléné.

Cette dernière, toujours hantée par son passé, se fait construire de son vivant un magnifique mausolée dont les ruines, connues sous le nom de Qbour Roumia — c'est-à-dire tombeau de la Chrétienne —, se dressent encore à quelques kilomètres à l'est de Tipaza sur une crête des collines du Sahel, dominant la plaine de la Mitidja, à quelque deux cents mètres d'altitude. Il est destiné à être le tombeau collectif de la dynastie égypto-maurétanienne. Lorsque ses vestiges sont fouillés en 1865, le monument est reconstitué selon son plan antique par les archéologues : il avait trente-trois mètres de hauteur et soixante-quatre de diamètre. La forme générale est celle d'un tombeau circulaire, semblable à une énorme meule de foin, posé sur une large base carrée, avec colonnes et chapiteaux ioniques. Les aménagements intérieurs — tels les caveaux, les dalles, les portes — rappellent ceux des pyramides égyptiennes. Il est émouvant de penser que, jusqu'à sa mort, Cléopâtre Séléné ne voulut jamais admettre qu'elle était la protégée et la vassale de l'empereur Auguste et de son empire, et que sa vie fut une continuelle et sourde protestation contre les Romains, tout comme une affirmation de son identité égyptienne et grecque. C'est grâce à sa fille que le mythe de Cléopâtre s'est entretenu et a perduré.

Au IIIe siècle de notre ère, Zénobie, la reine de Palmyre, se vantera d'être de la race des Cléopâtre et des Ptolémées, ce qui en dit long sur la hantise et la fascination que suscitent Cléopâtre et sa descendance ; une femme ose se réclamer de la reine d'Égypte deux cent cinquante ans après sa mort et de son aspiration à dominer ce qui restera toujours dans l'histoire et jusqu'à nos jours le Croissant fertile.

Cléopâtre Séléné meurt donc autour de la quarantaine, vers 4 av. J.-C. Juba, devenu veuf, semble s'être remarié en 2 ap. J.-C. avec la fille de Glaphyra, une ancienne maîtresse d'Antoine — comme si le roi de Maurétanie était attiré, peut-être inconsciemment, par tout ce qui concernait sa belle-mère et son beau-père — qu'il a certainement connue, tout enfant, lorsqu'il résidait à Rome après 46 av. J.-C. et que la reine d'Égypte y séjournait. Il se trouve en plus que cette Glaphyra II était aussi la fille d'Archélaüs, ami d'Antoine, et roi de Cappadoce. Mais ce mariage, sans doute plus politique que sentimental, ne dura pas. Comme elle ne figure sur aucune médaille de la Maurétanie, il est probable qu'elle ne connaîtra même pas le royaume de son éphémère époux. Cléopâtre Séléné, par le poids du symbole qu'elle porte, est devenue, jusqu'après sa mort, une sorte de statue du Commandeur avant la lettre, celle qui rappelle sans cesse le souvenir de sa mère Cléopâtre, impossible à éviter.

On peut donc dire qu'à partir de la première année de l'ère chrétienne, Cléopâtre Séléné ne sera jamais remplacée en Maurétanie. Rien ne vient faire concurrence aux souvenirs glorieux des Lagides dont l'auréole ceint à présent la tête du jeune Ptolémée, petit-fils de la grande Cléopâtre. Ce fils, même du vivant de son père, est représenté sur les monnaies la tête couronnée par le diadème des rois hellénistiques. Tout comme au temps des Lagides, de sa grand-mère et de sa mère, il porte le nom de roi, montrant ainsi que Juba II le Latin associe son fils gréco-oriental à son pouvoir afin de perpétuer la fiction d'une union entre les deux dynasties, celle des Juba et celle des Lagides. Le petit-fils de Cléopâtre devait régner sur la Maurétanie après la mort de son père, en 23 ap. J.-C., jusque vers l'an 40 de notre ère.

Il n'était ni doué comme son père pour les travaux érudits, ni un stratège politique comme sa grand-mère, Cléopâtre. Il ressemblait plutôt à son grand-père, Antoine, pour sa paresse et son goût du luxe et de l'oisiveté. Bien qu'il fût confirmé dans sa souveraineté sur la Maurétanie, par Tibère, successeur d'Auguste, ses sujets n'apprécient guère les mœurs étrangères et dissolues de ce serviteur trop courtisan des Romains, ce que n'avait jamais été sa mère, et se révoltent contre lui sous la direction d'un certain Tacfarinas, un ancien auxiliaire des armées romaines, que Tacite, dans ses *Annales*, traite d'aventurier. Après une série de combats et d'escarmouches avec un chef de guerre qui manie fort bien la guérilla, c'est à Dolabella, sous le règne de Calligula, en 38 ap. J.-C., qu'il revient de mettre un terme à cette rébellion et de recevoir alors le secours des auxiliaires du roi Ptolémée qui jusque-là n'avait guère été efficace pour aider les Romains. Tacfarinas est vite vaincu, et il est poussé au suicide pour ne pas tomber vivant entre les mains de ses ennemis : « On récompensa les services de Ptolémée dans cette guerre. Une députation de sénateurs, renouvelant l'antique usage, lui porta les présents du Sénat, le bâton d'ivoire, la toge brodée, le titre de roi, d'ami et d'allié[17]. »

Mais, une fois de plus, l'histoire de Cléopâtre rattrape son petit-fils Ptolémée-Juba II. En effet, Dolabella, qui vient de vaincre la rébellion en Maurétanie, avait pour grand-père un Dolabella, l'un des meilleurs amis d'Antoine, comme on s'en souvient. Ainsi se noue une sorte de complicité entre le grand-père de Juba II et celui du général romain, par-delà le temps. En revanche, celui-ci est aussi parent de l'empereur Caligula. Ce dernier, par son père Germanicus, fils de Drusus et d'Antonia, est un arrière-petit-fils d'Antoine. Ce qui ne peut que déplaire à l'ombrageux empereur romain, proche de la démence. Il ne supporte pas que même au loin, en Maurétanie, un Ptolémée, et qui plus est un cousin par le jeu des généalogies, ose se prendre pour un roi. Caligula est l'arrière-petit-fils d'Antoine, et Ptolémée, son petit-fils.

Pourtant, les relations entre Ptolémée et Caligula n'ont pas été mauvaises au début du règne de celui-ci, en 38 ap. J.-C. Elles sont même construites sur une plaisanterie commune :

L'empereur envoie dire un jour, par un centurion, à un chevalier romain qui fait du tapage (ce que ne supporte pas Caligula) de partir sur-le-champ pour Ostie et de porter de sa part des dépêches au roi Ptolémée en Maurétanie. Il y a pour toute instruction dans cette lettre : « Ne faites ni du mal ni du bien à celui que je vous envoie[18]. »

Sans doute est-ce pour punir ce chevalier qui se gonfle un peu trop d'importance et qui de cette façon est ravalé au rang d'un dupé.

Caligula n'ignore pas non plus que Ptolémée est riche et que sa capitale de Césarée-Cherchell possède d'immenses trésors. L'empereur rêve de se les approprier :

Il lui demande de venir à Rome et l'accueille fort bien ; mais un jour qu'il donne des jeux, il le fait tuer inopinément, pour le seul crime d'avoir, en entrant au spectacle, attiré sur lui tous les regards, grâce à l'éclat de son manteau de pourpre.[19]

Quoi, Jubua II a osé porter les insignes des souverains romains dans l'empire ? Cette sorte d'usurpation vestimentaire a été insupportable à l'empereur. Tuer inopinément ? En réalité, il le fait aussitôt dégrader et chasser, avant qu'il ne tombe sous les armes de ses tueurs. Caligula, sans doute tout heureux d'avoir fait tuer un homme aussi riche, se croit riche lui-même et, assemblant le peuple, lui jette d'un lieu élevé quantité d'argent et d'or, dont le pillage cause la mort de nombreuses personnes, parce que, affirment plusieurs historiens, de petits morceaux de fer ont été mêlés aux pièces de monnaie…

Ainsi s'éteint la race des Lagides, et celle des Ptolémées, et le petit-fils de Cléopâtre qui laisse ses palais et ses trésors aux mains des Romains et le trône de Maurétanie en déshérence. Ptolémée n'aura pas de descendance de ses deux épouses ou du moins d'enfants légitimes ou illégitimes dont l'histoire aura retenu le nom. Il est sans doute stérile, et quel symbole pour la dynastie finissante des Lagides ! Un de ses affranchis, Ædemon, tente de le venger et de sauver le royaume de Maurétanie. Il est vaincu, et les biens de Ptolémée deviennent la propriété de Rome, tandis que des procurateurs impériaux romains administrent l'ancienne possession du dernier descendant de Cléopâtre qui sera divisée en deux provinces : la Maurétanie Césarienne et la Maurétanie Tingitane.

# Pour une réhabilitation de Cléopâtre ?

Si l'on en croit tous les historiens antiques de langue grecque romaine ou de langue hébraïque, si l'on veut se fier à tous les témoignages directs ou indirects qu'ils nous ont transmis, si l'on veut bien se référer aux documents qu'ils ont utilisés, la cause de Cléopâtre serait indéfendable. Tous les jugements sur la reine d'Égypte sont en effet négatifs. Rien ne saurait la racheter. Étrangère, donc barbare, Égyptienne, donc orientale, et en conséquence facilement assimilée à une envoûteuse, à une magicienne ou à une sorcière, sensuelle et luxurieuse jusqu'à en faire perdre la raison à ses amants, ambitieuse jusqu'à vouloir s'arroger tout un empire en Orient, avant sans doute de régner sur Rome et l'Occident, aimant l'or, l'argent et le luxe au point de les acquérir par le vol et la corruption — la litanie des reproches envers Cléopâtre est longue dans l'historiographie antique. La haine que cette femme a suscitée est unique dans le monde antique. Si l'on cherche des éléments de comparaison, il convient de se tourner vers la détestation du peuple français envers Marie-Antoinette, l'Autrichienne. Il est quelque peu étrange de constater qu'Esméralda, dans *Notre-Dame de Paris*, de Victor Hugo, est également une Égyptienne, et regardée en raison de cette origine comme une sorcière.

Le procès de Cléopâtre apparaît donc comme une cause entendue et la reine d'Égypte comme coupable. Mais imaginons un instant qu'un historien égyptien, contemporain de la reine, et ami de celle-ci, ou appartenant à sa cour, ait écrit une relation de son règne et que soudain l'archéologie nous restitue celle-ci, nous serions sans doute surpris par cette lecture qui nous donnerait un portrait nouveau de Cléopâtre, et sans doute fort favorable. Plaçons-nous avec cet historien égyptien imaginaire qui rédige sans doute en langue grecque dans le camp de la reine d'Égypte et considérons alors les Romains comme des adversaires, des concurrents et parfois des ennemis qu'il faut flatter, combattre ou séduire. Accusons les accusateurs romains de la reine égyptienne, retournons même leurs arguments.

L'impérialisme romain conquérant, aurait pu écrire cet historien familier de Cléopâtre, n'a cessé de menacer l'Égypte et sa souveraineté. Le père de Cléopâtre, Ptolémée Aulète, a été contraint, pour protéger l'indépendance de son royaume dont il était constitutionnellement le garant, de composer avec les Romains et de les soudoyer, connaissant leur goût immodéré pour l'opulence. Il a dû utiliser la ruse comme la prodigalité pour neutraliser la rapacité romaine et son désir de s'emparer de l'Égypte, riche terre, et du trésor fabuleux des Lagides. Il a eu d'autant plus de mérite à le faire qu'il n'était guère soutenu par son peuple et en particulier par les Alexandrins, ces nationalistes aussi ombrageux que brouillons dont l'agitation endémique et le goût pour les émeutes et les révoltes ne pouvaient qu'aggraver la position de leur roi face aux Romains, soucieux d'ordre. Ces derniers pouvaient trouver prétexte à ces désordres aux frontières de régions du Proche-Orient qu'ils contrôlaient, comme la Syrie ou la Libye, pour annexer une Égypte remuante et dangereuse.

Or, pendant les quelque trente années de son règne, le père de Cléopâtre a su préserver son lointain pays de la convoitise territoriale romaine. Il fut certes un courtisan des Romains, un prévaricateur, parfois même un assassin. Mais qui veut la fin veut les moyens, et l'historien égyptien imaginaire pourra plaider en sa faveur et demander l'acquittement, en lui décernant le titre de premier patriote. Enchaînant sur les années qui vont suivre la mort de Ptolémée Aulète, en 51 av. J.-C., et sur Cléopâtre, il lui sera aisé de démontrer que la reine d'Égypte, instruite par l'exemple de son père, a suivi la même politique, dans un moment encore plus périlleux, puisque le monde méditerranéen, depuis 49 av. J.-C. et le franchissement par César du Rubicon, jusqu'à la prise de pouvoir impérial par César Octave, devenu Auguste en 29 av. J.-C., fut en proie à vingt ans de guerres civiles.

Or il n'est point de guerre civile où l'on puisse rester neutre. La reine a dû choisir, confrontée, pour sa part, à deux guerres civiles, l'une, romaine, qui embrasait la Méditerranée entière, l'autre, égyptienne, qui l'opposait à son frère et à sa sœur. À y réfléchir, en s'alliant certes charnellement, mais aussi politiquement, à César, elle s'est arrêtée à la seule solution possible, celle qui, en effet, a continué à assurer à l'Égypte son indépendance, au prix certes d'assassinats, de mensonges, de machinations et d'expédients, qu'on lui a d'autant plus reprochés qu'elle était une femme et, pire, osait être une reine. Elle n'aurait pas été aussi vilipendée si elle avait été un homme. La misogynie romaine a joué aussi son rôle dans la manière dont Cléopâtre a été accablée. La xénophobie également. En s'alliant à Antoine dont le rêve oriental, comme ceux de tous les grands conquérants du monde, Napoléon y compris, est une constante dans l'histoire de l'Occident, elle a fait un choix dans la guerre civile qui, elle le savait bien, allait opposer son amant puis son époux à César Octave. Antoine, parce qu'il était fasciné par les Grecs, leurs mythologies, leurs enseignements, et par conséquent proche des conceptions hellénistiques du pouvoir propres aux Ptolémées, ne pouvait être que l'allié naturel de Cléopâtre, bien plus que César Octave dont le règne sous le nom d'Auguste montrera son attachement à la romanité la plus traditionnelle.

Les invectives haineuses des Romains et de leurs historiens à l'égard de Cléopâtre ne sont que des prétextes pour cacher une peur effroyable de Rome de se voir un jour détrôner de sa prééminence sur la Méditerranée par une autre ville, Alexandrie. Or Cléopâtre, en ce sens, avait quatre cents années d'avance et on peut même avancer qu'elle fut la prophétesse du monde à venir. Elle avait saisi, certainement intuitivement, que, selon l'expression de Corneille dans son *Sertorius*, Rome n'était plus dans Rome, que l'Occident se trouverait un jour détrôné par l'Orient, que les rapports de force basculeraient en faveur du second. Mais son erreur fut de croire qu'elle pourrait parvenir à accélérer cette marche inévitable de l'histoire, ce rééquilibrage du monde, sous son seul règne. Cette utopie pour devenir réalité devra attendre le règne de l'empereur Constantin le Grand qui décidera, vers 330 de notre ère, que le centre du monde n'était plus Rome mais Constantinople, ville grecque et orientale, tout comme Alexandrie. Et ce n'est pas un hasard si Alexandrie, capitale de l'Égypte et du royaume de Cléopâtre, devait être considérée au cours de l'Antiquité tardive et même au Moyen Âge comme la métropole intellectuelle incontestée de l'ensemble du bassin méditerranéen. Cléopâtre a eu raison trop tôt. Les Romains ne le lui ont pas pardonné et, en dénonçant les crimes, les fautes, les erreurs, les cruautés, les fourberies, les trahisons de Cléopâtre — qu'on ne saurait contester —, ils ont dans le même temps voulu détruire la réputation d'une reine qui voulut, plus lucidement qu'on ne le pense, changer la face du monde à leur désavantage. Intolérable prétention à laquelle la bataille d'Actium en 31 av. J.-C. met un terme, ainsi qu'à un songe magistral dont la

Méditerranée se réveillera quelque quatre cents ans plus tard.

Mais le mythe de Cléopâtre est déjà né, qui traversera les siècles et qui deviendra une source d'inspiration pour tant de poètes, de tragiques et de prosateurs. Le théâtre s'empare du sujet dès le XVIe siècle avec la pièce d'Étienne Jodelle, *Cléopâtre captive* (1553), et *Antoine et Cléopâtre* de Shakespeare (1607). Au XVIIe siècle, Jean Mairet écrit également une pièce sur le sujet en 1637. Au XVIIIe siècle, Marmontel compose lui aussi une tragédie sur *Cléopâtre* (1750). Au XIXe siècle, Victorien Sardou, auteur de pièces historiques à succès, commet une *Cléopâtre*. En 1901, Bernard Shaw fait jouer *César et Cléopâtre*.

La naissance du roman au XVIIe siècle passe nécessairement par un sujet mythique comme celui de Cléopâtre. La Calprenède en fait un roman-fleuve de mille cinq cents pages qui est publié entre 1646 et 1658. Théophile Gautier s'y essaye également dans *Une nuit de Cléopâtre* (1884) et même un écrivain aussi célèbre que Colleen McCullough publie un *César et Cléopâtre* au début du XXIe siècle, qui peut être considéré comme une curiosité du roman historique. Il faut mettre à part le *Mouche-toi, Cléopâtre* de Françoise Xenakis, paru en 1986, un pamphlet drolatique et fort bien documenté en faveur d'une reine qui s'opposa au machisme des hommes. Enfin, il ne faut pas omettre *Astérix et Cléopâtre*, un des succès de la célèbre série d'Uderzo et Goscinny.

Le cinéma ne pouvait pas passer à côté d'un si beau sujet et les péplums abondent sur Cléopâtre, dès la naissance du septième art, avec un film de Méliès consacré en 1899 à la reine d'Égypte, celui à grand spectacle de Cecil B. De Mille en 1934 avec Claudette Colbert dans le rôle-titre. Mais le plus célèbre reste le *Cléopâtre* de Joseph L. Mankiewicz en 1963, avec Elizabeth Taylor en Cléopâtre, Rex Harrison en César et Richard Burton en Marc Antoine.

# ANNEXES

80. Mort de Ptolémée X. Son fils Ptolémée XII Alexandre II est assassiné peu après son avènement. Il a laissé un testament léguant son royaume aux Romains, puisqu'il n'a pas d'enfants légitimes et qu'avec sa mort s'éteint la lignée des Lagides. Mais il a laissé des bâtards, dont l'un d'eux, Ptolémée XIII Philopator, plus connu sous le surnom d'Aulète, devient roi d'Égypte. Il est le futur père de Cléopâtre VII.
78. Ptolémée Aulète épouse sa sœur, Cléopâtre Tryphaena.
76. Le roi est consacré dans le temple de Memphis, selon l'ancienne coutume des pharaons et les traditions des Lagides.
75. Visées du roi Antiochos de Syrie pour acquérir l'Égypte avec l'appui des Romains.
69. Naissance de Cléopâtre, future Cléopâtre VII.
65. Crassus propose d'exiger de l'Égypte un tribut, ce qui est une manière déguisée de mettre ce pays sous tutelle romaine.
63. La question d'Égypte se pose à Rome, avec l'entrée de Pompée à Jérusalem. Ce dernier se dit le protecteur de Ptolémée Aulète.
59. Ptolémée Aulète est enfin reconnu comme ami du peuple romain.
58. Les Romains s'emparent du royaume de Chypre. Les Alexandrins expulsent Ptolémée Aulète, qui se réfugie à Rome.
57. L'épouse du roi d'Égypte Cléopâtre Tryphaena meurt. Bérénice IV devient régente. Ptolémée Aulète intrigue à Rome pour recouvrer son royaume. Les Romains acceptent de le soutenir. Il s'installe à Éphèse.
56. La question d'Égypte est débattue à Rome et le clivage se fait entre le parti des optimates, qui sont favorables à la restaura-

tion de Ptolémée Aulète, et les républicains, qui s'y opposent. Pendant ce temps, Bérénice épouse Archélaüs de Syrie afin de mieux asseoir sa légitimité.

55. Gabinius, commandant en chef en Syrie, occupe Alexandrie avec ses troupes et rétablit Ptolémée Aulète sur son trône. Bérénice est exécutée. À Rome, les débats sont houleux au sujet de ce coup de force des Romains.

51. Ptolémée XIII Aulète meurt. Sa fille Cléopâtre VII Philopator et son frère et époux Ptolémée XIV lui succèdent.

50. Ptolémée XIV, âgé de douze ans, s'oppose à sa sœur, à l'instigation de ses « ministres ». Cléopâtre doit s'enfuir d'Alexandrie.

49. César franchit le Rubicon ; la guerre civile est engagée entre lui et Pompée.

48. Défaite de Pompée à Pharsale. Assassinat de Pompée par les ministres de Ptolémée XIV à Alexandrie. César se rend dans cette ville, où il rencontre Cléopâtre, arrivée clandestinement. Essai infructueux de César pour réconcilier le frère et la sœur. Arsinoé, sœur et rivale de Cléopâtre, s'évade d'Alexandrie.

47. La guerre d'Alexandrie éclate. César en ressort victorieux, non sans difficulté. Ptolémée XIV mourra au combat, et ses ministres seront exécutés. Cléopâtre épouse son autre frère, Ptolémée XV, âgé d'une dizaine d'années. Croisière de Cléopâtre et de César sur le Nil. Naissance de Césarion, fils de César et de Cléopâtre.

46. Triomphe de César à Rome. Arsinoé figure dans le triomphe. Elle est assignée à résidence à Éphèse. Cléopâtre séjourne à Rome dans la maison de César.

44. Assassinat de César. Cléopâtre part précipitamment pour l'Égypte, non sans avoir fait tuer son frère et époux Ptolémée XV.

43. Cléopâtre hésite dans ses alliances entre les césariens qu'elle soutient officiellement et les anticésariens qui font pression sur elle.

41. Antoine reçoit Cléopâtre à Tarse et devient son amant. Arsinoé est assassinée à Éphèse sur ordre de Cléopâtre.

40. Le couple Cléopâtre-Antoine s'installe à Alexandrie. Naissance des jumeaux : Alexandre Hélios et Cléopâtre Séléné. Antoine part en campagne contre les Parthes. Il fait un détour par Athènes où l'entrevue avec sa femme légitime Fulvie est orageuse. Celle-ci meurt peu après. Antoine part pour Brindes et signe un traité avec son rival César Octave dont il épouse la sœur, Octavie.

38. Séjour d'Antoine et d'Octavie à Athènes. Échec militaire d'Antoine en Commagène.
37. Retour d'Antoine à Athènes. Il se rend en Italie pour signer un nouvel accord à Tarente avec César Octave.
36. Antoine retrouve Cléopâtre à Antioche, et accorde à celle qui est désormais son épouse des territoires en Syrie.
35. Désastre des légions romaines, commandées par Antoine, face aux Parthes. Antoine et Cléopâtre se réinstallent à Alexandrie. Puis le couple royal repart pour la Syrie. Antoine répudie Octavie, et revient à Alexandrie où l'a précédé Cléopâtre. Naissance d'un fils de Cléopâtre et d'Antoine, Ptolémée.
34. Cléopâtre cherche à s'emparer du royaume de Judée, gouverné par Hérode. Antoine réorganise le Proche-Orient romain.
33. Triomphe d'Antoine et de Cléopâtre à Alexandrie. Leurs enfants prennent des titres royaux.
32. Antoine répudie Octavie, et rompt avec César Octave. Les Romains déclarent la guerre à Cléopâtre.
31. Début des hostilités entre Antoine et Cléopâtre et César Octave. Bataille d'Actium remportée par César Octave. Tentatives de négociations entre les belligérants, qui échouent.
30. Suicide d'Antoine. Suicide de Cléopâtre. Césarion est mis à mort. Les trois enfants d'Antoine et de Cléopâtre sont envoyés à Rome.
29. César Octave triomphe à Rome de l'Égypte. Dans le cortège figurent les enfants jumeaux d'Antoine et de Cléopâtre.
28. Mariage de Cléopâtre Séléné à Juba II de Numidie.
4. Le royaume de Maurétanie est donné à Cléopâtre Séléné et à Juba.
4 ap. J.-C. Mort de Cléopâtre Séléné.
23 ap. J.-C. Avènement de Ptolémée, petit-fils de Cléopâtre, comme roi de Maurétanie.
40. Mort à Rome de Ptolémée, dernier descendant des Lagides, et de Cléopâtre, sur ordre de l'empereur Caligula.

# RÉFÉRENCES BIBLIOGRAPHIQUES

Toutes les citations des auteurs latins et grecs de cet ouvrage sont tirées de traductions qui appartiennent depuis longtemps au domaine public. Je me suis autorisé parfois à les moderniser et à les rendre moins archaïques, tout en leur conservant leur patine ancienne.

Pour les auteurs latins, j'ai utilisé les volumes de la collection dirigée par Nisard dans la seconde moitié du XIXe siècle, Librairie Firmin Didot. Pour *La Pharsale* de Lucain, de la traduction de Marmontel revue et complétée par M. H. Durand, Paris, Librairie Garnier, 1865.

Pour les auteurs grecs, je me suis servi de l'*Histoire romaine* de Dion Cassius dans la traduction proposée par Émile Gros, Paris, Librairie Firmin Didot, 1865. Pour les *Vies des hommes illustres* de Plutarque, de la traduction d'Alexandre Pierron, Paris, Librairie Charpentier, 1853. Pour la *Bibliothèque historique* de Diodore de Sicile, de la traduction de Ferdinand Hoffer, Paris, Hachette, 1865. Pour *Histoire des guerres civiles de la République romaine* d'Appien, de la traduction de Combes-Dounous, Toulouse, Imprimerie Mame, 1808. Pour *Géographie* de Strabon, de la traduction d'Amédée Tardieu, Paris, Hachette, 1909. Pour *Antiquités judaïques* de Flavius Josèphe, sous la direction de Théodore Reinach, de la traduction de Julien Weill, Paris, E. Leroux, 1900-1926. Pour *La Guerre des Juifs* de Flavius Josèphe, de la traduction de René Harmand, revisitée et annotée par Joseph Reinach et Julien Weill, Paris, E. Leroux, 1932.

Des sites de traductions, qui souvent reprennent les traductions anciennes, m'ont été aussi fort utiles. Ils se complètent le plus souvent et se renvoient les uns aux autres ou sont issus des mêmes sources. Parmi les plus importants :

www.remacle.org
www.users.skynet.be/remacle
www.hodoi.fltr.ucl.ac.be/concordances/intro/htm
www.bcs.fltr.ucl.ac.be/SLInf4.html
www.college.belrem.free.fr/ressources/lattextes.htm

Sans oublier la Bibliothèque numérique Gallica de la Bibliothèque de France :

gallica.bnf.fr

## LES SOURCES LATINES

Elles sont nombreuses, mais fragmentaires et parcellaires. On retiendra naturellement, d'une part, la *Vie de Jules César* et la *Vie de César Auguste* par Suétone dans ses *Vies des douze Césars*, où apparaît Cléopâtre dans quelques chapitres et passages. César, dans sa *Guerre civile* et sa *Guerre d'Alexandrie*, tout en nous brossant le contexte historique de sa rencontre avec Cléopâtre, reste d'une discrétion totale au sujet de ses relations avec la reine d'Égypte au point de ne nous en parler qu'en quelques lignes très politiques.

On trouve également dans l'*Énéide* de Virgile, et dans quelques *Odes* d'Horace, des allusions à Cléopâtre, de même dans *Histoire naturelle* de Pline l'Ancien, dans *Histoire romaine* de Florus et dans *Histoire romaine* de Velleius Paterculus, comme dans une *Saturnale* de Macrobe et dans un passage de *Abrégé de l'histoire romaine* d'Eutrope ou encore dans une des *Métamorphoses* d'Ovide. Tacite, dans ses *Annales* et dans ses *Histoires*, mentionne également Cléopâtre.

Dans *La Pharsale*, poème épique qui ne nous est pas parvenu dans sa totalité, Lucain évoque assez longuement pour sa part les relations entre César et Cléopâtre, et brosse le décor historique de la guerre civile entre Pompée et César et du conflit entre Cléopâtre et son frère-époux Ptolémée XIV, à la source des amours entre César et Cléopâtre. Certes, il convient de faire la part du style ampoulé de l'œuvre qu'impose la rhétorique du poème épique, mais il y a dans de longs passages de ce poème des détails fort pointus et certainement non dénués de vérité sur le luxe et la somptuosité dans lesquels vit la reine d'Égypte.

## LES SOURCES GRECQUES

Elles sont essentielles et beaucoup plus précises et fournies que les sources latines. En premier, l'inévitable Plutarque avec, dans sa *Vie des hommes illustres*, le chapitre consacré à *César* et celui consacré à *Antoine*, et même sa *Comparaison de Démétrius et d'Antoine*. Cléopâtre y est longuement présente, surtout dans *Antoine*. En second, Dion Cassius et son *Histoire romaine*, dont les erreurs chronologiques sont parfois nombreuses, ainsi que les approximations, mais l'historien en langue grecque nous révèle des détails qui ne figurent pas toujours dans Plutarque ou qui le complètent. Sans ces deux historiens, notre connaissance de la vie de la reine d'Égypte serait très ténue.

Un historien non négligeable, et qui semble avoir été souvent oublié par les biographes, nous fournit sur Cléopâtre et ses ambitions politiques et territoriales, comme sur ses rêves d'expansion, des renseignements et des enseignements indispensables : il s'agit de Flavius Josèphe et de ses *Antiquités judaïques* comme de *La Guerre des Juifs contre les Romains*. Flavius Josèphe y apparaît réservé, gardant distance et mesure dans ses propos, ne haussant pas le ton, et surtout n'associant pas morale et histoire. Les relations entre Cléopâtre, Hérode et sa famille éclairent l'histoire de la reine d'Égypte, celle du Proche-Orient et l'action brouillonne d'Antoine dans cette partie du monde ; elles sont exposées d'une manière lucide et avec un ton déjà remarquablement moderne.

Il convient aussi de ne pas oublier le géographe Strabon qui évoque Alexandrie dans sa *Géographie*, comme le fait Diodore de Sicile dans sa *Bibliothèque historique*, les deux commentateurs ayant voyagé dans cette partie du monde un peu avant et un peu après le règne de Cléopâtre. Leurs témoignages sont donc capitaux.

Appien, enfin, dans les chapitres consacrés à *La Guerre civile dans l'histoire romaine*, apporte plus que des précisions sur Cléopâtre dont le règne et la personnalité sont inséparables du conflit qui oppose César à Pompée puis César Octave à Antoine.

## LES OUVRAGES FONDAMENTAUX

Auguste Bouché-Leclercq, *Histoire des Lagides*, tome 2 : *Décadence et fin de la dynastie*, 181-30 av. J.-C. Paris, E. Leroux, 1904.

Cet ouvrage publié il y a un siècle reste fondamental non seulement sur Cléopâtre VII, mais encore sur son entourage, sur l'évolution de la dynastie à laquelle elle appartient et sur son père, Ptolémée Aulète. L'abondance et la précision des références sur les sources qui éclairent le règne de Cléopâtre, même si celles-ci peuvent être complétées par quelques découvertes archéologiques nouvelles depuis le début du XXe siècle, le style même de Bouché-Leclercq et la passion de son auteur pour le sujet qu'il traite donnent à l'ouvrage un ton à la fois sérieux et ironique qui n'a pas vieilli. Sans cet ouvrage capital et qui n'a pas d'équivalent, rien de sérieux historiquement ne pourrait être écrit sur Cléopâtre.

On sent bien dans le *Jules César* de Carcopino (réédition PUF, 1968), et dans le chapitre consacré à César, l'Égypte et Cléopâtre, que Bouché-Leclercq fut le maître du grand historien français de Rome. Même alacrité du discours historique, même manière de savoir faire parler toutes les sources, de débusquer les sous-entendus, les non-dits des historiens de l'Antiquité, ou même d'interpréter, avec intelligence et science, monuments, inscriptions et numismatique, objets d'art, statues et bas-reliefs, de traquer leurs correspondances ou mieux leurs contradictions ou leurs obscurités souvent bien éclairantes, avec une sorte de jubilation qui nous rend vivantes l'existence de Cléopâtre, l'histoire de son temps et des personnages de son règne.

Jérôme Carcopino s'est intéressé de près à Cléopâtre, notamment dans un chapitre de *Passion et politique chez les Césars*, Flammarion, 1958, où il se lance, avec sa fougue habituelle et son art de la démonstration historique et celui d'emporter la conviction de ses lecteurs, sur la question de la paternité de Césarion qu'il attribue non pas à César mais à Marc Antoine.

Paul Graindor, *La Guerre d'Alexandrie*, Le Caire, 1931. Cet ouvrage un peu trop méconnu est pourtant l'un des très rares livres qui, sérieusement, nous donne un récit du conflit entre Cléopâtre et son frère et époux Ptolémée XIV, au sein duquel César sut se placer pour emporter finalement la mise. Il comporte aussi sur cette période des références aux ouvrages antérieurs consultés.

Christian-Georges Schwentzel, *Cléopâtre*, Que sais-je ? PUF, 1999. C'est, avec ses 128 pages sous le petit format de la célèbre collection, un des meilleurs livres sur Cléopâtre, des mieux informés. La synthèse n'exclut pas la qualité du discours historique vivant et clair. Il contient un chapitre finale sur la manière dont

Cléopâtre a été reprise, revue, revisitée, depuis mille ans, ou comment s'est construit le mythe fabuleux et inspirant de cette souveraine.

La vie de Cléopâtre a donné lieu à de nombreuses publications qu'un livre entier ne suffirait pas à citer. Il apparaît très vite que ces biographies, loin souvent de recourir à l'essentiel, c'est-à-dire aux sources latines et grecques, se contentent de se recopier, et parfois pratiquent plus l'art du roman que celui de l'histoire. Au point de donner à Cléopâtre une stature mythique ou d'en faire un personnage assez éloigné d'une réalité historique et guère à son avantage, apparaissant souvent comme la victime des ambitions de ses amants, alors que souvent elle les instrumenta.

Parmi les biographies les plus connues et parfois depuis longtemps, quelques ouvrages se détachent par leur qualité dont les rééditions furent nombreuses :

JACQUES BENOIST-MÉCHIN, *Cléopâtre ou le rêve évanoui*, Perrin, 2002.

MICHEL CHAUVEAU, *Cléopâtre*, Liana Lévi, 1998. On doit également à Michel Chauveau, *La Vie quotidienne en Égypte au temps de Cléopâtre*, Hachette Littérature, 1997.

MARTIN COLAS, *Cléopâtre, la vie, la légende*, Larousse, 2001.

COLLECTIF, *Cléopâtre*, Éditions du Rocher, 1999.

HORTENSE DUFOUR, *Cléopâtre, la Fatale*, Flammarion, 1998.

ÉDITH FLAMMARION, *Cléopâtre, vie et mort d'un pharaon*, Gallimard, Découverte, 1993.

ÉMILE LUDWIG, *Cléopâtre*, Cercle du Bibliophile, Genève, 1970.

ARTHUR WEIGALL, *Cléopâtre, sa vie et son temps*, Payot, Bibliothèque historique, 1960.

OSCAR DE WERTHEIMER, *Cléopâtre, reine des rois*, Payot, Histoire poche, 1981.

Parmi les innombrables romans historiques, souvent hâtifs, écrits sur Cléopâtre, il en est un d'une qualité assez exceptionnelle dans ce genre difficile, c'est celui de :

JACQUELINE DAUXOIS, *Cléopâtre*, Pygmalion, 2000.

En effet, Jacqueline Dauxois est à l'image de cet historien égyptien que, dans la conclusion de mon ouvrage, j'appelle de mes vœux pour justifier et la vie et l'œuvre de cette reine d'Égypte, si haïe et si décriée du temps de la toute-puissance romaine sur la Méditerranée. Jacqueline Dauxois ne l'innocente pas, elle fait mieux, elle l'absout. Même si je ne partage pas toujours en son entier la thèse de ce roman, en revanche j'en estime profondément les arguments et leurs développements démonstratifs, et je pense qu'un tel livre passionné et passionnant était nécessaire pour rétablir une certaine justice sur cette reine malmenée par l'histoire.

## LE JOUEUR DE FLÛTE

1. Cicéron, *Sur la loi agraire.*
2. Dion Cassius, *Histoire romaine.*
3. *Ibid.*
4. *Ibid.*
5. *Ibid.*
6. Cicéron, *Correspondance.*
7. *Ibid.*
8. Plutarque, *Vie d'Antoine.*
9. *Ibid.*
10. *Ibid.*
11. Dion Cassius, *Histoire romaine.*
12. Valère Maxime, *Des faits et des paroles mémorables.*

## CLÉOPÂTRE ENTRE EN SCÈNE

1. Cicéron, *Discours sur les provinces consulaires.*
2. Cicéron, *Contre Pison.*
3. Cicéron, *Plaidoyer pour C. Rabirius Postumus.*
4. *Ibid.*
5. *Ibid.*
6. *Ibid.*
7. *Ibid.*
8. *Ibid.*
9. Cicéron, *Correspondance.*

10. César, *La Guerre civile*.
11. Valère-Maxime, *Des faits et des paroles mémorables*.
12. Sénèque, *Consolation à Marcia*.
13. Plutarque, *Vie de Pompée*.
14. César, *La Guerre civile*.
15. Plutarque, *Vie de Pompée*.
16. Lucain, *La Pharsale*.

### CÉSAR ET CLÉOPÂTRE

1. Lucain, *La Pharsale*
2. Dion Cassius, *Histoire romaine*.
3. César, *La Guerre d'Alexandrie*.
4. *Ibid*.
5. *Ibid*.
6. Dion Cassius, *Histoire romaine*.
7. *Ibid*.
8. Lucain, *La Pharsale*.
9. *Ibid*.
10. Florus, *Histoire romaine*.
11. Diodore de Sicile, *Bibliothèque historique*.
12. César, *La Guerre d'Alexandrie*.
13. Strabon, *Géographie*.
14. Dion Cassius, *Histoire romaine*.
15. *Ibid*.
16. Lucain, *La Pharsale*.
17. Plutarque, *César*.
18. Dion Cassius, *Histoire romaine*.
19. Plutarque, *César*.
20. César, *La Guerre d'Alexandrie*.
21. *Ibid*.
22. Lucain, *La Pharsale*.

### LA GUERRE D'ALEXANDRIE

1. César, *La Guerre d'Alexandrie*.
2. Lucain, *La Pharsale*.

3. Ammien Marcellin, *Histoire*.
4. Plutarque, *César*.
5. Dion Cassius, *Histoire romaine*.
6. Plutarque, *César*.
7. Dion Cassius, *Histoire romaine*.
8. César, *La Guerre d'Alexandrie*.
9. *Ibid*.
10. Flavius Josèphe, *Antiquités judaïques*.
11. César, *La Guerre d'Alexandrie*.
12. *Ibid*.
13. *Ibid*.
14. Flavius Josèphe, *Antiquités judaïques*.
15. Cicéron, *Correspondance*.
16. Suétone, *Vie des douze Césars. Jules César*.
17. *Ibid*.
18. Maspero, *Annales de l'École des Hautes Études*, 1897.
19. Suétone, *Vie des douze Césars*.
20. Dion Cassius, *Histoire romaine*.
21. *Ibid*.
22. *Ibid*.
23. Appien, *Histoire des guerres civiles de la République romaine*.
24. Dion Cassius, *Histoire romaine*.
25. Cicéron, *Correspondance*.
26. Dion Cassius, *Histoire romaine*.
27. Appien, *Histoire des guerres civiles de la République romaine*.
28. *Ibid*.
29. Suétone, *Vie des douze Césars. Jules César*.
30. *Ibid*.
31. *Ibid*.
32. Dion Cassius, *Histoire romaine*.
33. *Ibid*.

LE CHOIX DE CLÉOPÂTRE

1. Cicéron, *Correspondance*.
2. CIG 4717 (Corpus Inscriptionum Graecorum).
3. Cicéron, *Correspondance*.
4. *Ibid*.
5. *Ibid*.

6. Plutarque, *Vie des hommes illustres. Antoine.*
7. Sénèque, *Suasor.*
8. Plutarque, *Vie des hommes illustres. Antoine.*
9. *Ibid.*
10. Horace, *Ode* II, 3.
11. Plutarque, *Vie des hommes illustres. Antoine.*
12. *Ibid.*
13. Appien, *Histoire des guerres civiles de la République romaine.*
14. Plutarque, *Vie des hommes illustres. Antoine.*
15. *Ibid.*

### ANTOINE ET CLÉOPÂTRE

1. Plutarque, *Vie des hommes illustres. Antoine.*
2. *Ibid.*
3. *Ibid.*
4. Plutarque, *Vie des hommes illustres. Antoine.*
5. Flavius Josèphe, *Antiquités judaïques.*
6. Flavius Josèphe, *La Guerre des Juifs.*
7. Plutarque, *Vie des hommes illustres. Antoine.*
8. *Ibid.*
9. *Ibid.*
10. *Ibid.*
11. *Ibid.*
12. *Ibid.*
13. Pline l'Ancien, *Histoire naturelle.*
14. Dion Cassius, *Histoire romaine.*
15. Plutarque, *Vie des hommes illustres. Antoine.*
16. *Ibid.*

### UNE PASSION EXCLUSIVE

1. Plutarque, *Vie des hommes illustres. Antoine.*
2. *Ibid.*
3. Horace, *Satire.*
4. Plutarque, *Vie des hommes illustres. Antoine.*

5. Dion Cassius, *Histoire romaine.*
6. Plutarque, *Vie des hommes illustres. Antoine.*
7. *Ibid.*
8. Flavius Josèphe, *Antiquités judaïques.*
9. *Ibid.*
10. Plutarque, *Vie des hommes illustres. Antoine.*
11. *Ibid.*
12. *Ibid.*
13. Dion Cassius, *Histoire romaine.*

LES SOUVERAINS D'ÉGYPTE

1. Plutarque, *Vie des hommes illustres. Antoine.*
2. *Ibid.*
3. *Ibid.*
4. Flavius Josèphe, *Antiquités judaïques.*
5. *Ibid.*
6. *Ibid.*
7. *Ibid.*
8. *Ibid.*
9. Dion Cassius, *Histoire romaine.*
10. Plutarque, *Vie des hommes illustres. Antoine.*
11. Dion Cassius, *Histoire romaine.*
12. Velleius Paterculus, *Histoire romaine.*
13. *Ibid.*
14. Florus, *Histoire romaine.*
15. Suétone, *Vie des douze Césars. Vie de César Auguste.*
16. *Ibid.*
17. Suétone, *Vie des douze Césars. Vie de César Auguste.*
18. Cicéron, *Correspondance.*
19. Suétone, *Vie des douze Césars. Vie de César Auguste.*
20. Pline l'Ancien, *Histoire naturelle.*
21. Sénèque, *Épîtres à Lucilius.*
22. Dion Cassius, *Histoire romaine.*

CLÉOPÂTRE ET LA GUERRE CIVILE ROMAINE

1. Plutarque, *Vie des hommes illustres. Antoine.*
2. Dion Cassius, *Histoire romaine.*

3. Plutarque, *Vie des hommes illustres. Antoine.*
4. Dion Cassius, *Histoire romaine.*
5. Plutarque, *Vie des hommes illustres. Antoine.*
6. Pline l'Ancien, *Histoire naturelle.*
7. Plutarque, *Vie des hommes illustres. Antoine.*
8. *Ibid.*
9. *Ibid.*
10. *Ibid.*
11. *Ibid.*
12. *Ibid.*
13. *Ibid.*
14. Virgile, *Catalectes.*
15. Horace, *Épodes*, *Odes* IX.
16. Martial, *Épigrammes.*
17. Ovide, *Les Métamorphoses.*
18. Eutrope, *Abrégé d'histoire romaine.*
19. Plutarque, *Vie des hommes illustres. Antoine.*
20. *Ibid.*
21. Dion Cassius, *Histoire romaine.*
22. *Ibid.*
23. *Ibid.*
24. Plutarque, *Vie des hommes illustres. Antoine.*
25. *Ibid.*
26. Dion Cassius, *Histoire romaine.*
27. Plutarque, *Vie des hommes illustres. Antoine*
28. *Ibid.*

## LA BATAILLE D'ACTIUM

1. Dion Cassius, *Histoire romaine.*
2. Plutarque, *Vie des hommes illustres. Antoine.*
3. Pline l'Ancien, *Histoire naturelle.*
4. Plutarque, *Vie des hommes illustres. Antoine.*
5. *Ibid.*
6. *Ibid.*
7. *Ibid.*
8. Pline l'Ancien, *Histoire naturelle.*
9. Dion Cassius, *Histoire romaine.*

10. *Ibid.*
11. *Ibid.*
12. *Ibid.*
13. *Ibid.*
14. *Ibid.*
15. Plutarque, *Vie des hommes illustres. Antoine.*
16. Dion Cassius, *Histoire romaine.*
17. *Ibid.*
18. *Ibid.*
19. *Ibid.*
20. *Ibid.*
21. Virgile, *Énéide.*
22. Dion Cassius, *Histoire romaine.*
23. Virgile, *Énéide.*
24. *Ibid.*
25. Plutarque, *Vie des hommes illustres. Antoine.*
26. Dion Cassius, *Histoire romaine.*
27. *Ibid.*

### DÉFAITE DE CLÉOPÂTRE ET D'ANTOINE

1. Dion Cassius, *Histoire romaine.*
2. Plutarque, *Vie des hommes illustres. Antoine.*
3. Dion Cassius, *Histoire romaine.*
4. Flavius Josèphe, *Antiquités judaïques.*
5. *Ibid.*
6. Plutarque, *Vie des hommes illustres. Antoine.*
7. *Ibid.*
8. Dion Cassius, *Histoire romaine.*
9. *Ibid.*
10. Flavius Josèphe, *Guerre des Juifs.*
11. *Ibid.*
12. *Ibid.*
13. Dion Cassius, *Histoire romaine.*
14. Plutarque, *Vie des hommes illustres. Antoine.*
15. *Ibid.*
16. *Ibid.*
17. *Ibid.*

DERNIERS JOURS D'ANTOINE ET DE CLÉOPÂTRE

1. Dion Cassius, *Histoire romaine*.
2. Plutarque, *Vie des hommes illustres. Antoine*.
3. *Ibid.*
4. *Ibid.*
5. *Ibid.*
6. Dion Cassius, *Histoire romaine*.
7. *Ibid.*
8. *Ibid.*
9. Plutarque, *Vie des hommes illustres. Antoine*.
10. *Ibid.*
11. *Ibid.*
12. *Ibid.*
13. Plutarque, *Vie des hommes illustres. Antoine*.
14. *Ibid.*
15. *Ibid.*
16. *Ibid.*
17. *Ibid.*
18. *Ibid.*
19. *Ibid.*
20. *Ibid.*
21. *Ibid.*
22. *Ibid.*
23. Dion Cassius, *Histoire romaine*.
24. *Ibid.*
25. Lucain, *La Pharsale*.
26. Horace, *Ode*.

LA POSTÉRITÉ DE CLÉOPÂTRE

1. Plutarque, *Vie des hommes illustres. Antoine*.
2. *Ibid.*
3. Dion Cassius, *Histoire romaine*.
4. *Ibid.*
5. Suétone, *Vie des douze Césars. Vie d'Octave Auguste*.
6. Dion Cassius, *Histoire romaine*.
7. Tacite, *Annales*.

8. Dion Cassius, *Histoire romaine.*
9. *Ibid.*
10. Flavius Josèphe, *La Guerre des Juifs.*
11. Dion Cassius, *Histoire romaine.*
12. Virgile, *Énéide.*
13. Dion Cassius, *Histoire romaine.*
14. Properce, *Élégie.*
15. Macrobe, *Saturnales.*
16. Pline l'Ancien, *Histoire naturelle.*
17. Trébonius Pollion, *Histoire Auguste.*
18. Tacite, *Annales.*
19. Suétone, *Vie des douze Césars. Vie de Caligula.*

FOLIO BIOGRAPHIES

*Attila*, par Éric Deschodt

*Balzac*, par François Taillandier

*Joséphine Baker*, par Jacques Pessis

*Baudelaire*, par Jean-Baptiste Baronian

*James Brown*, par Stéphane Koechlin

*Le Caravage*, par Gérard-Julien Salvy

*Colette*, par Madeleine Lazard

*Cléopâtre*, par Joël Schmidt

*De Gaulle*, par Éric Roussel

*Diderot*, par Raymond Trousson

*Jules César*, par Joël Schmidt

*Cézanne*, par Bernard Fauconnier

*James Dean*, par Jean-Philippe Guerand

*Marlene Dietrich*, par Jean Pavans

*Fellini*, par Benito Merlino

*Freud*, par René Major et Chantal Talagrand

*Gandhi*, par Christine Jordis

*Geronimo*, par Olivier Delavault

*Billie Holiday*, par Sylvia Fol

*Ibsen*, par Jacques De Decker

*Janis Joplin*, par Jean-Yves Reuzeau

*Jésus*, par Christiane Rancé

*Kafka*, par Gérard-Georges Lemaire

*Kerouac*, par Yves Buin

*Louis XVI*, par Bernard Vincent

*Michel-Ange*, par Nadine Sautel

*Modigliani*, par Christian Parisot

*Molière*, par Christophe Mory

*Marilyn Monroe*, par Anne Plantagenet

*Mozart*, par Jean Blot

*Pasolini*, par René de Ceccatty

*Pasteur*, par Janine Trotereau

*Picasso*, par Gilles Plazy

*Shakespeare*, par Claude Mourthé

*Tchekhov*, par Virgil Tanase

*Jacques Tati*, par Jean-Philippe Guerand

*Toussaint Louverture*, par Alain Foix

*Boris Vian*, par Claire Julliard

*Van Gogh*, par David Haziot

*Verlaine*, par Jean-Baptiste Baronian

*Virginia Woolf*, par Alexandra Lemasson

*Stefan Zweig*, par Catherine Sauvat

# COLLECTION FOLIO

*Dernières parutions*

| | |
|---|---|
| 4584. Nick Flynn | *Encore une nuit de merde dans cette ville pourrie.* |
| 4585. Valentine Goby | *L'antilope blanche.* |
| 4586. Paula Jacques | *Rachel-Rose et l'officier arabe.* |
| 4587. Pierre Magnan | *Laure du bout du monde.* |
| 4588. Pascal Quignard | *Villa Amalia.* |
| 4589. Jean-Marie Rouart | *Le Scandale.* |
| 4590. Jean Rouaud | *L'imitation du bonheur.* |
| 4591. Pascale Roze | *L'eau rouge.* |
| 4592. François Taillandier | *Option Paradis. La grande intrigue, I.* |
| 4593. François Taillandier | *Telling. La grande intrigue, II.* |
| 4594. Paula Fox | *La légende d'une servante.* |
| 4595. Alessandro Baricco | *Homère, Iliade.* |
| 4596. Michel Embareck | *Le temps des citrons.* |
| 4597. David Shahar | *La moustache du pape* et autres nouvelles. |
| 4598. Mark Twain | *Un majestueux fossile littéraire* et autres nouvelles. |
| 4600. Tite-Live | *Les Origines de Rome.* |
| 4601. Jerome Charyn | *C'était Broadway.* |
| 4602. Raphaël Confiant | *La Vierge du Grand Retour.* |
| 4603. Didier Daeninckx | *Itinéraire d'un salaud ordi naire.* |
| 4604. Patrick Declerck | *Le sang nouveau est arrivé. L'horreur SDF.* |
| 4605. Carlos Fuentes | *Le Siège de l'Aigle.* |
| 4606. Pierre Guyotat | *Coma.* |
| 4607. Kenzaburô Ôé | *Le faste des morts.* |
| 4608. J.-B. Pontalis | *Frère du précédent.* |
| 4609. Antonio Tabucchi | *Petites équivoques sans importance.* |
| 4610. Gonzague Saint Bris | *La Fayette.* |
| 4611. Alessandro Piperno | *Avec les pires intentions.* |

4612. Philippe Labro — *Franz et Clara.*
4613. Antonio Tabucchi — *L'ange noir.*
4614. Jeanne Herry — *80 étés.*
4615. Philip Pullman — *Les Royaumes du Nord. À la croisée des mondes, I.*
4616. Philip Pullman — *La Tour des Anges . À la croisée des mondes, II.*
4617.Philip Pullman — *Le Miroir d'Ambre. À la croisée des mondes, III.*
4618. Stéphane Audeguy — *Petit éloge de la douceur.*
4619. Éric Fottorino — *Petit éloge de la bicyclette.*
4620. Valentine Goby — *Petit éloge des grandes villes.*
4621. Gaëlle Obiégly — *Petit éloge de la jalousie.*
4622. Pierre Pelot — *Petit éloge de l'enfance.*
4623. Henry Fielding — *Histoire de Tom Jones.*
4624. Samina Ali — *Jours de pluie à Madras.*
4625. Julian Barnes — *Un homme dans sa cuisine.*
4626. Franz Bartelt — *Le bar des habitudes.*
4627. René Belletto — *Sur la terre comme au ciel.*
4628. Thomas Bernhard — *Les mange-pas-cher.*
4629. Marie Ferranti — *Lucie de Syracuse.*
4630. David McNeil — *Tangage et roulis.*
4631. Gilbert Sinoué — *La reine crucifiée*
4632. Ted Stanger — *Sacrés Français ! Un Américain nous regarde.*
4633. Brina Svit — *Un cœur de trop.*
4634. Denis Tillinac — *Le venin de la mélancolie.*
4635. Urs Widmer — *Le livre de mon père.*
4636. Thomas Gunzig — *Kuru.*
4637. Philip Roth — *Le complot contre l'Amérique.*
4638. Bruno Tessarech — *La femme de l'analyste.*
4639. Benjamin Constant — *Le Cahier rouge.*
4640. Carlos Fuentes — *La Desdichada.*
4641. Richard Wright — *L'homme qui a vu l'inondation* suivi de *Là-bas, près de la rivière.*
4642. Saint-Simon — *La Mort de Louis XIV.*
4643. Yves Bichet — *La part animale.*
4644. Javier Marías — *Ce que dit le majordome.*
4645. Yves Pagès — *Petites natures mortes au travail.*
4646. Grisélidis Réal — *Le noir est une couleur.*

4647. Pierre Senges — *La réfutation majeure.*
4648. Gabrielle Wittkop — *Chaque jour est un arbre qui tombe.*
4649. Salim Bachi — *Tuez-les tous.*
4650. Michel Tournier — *Les vertes lectures.*
4651. Virginia Woolf — *Les Années.*
4652. Mircea Eliade — *Le temps d'un centenaire* suivi de *Dayan.*
4653. Anonyme — *Une femme à Berlin. Journal 20 avril-22 juin 1945.*
4654. Stéphane Audeguy — *Fils unique.*
4655. François Bizot — *Le saut du Varan.*
4656. Pierre Charras — *Bonne nuit, doux prince.*
4657. Paula Fox — *Personnages désespérés.*
4658. Angela Huth — *Un fils exemplaire.*
4659. Kazuo Ishiguro — *Auprès de moi toujours.*
4660. Luc Lang — *La fin des paysages.*
4661. Ian McEwan — *Samedi.*
4662. Olivier et Patrick Poivre d'Arvor — *Disparaître.*
4663. Michel Schneider — *Marilyn dernières séances.*
4664. Abbé Prévost — *Manon Lescaut.*
4665. Cicéron — *«Le bonheur dépend de l'âme seule».* Tusculanes, *livre V.*
4666. Collectif — *Le pavillon des Parfums-Réunis.* et autres nouvelles chinoises des Ming.
4667. Thomas Day — *L'automate de Nuremberg.*
4668. Lafcadio Hearn — *Ma première journée en Orient* suivi de *Kizuki le sanctuaire le plus ancien du Japon.*
4669. Simone de Beauvoir — *La femme indépendante.*
4670. Rudyard Kipling — *Une vie gaspillée* et autres nouvelles.
4671. D. H. Lawrence — *L'épine dans la chair* et autres nouvelles.
4672. Luigi Pirandello — *Eau amère.* et autres nouvelles.
4673. Jules Verne — *Les révoltés de la Bounty* suivi de *maître Zacharius.*
4674. Anne Wiazemsky — *L'île.*
4675. Pierre Assouline — *Rosebud.*

*Composition Nord Compo*
*Impression Maury-Imprimeur*
*45330 Malesherbes*
*le 5 mai 2008.*
*Dépôt légal : mai 2008.*
*Numéro d'imprimeur : 137470.*

ISBN 978-2-07-033668-5. / Imprimé en France.

141199